HELENE
BOCKHORST

DER SUPER GAUL

KEIN PFERDEROMAN

Ullstein

Besuchen Sie uns im Internet:
www.ullstein.de

Wir verpflichten uns zu Nachhaltigkeit
- Papiere aus nachhaltiger Waldwirtschaft und anderen kontrollierten Quellen
- ullstein.de/nachhaltigkeit

MIX
Papier | Fördert gute Waldnutzung
FSC® C021394
FSC
www.fsc.org

Die Personen in diesem Roman sind frei erfunden.
Sollte es Ähnlichkeiten mit real existierenden Reiterhöfen und Pferden geben, ist das nicht beabsichtigt.

Originalausgabe im Ullstein Taschenbuch
1. Auflage Juli 2024

Umschlaggestaltung: Favoritbuero, München
Titelabbildung: © NotionPic /Shutterstock (Pony)
Gesetzt aus der Albertina powered by *pepyrus*
Druck und Bindearbeiten: ScandBook, Litauen
ISBN 978-3-548-06936-4

»Jeder hat das Pferd, das er verdient.«

Bent Branderup

»Hat er schon was gesagt?!«, fragt die Besitzerin ungeduldig. Sie hat einen ganz roten Kopf und schnauft, nachdem wir ungefähr fünfzig Meter zurücklegen mussten, um zu ihrem Pferd zu kommen. Unsportlich, denke ich, während ich ihren drallen, in die neueste *Pikeur*-Kollektion gezwängten Körper betrachte. Unsportlich, mit wenig Verstand und viel verfügbarem Einkommen. Also genau meine Zielgruppe.

»Moment, ich versuche, Kontakt aufzunehmen«, sage ich. Die Besitzerin nickt beeindruckt. Ich gehe um das Pferd herum, lege ihm an zufällig ausgewählten Körperstellen meine Hand aufs Fell, bleibe regungslos stehen, schließe die Augen und zähle bis fünf. Hals. Eins, zwei, drei, vier, fünf. Schulter. Eins, zwei, drei, vier, fünf.

Ich lege die Hand auf den Rücken, und das Pferd zuckt zusammen.

»Was sagt er?«, fragt die Besitzerin. Dass du aufhören sollst, ihm ständig mit deinem ganzen Gewicht in den Rücken zu plumpsen, denke ich, sage aber nichts. Kruppe. Eins, zwei, drei, vier, fünf. Schweifrübe. Eins, zwei, drei, vier, fünf.

Nachdem ich das Pferd einmal umrundet habe, stelle ich

mich an seinen Kopf, schaue ihm in die Augen und zähle bis dreißig. Dann nicke ich bedeutungsschwanger.

»Es war nicht leicht, einen ersten Kontakt hinzubekommen; er ist niemand, der sich einem sofort offenbart, aber wenn man erst mal sein Vertrauen gewonnen hat, sicher ein Freund fürs Leben«, sage ich, und die Besitzerin hängt an meinen Lippen und nickt zu jedem Wort wie ein Wackeldackel. Das wollen sie alle immer hören – dass ihr Pferd es mir schwer gemacht hätte, mit ihm zu kommunizieren. Niemand will eine Pferdeschlampe, die alles sofort ausplaudert.

»Er sagt, dass er manchmal Probleme mit den Hufen hat, stimmt das?«

»Ja, ja! Wir haben hin und wieder mit Strahlfäule zu kämpfen! Das hat er gesagt, ist ja Wahnsinn!«

Ich seufze und schaue wieder das Pferd an, einen schmalbrüstigen Schimmel mit schlechter Rückenmuskulatur, dessen Hufe in einer Mischung aus Matsch, Pferdeäpfeln und Pisse versinken. Bei der mangelnden Hygiene ist es kein Wunder, dass das Pferd Strahlfäule hat. Mal abgesehen davon, dass »hatte mal Probleme mit den Hufen« heutzutage bei den meisten Pferden ein Glückstreffer ist.

Ich lege dem Pferd eine Hand auf die Stirn und schließe die Augen. Eine »Session« dauert bei mir fünfzehn Minuten. Nicht, weil ich wirklich fünfzehn Minuten brauchen würde, sondern, weil Menschen es nicht einsehen, jemandem für weniger als fünfzehn Minuten so viel Geld zu geben, wie ich gerne haben möchte.

Das heißt, man muss die Zeit irgendwie füllen. Manchmal denke ich an die Sachen, die ich mir von dem Geld kaufen möchte, oder plane den nächsten Urlaub. Manchmal denke ich an Jörp und Drusla, meine beiden Islandpferde. Und ganz manchmal vielleicht auch an Dr. Lazik, den Tierarzt …

»Was sagt er noch? Können Sie ihn fragen, ob er glücklich ist?«

Ich seufze, verziehe das Gesicht und atme scharf ein. »Sie müssen jetzt ganz stark sein …« Die Besitzerin sieht mich gebannt an. »Starlight Express hat Burn-out!«

»Was?!«

Ich nicke und lasse den Kopf hängen. »Er liebt Sie sehr. Aber mit dem Reiten ist es ihm im Moment zu viel! Er hat mich angefleht, es Ihnen nicht zu sagen. Weil er Angst hat, dass Sie ihn dann weniger mögen. Aber ich denke, Sie sollten es wissen.«

»Mein armes Babylein … Burn-out … ich hatte ja keine Ahnung!«, stammelt die Besitzerin und drückt ihr Gesicht in die schüttere Mähne ihres Schimmels. »Und was kann man da machen?«

Ich schließe wieder die Augen. Meine schauspielerischen Fähigkeiten sind nicht so ausgeprägt, wie ich sie gerne hätte, aber ich habe festgestellt, dass man das ausgleichen kann, indem man die meiste Zeit mit geschlossenen Augen herumsteht und viel raunt und flüstert.

»Oh! Er schickt mir ein Bild«, hauche ich. »Es ist frühmorgens, Sie sind zu zweit unterwegs, nur Sie und er … aber nicht zum Ausreiten, sondern Sie führen ihn am Strick, ganz locker. Und Sie joggen gemeinsam den Berg hinauf. Oben angekommen, machen Sie eine kleine Pause und blinzeln in die Morgensonne … schauen herunter auf den Hof, der ganz friedlich und verträumt daliegt. Und dann joggen Sie wieder zurück nach Hause.«

»Joggen …?«, meint die Besitzerin zweifelnd.

Ich schlage die Augen wieder auf und schaue sie direkt an. »Es ist sein ausdrücklicher Wunsch«, sage ich kühl. »Er hat mir gesagt, dass das für ihn das schönste Morgenritual und der perfekte Liebesbeweis wäre.«

Das Bergauf- und Bergab-Laufen wird ihm helfen, Muskulatur aufzubauen, und du nimmst dann hoffentlich ein bisschen ab, denke ich und lächele die Besitzerin ermunternd an.

»Machen Sie das mal die nächsten Wochen, und dann sollten wir noch mal einen Folgetermin vereinbaren und schauen, ob es ihm besser geht. Ansonsten hat er nur noch gesagt, dass er sich mit seiner neuen Abschwitzdecke total unwohl fühlt. Er möchte die nicht mehr tragen. Das macht dann zweihundertfünfzig Euro, und ich würde Ihnen gerne noch eine Spezialtinktur für die Hufe anbieten.«

»Die Abschwitzdecke, aber – die ist aus der *Eskadron-Heritage*-Kollektion!«

»Nicht alles, was uns Menschen gefällt, tut auch den Pferden gut. Starlight Express hat gebeten, Sie mögen ihm das Ding so bald wie möglich aus den Augen schaffen. Er sagte wortwörtlich, der Anblick ließe ihn bedauern, dass Pferde bekanntlich nicht kotzen können.«

Wenig später brettere ich über die Landstraße, zünde mir eine Zigarette an und blase den Rauch aus dem Fenster. Das hat mal wieder wunderbar geklappt. Ich habe dreihundertfünfzig Euro eingenommen: zweihundertfünfzig Euro für die »Session«, die Besitzerin hat aus lauter Dankbarkeit auf dreihundert Euro aufgerundet, und dann habe ich ihr noch für fünfzig Euro meine spezielle Tinktur für die Hufe verkauft – ein handelsübliches Mundwasser, das ich literweise in der Drogerie kaufe und zu Hause in leere Nasentropfen-Fläschchen umfülle. Die Etiketten bedrucke ich mit chinesischen Schriftzeichen, die ich im Internet gefunden habe. Alles ist mindestens zehnmal so viel wert, wenn chinesische Schriftzeichen drauf sind – Pferdemuttis lieben Dinge, die sie nicht verstehen.

Im Rückspiegel sehe ich meine neue Abschwitzdecke aus der *Eskadron-Heritage*-Kollektion, die auf dem Rücksitz liegt. Die Besitzerin hatte es eilig, das Teil loszuwerden. Der Schimmel hat die Decke offensichtlich nur wenige Male getragen, und die Farbe wird meiner Drusla hervorragend stehen.

Bald darauf rollt mein klappriger alter Ford auf den Hof der Mountain Ranch. Natürlich könnte ich mir ein besseres Auto leisten. Manchmal juckt es mich in den Fingern, mir für sonnige Tage ein Cabrio zu gönnen. Aber wenn ich mit dem auf den Hof gefahren komme, könnte irgendjemand auf die Idee kommen, mal nachzurechnen, wie viel ich eigentlich verdiene …

Die nächste Pferdebesitzerin kommt mir schon entgegengelaufen. Jana ist Stammkundin bei mir und träumt davon, eines Tages auch Tierkommunikatorin zu werden. Stundenlang steht sie im Auslauf und grabbelt ihr Pferd an oder starrt ihm in die Augen. Die beiden führen dann lange Gespräche, aus denen sich jedes Mal Fragen und Probleme ergeben, die Jana nur mit meiner Hilfe klären kann. Der einzige Unterschied zwischen uns beiden ist, dass Jana den ganzen Mist tatsächlich selber glaubt.

»... und ich weiß nicht, was ich ihm antworten soll«, presst sie jetzt hervor, und eine Träne rollt ihre Wange herunter. Mist, ich sollte ihr besser zuhören. »Aber er fragt immer wieder nach! Ich versuche, das Gespräch auf andere Themen zu lenken, aber er blockt alles ab. Er sagt, wenn ich ihm nicht erkläre, wo Penthesilea ist, kann er mir nie wieder vertrauen!«

Wer zum Geier ist denn Penthesilea? Leider kann ich solche Fragen nicht stellen, denn dann würde auffallen, dass ich zum einen nicht richtig zugehört habe und zum anderen nicht einfach in einem beliebigen Pferdekopf nachschauen kann, um die nötigen Informationen zu bekommen.

Wir laufen zusammen über den Paddock zur Heuraufe, wo Puck, Janas Tinkerwallach, gerade ein anderes Pferd angiftet. »So was hat er doch früher nicht gemacht, da war er ganz anders!«

Ich ziehe meine übliche Show ab und lege noch eine Schippe Dramatik drauf, extra für Jana, die mich mit hungrigen Augen beobachtet. Hier ein Zucken, da ein Aufstöhnen – dann falle ich vor Puck auf die Knie.

»Ich spüre ... sehr starke Emotionen«, stoße ich hervor.

»Ja! So ging es mir auch! Ich konnte mich auch kaum auf den Beinen halten!« Jana ist stolz.

»Puck sagt … er sagt, er will dahin, wo seine Penny ist!«

Jana bricht in Tränen aus. »Oh nein … bin ich dir denn nicht genug, Puck? Kannst du nicht bitte mir zuliebe am Leben bleiben?«

Oh, Kacke. Penthesilea ist tot – ich dachte, das Pferd wäre einfach nur in einen anderen Stall umgezogen. Das ist natürlich ungünstig.

»Er sagt, du bist sein einziger Halt in dieser Trauerphase«, beeile ich mich, zu sagen. »Und darum kannst du mir jetzt auch helfen, Puck zu helfen.«

Jana nickt eifrig. Ich gebe ihr eine weiße Perle und erkläre ihr, dass das eine Knochenperle ist, die Puck helfen soll, mit der Vergangenheit abzuschließen. Auf meine Anweisung hin drückt Jana die Perle ihrem Pferd auf die Stirn – »auf das dritte Auge«, murmelt sie beifällig – und flüstert Puck Erinnerungen an schöne gemeinsame Erlebnisse mit Penthesilea ins Ohr. Das dauert aber ganz schön lange. Ich schiele auf die Uhr. Was wird Puck denn schon groß mit seiner guten alten Freundin Penny erlebt haben? Fressen und scheißen und schlafen, und dann das Ganze wieder von vorne.

»So, das reicht jetzt, die Perle ist nun genug mit Erinnerungen aufgeladen«, sage ich. »Wir wollen sie ja auch nicht überfrachten. Wie viele Jahre haben sich Puck und Penthesilea gekannt?«

»Sechs Jahre«, sagt Jana und muss wieder weinen.

»Also zwölf Sonnenwenden. Teile eine Strähne aus zwölf Schweifhaaren ab und knote die Knochenperle damit in den

Schweif. Mindestens einmal am Tag kraulst du ihm die Schweifrübe und stellst dir dabei bildlich vor, wie du ihn von Penthesilea wegschiebst, hinein in ein neues Leben. Wenn die Perle abfällt, weißt du, dass ihr die Trauerphase überwunden habt.«

Jana nickt ernst.

»Mit den Hufen haben wir auch wieder Probleme«, sagt sie. »Hast du noch was von der Tinktur für uns?«

Du hast keine Hufe, Janalein, denke ich. Warum sagen diese Pferdebesitzer immer »Wir«?

»Klar«, sage ich. »Für dich wie immer zum Vorteilspreis von fünfzig Euro, weil du meine treueste Kundin bist. Aber nicht weitersagen!«

»Wie viele Termine machst du eigentlich am Tag?«, fragt Jana, während wir zu meinem Auto gehen, um die Tinktur zu holen.

»Unterschiedlich. Ich muss da auch auf meinen Energiehaushalt achten. Wenn es so eine intensive ›Session‹ war wie heute, muss ich mich danach natürlich erst mal hinlegen.«

Aus der Krankenbox, in der eine Warmblutstute steht, ertönt schallendes Gelächter. Kurz darauf kommt der Kopf von Dr. Lazik über der Umrandung zum Vorschein. »Na, Frau Blöchinger, das müssen ja anstrengende Arbeitstage sein für Sie«, ruft er mir zu. »Würde mich auch stressen, mir den ganzen Mist auszudenken!«

Seine lockigen Haare hängen ihm wirr in die Stirn, und er zwinkert uns mit seinen braunen Augen zu. Ich weiß ausnahmsweise mal nicht, was ich sagen soll.

»Berenice hat Puck wenigstens geholfen«, verteidigt mich Jana. »Im Gegensatz zu *Ihnen*!«

»Ich kann Puck nicht helfen, weil er nichts hat«, sagt Dr. Lazik. »Und ich ziehe niemandem Geld aus der Tasche für ein gesundes Pferd. Im Gegensatz zu gewissen anderen Leuten.«

»War Penthesilea auch bei Ihnen in Behandlung? Dann würde ich mal sagen, der Behandlungserfolg spricht nicht gerade für Ihre Methoden«, stänkere ich zurück.

Dr. Lazik runzelt die Stirn. »Penthesilea starb bei einem Ausritt, ein Jäger hat das Pferd mit einem Wildschwein verwechselt und erschossen. Hat Ihnen das noch keiner Ihrer Klienten zugeflüstert?«

Ich habe plötzlich so ein fallendes Gefühl im Bauch. »Wie schrecklich!«

»Ja, ist es. Und jetzt entschuldigen Sie mich, ich habe zu tun«, sagt er und bückt sich wieder, um das Bein der Stute zu begutachten.

»Ich habe natürlich von den anderen Pferden, die bei dem Ausritt dabei waren, mitbekommen, dass ein Unglück passiert ist«, sage ich erklärend zu Jana, als wir an meinem Auto angekommen sind. »Aber was genau es war, konnte ich nicht sehen. Das haben die komplett abgespalten. So was kann schon mal vorkommen bei sehr traumatischen Erfahrungen.«

»Wäre es dann nicht wichtig, dass du die anderen Pferde bei ihrer Trauerarbeit begleitest? Und ihnen hilfst, das Trauma zu integrieren?«

»Klar«, sage ich. »Du kannst es den anderen Besitzern ja

mal vorschlagen. Aber am Ende muss jeder für sich selbst entscheiden, ob sein Pferd ihm das wert ist.«

Ich parke vor dem Haus und trage die Ergebnisse meines heutigen Arbeitstages in den Flur. Eintausenddreihundertfünfzig Euro (für vier »Sessions«, zweimal Huftinktur, eine Keramikperle und eine Spezialsalbe, bestehend aus eingefärbtem Melkfett), eine Abschwitzdecke, eine Satteldecke von *Equestrian Stockholm* in der Farbe *Mahogany Glimmer* und ein *Haas*-Echtholzbürstenset, das meinem letzten Patienten angeblich zu kratzig war (»Reiß mir doch gleich mit einer rostigen Harke das Fell aus, wenn du mich so sehr hasst«, habe ich das Pferd zitiert, woraufhin die entsetzte Besitzerin das Bürstenset sofort in die Mülltonne an der Straße warf).

Keine schlechte Ausbeute für einen gewöhnlichen Montag. Trotzdem habe ich ein seltsames Gefühl. Ich wünschte, Dr. Lazik hätte nicht gehört, wie ich gesagt habe, dass ich mich nach einem intensiven Gespräch mit einem Pferd hinlegen müsste. Das war nicht für seine kritischen Ohren bestimmt gewesen, sondern für Jana, und ich bin peinlich berührt, dass er zugehört hat. Als hätte ich einem Kind einen Zaubertrick gezeigt und mich in dem Gefühl der Bewunderung gesonnt, bis dann ein Erwachsener gesagt hätte: »Du hast die Taube doch einfach nur platt gehauen.«

Na ja, wenn ich es mir recht überlege, *war* es ein anstrengender Tag. Ein heißes Bad wird mir jetzt guttun …

Ich liege in meinem Whirlpool und schaue verträumt die Badezimmerdecke an. Da oben habe ich Hunderte von kleinen Lämpchen einbauen lassen, die einen Sternenhimmel darstellen. Wenn man sich auskennt, kann man sogar die einzelnen Sternbilder erkennen.

Dieses Badezimmer ist ein kleiner Traum, den ich mir erfüllt habe. Alles ist in edlem dunklen Schiefer gehalten, und der Whirlpool mit Massagedüsen steht auf einem Podest. Eine Tür führt in meine Sauna, in der ich mich gerne nach langen Winterausritten aufwärme, und eine Tür führt nach draußen. Ich kann durch die Glastür meine Pferde sehen, die noch eine abendliche Kontrollrunde über den Paddock Trail machen, bevor sie sich in ihren Unterstand zurückziehen. Die Genehmigung für die Pferdehaltung direkt am Haus zu bekommen war nicht einfach. Ich musste dafür sorgen, dass das Gebiet als »Innenbereich im Außenbereich« ausgewiesen wurde; außerdem musste ich vierunddreißig Insektenhotels bauen, Ausgleichsbepflanzungen mit Sträuchern vornehmen, deren Namen ich noch nie gehört hatte, sehr viel Sekt mit einem unattraktiven Herrn vom Genehmigungsausschuss trinken und ein ausschweifendes Gespräch mit der Katze der Bürgermeisterin vortäuschen. Aber es hat sich gelohnt: Seit ich Jörp und Drusla bei mir zu Hause habe, bekomme ich viel mehr von den beiden mit. Gerade zum Beispiel widmet sich Drusla mit großem Appetit einem frischen, dampfenden Haufen, den Jörp gemacht hat, und ich mache mir eine mentale Notiz, sie mal gründlich auf Mangelerscheinungen durchchecken zu lassen. Von einem richtigen Arzt natürlich.

Ich seufze, strecke mich im warmen Wasser aus und denke an Dr. Lazik. Ich wünschte, ich hätte ihn woanders kennengelernt. Auf irgendeiner Internetseite für verzweifelte Singles, ganz normal halt. Stattdessen kam er eines schönen Sommertages auf der Stallgasse auf mich zu, als ich gerade der Besitzerin eines völlig verfetteten Fjordpferdes hanebüchenen Unsinn erzählte.

»Na, so was, die Quacksalberin«, sagte er, gar nicht mal unfreundlich, und streckte mir die Hand hin. »Endlich treffe ich Sie mal persönlich. Hab schon allen möglichen Quatsch über Sie gehört!«

»Und Sie sind …?«

»Der Tierarzt.« Ich war überrascht. Die meisten Landtierärzte sind alt und schrullig und sehen aus, als hätte ein nicht besonders talentiertes Kind sie aus Kartoffeln gebastelt. Aber dieser hier war anders. »Wissen Sie, manche Leute studieren wenigstens, bevor sie Pferdebesitzern das Geld aus der Tasche ziehen!«

»Ich hab auch studiert!«

Er lachte, und zwei Grübchen erschienen in seinem sonnengebräunten Gesicht. »Ach ja? Was denn?«

»Kommunikationswissenschaft!«

»Und da lernt man, mit Gäulen zu sprechen?«

Nein, da lernt man, wie man Leuten Blödsinn erzählt, dachte ich, aber das sagte ich natürlich nicht. Stattdessen bückte ich mich nach meiner Tasche, faselte irgendwas von weiteren Terminen und wollte gehen.

»Was haben Sie denn da?«, fragte er und zeigte auf meine Tasche.

»Das ist eine Arzttasche im Stil der 1920er-Jahre aus Feinrindleder.«

»Nein, ich meine, was haben Sie dadrin? Eine Portion heiße Luft?«

Ich fing an zu schwitzen. Ich hätte gerne etwas Schlagfertiges gesagt, aber leider hatte Dr. Lazik recht, in meiner Arzttasche befand sich tatsächlich nichts.

Damals hielt ich noch nicht viel von Requisiten. Die Tinkturen und Mittelchen, die magischen Steine und die Perlen, über die ich sagte, sie seien aus Knochen, entdeckte ich erst später. Ich war überzeugt, man müsste auch ohne solche Hilfsmittel in der Lage sein, eine starke Show abzuliefern. Heute weiß ich, da ist zwar was Wahres dran, aber nichts ist wirkungsvoller als ein kleiner Gegenstand, der die Besitzerin jeden Tag aufs Neue an die »Session« erinnert.

Die Tasche schleppte ich trotzdem mit mir herum, denn sie verlieh mir einen Hauch von Professionalität und hob mich von den normalen Pferdebesitzern ab. Woher sollte man sonst wissen, ob ich eine Freundin oder Reitbeteiligung war, gerade jetzt im Sommer, wo ich nur ein dünnes Top mit Spaghettiträgern und eine Leggings trug.

»Schauen Sie mal«, sagte er und hob seine eigene Arzttasche an, die meiner ziemlich ähnlich sah, nur dass sie deutlich verbeulter und abgenutzter war. »Ich hab da meine Sachen drin. Die ich für meine *Arbeit* brauche. An der Art, wie Sie Ihre Tasche tragen, sieht man, dass sie leer ist. Nur so als kleiner Tipp. Und jetzt entschuldigen Sie mich, *ich* werde nämlich gebraucht.«

Mit diesen Worten verschwand er und ließ mich rot vor Scham mit der Besitzerin des dicken Fjordis zurück. Ich faselte etwas darüber, dass man von außen nicht erkennen könne, wie leicht oder schwer etwas wäre, und dass es doch viel mehr darauf ankäme, ob man einer Aufgabe gewachsen sei; dass die ganze Begegnung eigentlich eine schöne Metapher dafür sei, wie manche Menschen immer versuchten, alles zu hinterfragen, aber dass die Wissenschaft eben auch irgendwo an ihre Grenzen käme. Aber es nützte nichts, ich wurde nie wieder zu dem Fjordpferd gerufen, und der hübsche Tierarzt beschäftigte von da an meine Gedanken.

Einmal gerieten wir aneinander. Das war, als ich entgegen meinen sonstigen Gepflogenheiten im Rennstall »praktizierte«.

Zwischen all den topfitten, durchtrainierten Vollblütern und geschäftig hin und her eilenden Menschen fühle ich mich fehl am Platze. Mein Revier sind die kleineren Pensionsställe in der Umgebung, wo Pferde stehen, die vor allem für Ausritte und ab und zu mal eine Privatreitstunde eingesetzt werden. Die Freizeitreiterinnen haben Probleme, die sie sich größtenteils nur einbilden und die man mit etwas Hokuspokus einfach aus der Welt schaffen kann. Ihr Pferd hat mal komisch geschaut oder mit dem Schweif gezuckt, oder es wollte nicht an einem Lkw mit flatternder Plane vorbeigehen, und zack, machen sie eine Identitäts- und Beziehungskrise daraus. Tatsächlich bin ich überzeugt, schon einigen geholfen zu haben. Denn wenn die Besitzerin fest daran glaubt, dass zum Beispiel der nächste Ausritt problemlos verlaufen wird, strahlt sie diese Sicherheit auch aus, und schon wird ihr Pferd ruhiger.

Anders sieht es aus, wenn es um messbare Leistungen geht, und deswegen meide ich die großen Turnierställe und den Rennstall normalerweise. Aber die Besitzerin des teuren Rennpferdes hatte mich angefleht, vorbeizukommen, und mir war auf die Schnelle keine gute Begründung eingefallen, warum ich ihrem Tier nicht »helfen« sollte.

»Wie heißt er denn?« Trotz ihrer eigentlich niedergeschlagenen Stimmung musste die Besitzerin kichern. »Rennbrandt! Verstehen Sie, wegen Rembrandt … nur mit doppeltem n! Wegen Rennen! Er läuft ja Rennen!«

»Hammer«, sagte ich und rang mir ein gequältes Lächeln ab. »Auf so was muss man erst mal kommen!«

Wenn es eines gibt, was mir inzwischen richtig auf den Sack geht, dann sind es diese gewollt originellen Pferdenamen, die manche so toll finden. Ich finde, das hört in dem Moment auf, cool zu sein, wo man von anderen Menschen verlangt, mit dem Tier zu interagieren. Wenn du dein Pferd zu Hause im Garten hältst, wo es niemand zu Gesicht bekommt, nenn es meinetwegen Frittenbude, Wurstbrot oder Satan-Nadine, *who cares*. Aber zwing mich nicht, mit Popelnase oder Donnerbert Flutschhammer zu reden, das ist nämlich peinlich. Ich boykottiere das und nenne Pferde mit doofen Namen grundsätzlich Mausi oder Junge, genauso, wie ich beim Bäcker auch stumpf in die Auslage zeige und sage »ich will das da«, und nicht »bitte ein Kraftmeier« oder »bitte ein Lausbübli«.

»So ein braver Junge. Dann wollen wir mal sehen«, sagte ich und begann mein übliches Betatsch-Ritual.

»Ich glaube, Rennbrandt hadert im Moment mit seinem Beruf. Er hat einfach Motivationsprobleme!«, redete die Besitzerin dazwischen.

»Das würd ich gern von ihm selber hören, okay, Frau Papenberg?«

Ich hasse es, wenn die Besitzer mir alles vorsagen. Motivationsprobleme wollte *ich* sagen! Aber das hatte sie mir jetzt schon weggenommen.

Ich legte meine Hand auf die Schulter des Wallachs, kraulte ihn ein bisschen und merkte, dass er das nicht kannte. »Ich glaube, er muss lernen, dass er auch dann wertvoll ist, wenn er gerade keine Erfolge einbringt«, sagte ich.

Die Besitzerin sah mich entgeistert an. »Aber … das … stimmt nicht?!«, sagte sie verwirrt. Oh. Okay.

Aus reiner Verlegenheit hob ich den Huf an und untersuchte ihn. Überrascht sah ich, dass das Tier Strahlfäule hatte. Bei so einem teuren Pferd, das zudem in einer trockenen Box stand, sollte das eigentlich nicht vorkommen.

Ich trug gerade meine »Spezialtinktur« auf, als ich eine laute Stimme hörte.

»Was machen Sie denn da?!« Dr. Lazik wirkte verärgert.

»Ich wurde zu … diesem Pferd gerufen.«

»Hören Sie mal, ich behandle …«, er zögerte kurz und schien mit sich zu ringen, ob er den Namen sagen sollte, »ich behandle … *dieses Pferd*. Das geht nicht, dass Sie da auch noch dran herumpfuschen!«

»Aber es gibt doch Situationen, wo die Schulmedizin an ihre Grenzen kommt«, warf die Besitzerin ein.

»Mag sein – aber das hier ist keine davon! Das Vieh hat Strahlfäule! Meine Güte, machen Sie halt täglich eine einfache Mundspülung drauf, wie ich es Ihnen gesagt habe.«

»Meine Tinktur …« Ich wusste gar nicht so genau, was ich sagen wollte. Basiert auf der Wirkung von Mundspülung? Ist streng genommen Mundspülung?

»Ihre Tinktur schmieren Sie besser nicht auf meine Patienten! Wenn Sie damit alles nur noch schlimmer machen, fällt das nämlich auf mich zurück. Gehen Sie meinetwegen auf die Mountain Ranch und machen Sie da Ihre Zaubertricks, aber halten Sie sich von den Rennpferden fern!«

»Ich kann unter diesen Bedingungen nicht mit Ihrem Pferd arbeiten, es tut mir leid!«, sagte ich zu der Besitzerin.

»Und ich werde Ihr Pferd in Zukunft nicht behandeln, wenn Sie eine Quacksalberin irgendwelche Tinkturen auftragen lassen. Sie können nicht beides haben!«, sagte er.

»Tja, dann würde ich … weil Rennbrandt in letzter Zeit wirklich starke Motivationsprobleme und wenig Selbstbewusstsein hatte … es gerne mit der Frau Blöchinger versuchen«, sagte die Besitzerin und lächelte Dr. Lazik unsicher an.

»Wow. Na, dann mal ganz viel Erfolg. Ich bin gespannt.« Kopfschüttelnd ging er die Stallgasse hinunter. Und ließ mich mit einem Patienten zurück, auf den ich gerne verzichtet hätte. Ich war jetzt schon mit meinem Latein am Ende, und dabei musste ich noch acht Minuten durchhalten, bis überhaupt die erste »Session« vorbei war.

Das Wasser ist kalt geworden, und ich muss allmählich ins Bett. Morgen früh wartet ein Pferd auf mich, das keine Schafe mag; außerdem soll ich einen Streit zwischen zwei Ponys schlichten. Ich lasse das Wasser aus dem Whirlpool ablaufen und spüre, wie meine Knochen wieder schwerer werden. Einen kleinen Moment bleibe ich noch mit geschlossenen Augen sitzen und warte darauf, dass sich mein Kreislauf normalisiert. Dann stehe ich auf und steige aus dem Whirlpool. Ich habe vergessen, ein Handtuch hinzulegen, denke ich noch, und dann rutsche ich mit meinen nassen Füßen auf den Fliesen aus, rudere mit den Armen, falle wie in Zeitlupe hintenüber und schlage mit dem Kopf auf dem Rand des Podestes auf.

Ich liege ganz allein in einer verlassenen Moorlandschaft. Ein großer, schwarzer Vogel sitzt auf meinem Kopf und schaut auf mich herab. »Hallo, Vogel«, sage ich. »Wie heißt du?«

»Ich heiße so, wie du mich nennst«, sagt der Vogel.

»Was bedeutet das?«, frage ich.

»Dass *du* das nicht verstehst, war mir klar«, sagt der Vogel.

»Aber …«

»Genug geplaudert, jetzt öffnen wir erst mal dein drittes Auge«, sagt er und fängt an, auf meiner Stirn herumzupicken. »Kannst du mich vielleicht in Ruhe lassen?«, frage ich. Der Vogel lacht. »Ich lasse dich erst in Ruhe, wenn du dich deinen Problemen stellst.«

»Aber ich habe gar keine Probleme!«

»Dann wird es Zeit, dass du welche bekommst«, sagt er und pickt ungerührt weiter.

Ich schlage die Augen auf. Mir ist kalt, ich bin nass, ich liege nackt auf dem Badezimmerfußboden, und mein Schädel droht, zu zerspringen. Auf dem Rand des Whirlpools vibriert mein Handy.

Beim ersten Mal dachte ich noch, ich hätte es mir nur eingebildet. Ein kurzes Husten oder Räuspern, was verdächtig wie das Wort »Schlampe« klang. Ich fuhr herum, aber da war niemand, die Stallgasse war leer.

Ich stehe vor Rennbrandts Box und warte auf seine Besitzerin, die sich mal wieder verspätet. Allerdings bin ich wohl die Letzte, die sich darüber beschweren darf; ich bin erst aus meinem Albtraum auf dem Badezimmerfußboden aufgewacht, als ich den Termin mit dem Pferd, das sich vor Schafen fürchtet, komplett verpasst hatte, und zu der Streitschlichtung mit den zwei Ponys bin ich zu spät gekommen und habe nur noch Zeit gehabt, mir die Perspektive des einen Ponys auszudenken. Die andere Besitzerin musste ich auf einen anderen Tag vertrösten, auch wenn sie jammerte, dass es bestimmt schlecht für ihre kleine Piña Colada wäre, dass sie ihre Sichtweise jetzt gar nicht äußern durfte. Aber ich wollte nicht den Termin mit Rennbrandt verpassen, denn ich hatte keine Ahnung, wie ich die Besitzerin zufriedenstellen sollte, und wollte nicht auch noch unpünktlich sein.

Doch Frau Papenberg kommt und kommt nicht. Und jetzt bin ich mir ganz sicher, eine Stimme gehört zu haben. Eine dünne, etwas heisere Stimme.

»Ja, dich meine ich. Hast schon richtig gehört. Komm mal ran hier!«

Ich folge der Stimme die Stallgasse herunter bis zu einer leeren Box. »Na, komm schon!« Noch einmal schaue ich mich um, aber es ist weit und breit niemand zu sehen. Will mir jemand einen Streich spielen?

Ich nehme meinen ganzen Mut zusammen und öffne die Boxentür.

In der Box, die ich für leer gehalten hatte, steht ein kleines Shetlandpony. Ein Schimmel mit grauen Äpfeln auf der Kruppe und ganz viel flauschigem Fell.

»Na endlich«, sagt es. »Ich dachte schon, du kommst nie. Was guckst du denn so? Noch nie ein Pony gesehen?«

Ich starre das Shetty an. Das kann nicht wahr sein. Ganz sicher bilde ich mir das nur ein.

»Wir haben nicht viel Zeit, ich hab eben schon gehört, dass die Frau mit der nervigen Stimme auf dem Hof geparkt hat. Komm mal nach eurem ›Termin‹ noch mal zu mir rein. Wir beide haben etwas zu besprechen. Ich habe ein Angebot für dich«, sagt das Pony und wendet sich mit der größten Selbstverständlichkeit wieder seinem Heunetz zu.

»Frau Blöchinger?!«

Tatsächlich ruft Frau Papenberg meinen Namen über die Stallgasse.

»Moment, ich komme!«

Ich schlüpfe aus der Box. »Wem gehört denn das, äh, Pony hier? Das läuft aber keine Rennen, oder?« Ich bemühe mich, meiner Stimme einen leichten, unbeschwerten Klang zu geben, aber innerlich bin ich zutiefst erschüttert. Was, wenn ich langsam verrückt werde?

»Das ist nur das Stallmaskottchen. Wenn ein Pferd verletzt ist und nicht mit den anderen rauskann, stellen wir das Kleine dazu, damit es nicht alleine ist. Und es fährt auch im Hänger mit, manche beruhigt das.«

Ich nicke. Das Pony ist also keine Einbildung, es ist wirklich da. Aber die Stimme muss ich mir eingebildet haben.

»Du bist 'ne dumme alte Schlampe, und dieser enge Rollkragen steht dir nicht so gut, wie du denkst!«, ertönt es aus der Box. »Wenn du dir meine Stimme nur eingebildet hast, warum kann ich dann gemeine Sachen zu dir sagen?«

Da ist was dran. Andererseits, vielleicht bin ich so ein zutiefst unzufriedener, gestörter Mensch, dass ich mir ein zotteliges Pony ausgedacht habe, das mich beschimpft.

»Bin nicht zottelig!!! Und jemand mit deiner Frisur sollte mal ganz ruhig sein«, kräht es aus der Box.

»Kommen Sie?«, fragt die Besitzerin.

Ich mache ein bisschen Tamtam mit Rennbrandt, aber ich kann mich nicht konzentrieren. Außerdem weiß ich allmählich nicht mehr, was ich noch sagen soll. Die Strahlfäule hat sich gebessert, und auch ansonsten macht Rennbrandt einen ganz gesunden, properen Eindruck. Er lässt sich überall anfassen, seine Muskulatur sieht gut aus, sein Fell glänzt …

»Seit wann ist Ihnen denn aufgefallen, dass … Ihr Pferd … eine Schaffenskrise hat?«

»Seit seiner Verletzung hat er nie wieder zu seiner alten Leistung zurückgefunden.«

Verletzung! Jetzt fällt es mir ein, ich hatte ja auch eine

Verletzung! Ich hab mir den Kopf angehauen. Natürlich, das wird es sein. Deswegen bilde ich mir auf einmal sprechende Shetlandponys ein.

»Aber die Verletzung wurde richtig auskuriert?«

Sie wirft mir einen irritierten Blick zu. »Das müssten Sie ihn doch fragen können. Tut ihm noch was weh?«

»Nein«, sage ich und weiß nicht weiter.

»Aber er muss Ihnen doch irgendeinen Grund gesagt haben? Er hat überhaupt keinen Biss mehr. Es ist, als wollte er plötzlich nicht mehr gewinnen. Früher war er ganz anders!«

»Na ja, er hat angedeutet, dass er für sich im Moment nicht so viel Sinn an einer weiteren Karriere als Rennpferd sieht. Er möchte nicht immer nur auf seine Leistungen reduziert werden.«

»Dann wird es höchste Zeit, dass Sie ihm helfen, wieder einen Sinn darin zu sehen. Ansonsten wird er nämlich bald auf ganz was anderes reduziert«, sagt die Besitzerin kühl. »Salami, wenn Sie verstehen, was ich meine.« Wow, damit habe ich nicht gerechnet.

»Ich gebe Ihnen noch drei Termine. Entweder er läuft dann wieder wie früher, oder wir brechen die Sache ab. Dann müsste ich allerdings auch meinen Followern davon berichten …«

Sie lässt den Satz vielsagend in der Luft hängen. Rennbrandts Besitzerin ist eine erfolgreiche Influencerin, sie hat über hunderttausend Follower – »hundert k«, wie sie selber sagt, wobei sie das k auf eine affektierte Art englisch ausspricht – und postet gerne schöne Fotos von sich und Rennbrandt. Am liebsten natürlich mit Siegerkranz …

Wir gehen gemeinsam zurück zum Parkplatz. Ich warte, bis die Frau außer Sicht ist, und kehre dann wieder auf die Stallgasse zurück.

»Na endlich«, höre ich die Stimme des Ponys rufen. »Beim nächsten Mal kommst du aber pronto!«

»Was willst du?«, flüstere ich.

»Nicht flüstern«, sagt das Pony.

»Was willst du?«, frage ich mit normaler Stimme und komme mir bescheuert vor.

»Nein, ich meine, du musst nicht reden«, sagt es. »Es reicht vollkommen, wenn du denkst. Ich krieg das dann schon mit. So subtil, wie du glaubst, bist du nämlich nicht.«

»Okay«, denke ich, diesmal, ohne etwas zu sagen. »Also, was willst du?«

»Du sollst mir helfen, meinen Freund zu finden. Rennbrandt. Ich schaffe das nicht alleine, ich hab nämlich keine Hände!«

»Das ist leicht«, denke ich. »Rennbrandt steht da vorne in der Box!«

»Nein, leider nicht«, sagt das Pony.

»Doch, ich habe ihn gerade eben noch untersucht. Und jetzt entschuldige mich, ich muss arbeiten.«

Ich drehe mich um und will gehen, aber ich komme nicht weit, sondern falle auf die Knie.

»DU AUSGELEIERTE ALTE STUTE, DIE VON ALLEN DÄMPFIGEN HENGSTEN DIESER WELT BESTIEGEN WURDE! WER DICH GEZEUGT HAT, GEHÖRT ABGEKÖRT! MÖGEST DU AN EINER DARMVERSCHLINGUNG EINGEHEN! AAAAAAH!!!« Die Worte des Ponys dringen mit einer solchen Intensität in meinen Kopf ein, dass ich das Gefühl habe, meine Schädeldecke würde zerbersten.

So fühlt sich das also an, wenn man wirklich von etwas überwältigt wird, und es nicht bloß fakt. Ich knie im Stroh und zittere.

Wenig später führe ich das Pony am Halfter zu Rennbrandts Box.

»Hier, guck, da ist dein Freund«, teile ich ihm telepathisch mit.

»Nope«, antwortet das Pony. »Das ist nicht Rennbrandt. Das ist ein Plagiat.« Das Pferd in der Box starrt das kleine Pony unverwandt an und kaut weiter.

»Ich weiß nicht, wer das ist und warum er hier ist«, sagt das Pony. »Aber eines weiß ich: Rennbrandt ist weg. Und ich beauftrage dich hiermit, herauszufinden, wo er ist, und ihn zurückzubringen.«

»Also, Sie haben eine Stimme gehört. Woher wussten Sie denn, dass es die Stimme eines Pferdes war? Hatten Sie dabei auch optische Halluzinationen, hat der Gaul seinen Mund bewegt? Oder hat er Sie nur angesehen?«

Ich starre beschämt auf den Schreibtisch des Arztes, wo ein silberner Bilderrahmen steht. Dieser Mann hat es geschafft: Er hat ein normales Leben, die statistisch gesehen wahrscheinlichste Anzahl an Kindern, irgendein Haustier, das brav die Schnauze hält, und keine Probleme. Ich beneide ihn glühend.

»Es war ein Pony. Und es hat den Mund nicht bewegt, ich habe die Stimme in meinem Kopf gehört. Aber es war eindeutig, dass es seine Stimme war.«

Der Arzt runzelt die Stirn. »Hatten Sie in letzter Zeit viel Stress? Was machen Sie beruflich?«

»Ich bin selbstständig.«

»Selbstständig als was?«

»Als Tierkommunikatorin.«

»Als was?!«

»Tierkommunikatorin. Ich sage Leuten, was ihre Tiere denken.«

Der Arzt lacht. »Na, dann sollte man doch meinen, dass Sie ganz zufrieden sein können? Ist doch besser, als sich das alles ausdenken zu müssen. Was hat es denn gesagt?«

»Es hat gesagt, dass ich eine Schlampe bin«, flüstere ich.

Wenig später stehe ich mit einem Rezept für ein Beruhigungsmittel und einer Überweisung zum Psychiater wieder auf der Straße und fühle mich kein Stück besser als vorher. Na toll, denke ich mir und schmeiße die beiden Zettel in den nächsten Papierkorb. Er hätte mir wenigstens einen Schluck überteuertes Mundwasser verkaufen können.

Ich dachte, dass der Tag nicht noch schlimmer werden könnte, aber meine nächste Kundin toppt wirklich alles. Sie hält mir einen Kettenanhänger hin. Ich starre sie verständnislos an. »Na, dann legen Sie mal los!«, sagt sie und lächelt mich an. »Ich bin ganz Ohr!«

»Was soll ich mit dem Schmuck?«, frage ich.

»Das ist nicht irgendein Schmuck«, sagt meine neue Kundin empört. »Da ist Kurt drin! Ich hab ihn doch einäschern lassen, und seine Asche wurde dann in einen Diamanten gepresst!«

Ich muss ein paar Mal tief durchatmen, bevor ich etwas dazu sagen kann. Jeder Mensch hat irgendwo eine Grenze. Ich bin total bereit, so zu tun, als ob ich mit einem Pferd reden könnte; ich habe auch schon mit Eseln gesprochen, und einmal mit einer zahmen Zwergziege. Natürlich ist das, was ich mache, Betrug, aber es ist zumindest theoretisch vorstellbar, dass ich einen Weg gefunden haben könnte, telepathisch mit anderen lebendigen Wesen zu kommunizieren. Aber doch nicht mit einem Stein! Wie soll das gehen? Und selbst wenn der Stein reden könnte, was würde er sagen?! »Och, mir geht's gut, ich liege hier so rum und bin hart!«

Mein Telefon klingelt, und ich werde zu einem Notfall gerufen.

»Aber was ist mit Kurt?!«

»Seien Sie mir nicht böse, aber ich glaube, Kurt hat alle Zeit der Welt!«

Es ist eine dieser Situationen, die ich hasse: Hier hätte man einen Tierarzt rufen müssen, und zwar vor mehreren Stunden. Und selbst dann wäre fraglich gewesen, ob er noch etwas für das Pferd hätte tun können, aber nun ist es zu spät.

Der Jährling hat sich eine tiefe Wunde am Fesselgelenk zugezogen, und was herausläuft, ist ganz eindeutig Gelenkflüssigkeit.

»Warum sind Sie nicht in die Klinik gefahren?«, frage ich.

»Ist es so schlimm? Ich war arbeiten, und der Stallbesitzer meinte, es reicht, wenn ich nach Feierabend mal nach ihm schaue.«

Ich könnte schreien, aber das hilft dem Pferd jetzt auch nicht.

»Sie müssen unbedingt einen Tierarzt rufen«, sage ich bemüht ruhig.

»Aber wir haben ja extra Sie gerufen …«, beeilt sich die Besitzerin, zu sagen. »Ich bin immer dafür, es erst mal mit sanften Methoden zu versuchen!«

»Hören Sie, Sie können mich rufen, wenn Ihr Pferd Angst vor einer Plane hat oder sich nicht mit Fliegenspray einsprühen lässt; ich kann Ihnen helfen, wenn Ihr Pferd sich nicht mehr mit Ihrem Hund versteht oder wenn es irgendwie traurig wirkt, aber doch nicht, wenn das Gelenk kaputt ist! Dann brauchen Sie einen Tierarzt!«

»Das Gelenk ist kaputt?«, wiederholt die Besitzerin entsetzt. »Mir wurde gesagt, es ist nur eine Schramme! Wenn ich das gewusst hätte, wäre ich doch früher gekommen!«

Was viele Leute nicht verstehen: Mit der Realität kann man nicht diskutieren. Es ist egal, wer wann was gesagt hat. Es ist auch egal, ob man sich alles ganz anders gewünscht hätte. Wir können nur vorwärts leben; wenn man ständig zurückschaut, verpasst man das, was gerade passiert.

Das Jungpferd scheint starke Schmerzen zu haben, und mit der Besitzerin ist erst mal nichts anzufangen, deswegen hole ich mein Handy raus und wähle die Nummer von Dr. Lazik.

Er macht zuerst seine üblichen Scherze, wird aber sofort ernst, als ich ihm sage, was passiert ist. »Sicher, dass es keine Wundflüssigkeit ist?«

»Ja«, ich senke aus Rücksicht auf die weinende Besitzerin etwas die Stimme. »Das Gelenk ist hin, ziemlich sicher.«

Er seufzt. »Ich komme, so schnell ich kann. Können Sie … können Sie bitte warten, bis ich da bin?«

Ohne zu überlegen, sage ich Ja. Nach dem Auflegen wundere ich mich. Warum will er mich dabeihaben?

Die Minuten schleichen dahin, und ich versuche, gleichmäßig zu atmen und Ruhe zu verbreiten, während die Besitzerin weint und ihr Pferd mit Globuli füttert. Endlich hören wir, wie sich ein Auto nähert.

Nachdem Dr. Lazik die Untersuchung abgeschlossen hat und in sorgfältig gewählten Worten mitgeteilt hat, dass er keine andere Lösung sieht, als das Pferd einzuschläfern, wird auch deutlich, warum er mich dabeihaben wollte. Denn die Besitzerin weigert sich. Der Schock sitzt zu tief, sie hängt an dem Pferd, und sie ist für rationale Argumente nicht mehr zu erreichen. »Pferde sind Lauftiere«, sagt Dr. Lazik ruhig. »Das Gelenk ist nicht zu retten, es gibt keine Möglichkeit, dass er noch ein artgerechtes Leben führen könnte.«

»Ich hab letztens ein Video gesehen, da war ein Pferd mit einer Beinprothese!«, schluchzt die Besitzerin.

Dr. Lazik nickt. »Ja, das ist ein teurer Zuchthengst, der am Leben erhalten wird, um weiterhin seinen Samen ernten zu können. Er kann kaum mehr als ein paar Meter laufen, geschweige denn auf der Koppel galoppieren, das ist doch kein Leben. Das ist menschlicher Egoismus!«

Die Besitzerin schüttelt den Kopf und weint. »Vielleicht gibt es in ein paar Jahren bessere Möglichkeiten …«

»Das kann sein«, sagt Dr. Lazik. »Aber Ihrem Pferd nützt das leider nicht mehr. Er lebt jetzt. Er leidet. Wenn Sie mir nicht glauben, fragen Sie doch mal Frau Blöchinger, was Ihr Pferd will.«

Ich habe mir inzwischen schon gedacht, dass es darauf hinauslaufen wird, und lege dem Pferd eine Hand auf die Stirn. Passenderweise fängt es an zu regnen.

Angesichts der Schwere der Situation habe ich ein schlechtes Gewissen, mir wie üblich irgendwas auszudenken, und horche in mich hinein, ob da wirklich nichts ist. Leider machen sich meine neu gefundenen Fähigkeiten nicht bemerkbar. Müsste ich nicht irgendetwas wahrnehmen? Kann ich wirklich nur mit einem einzigen weißen Shetlandpony kommunizieren?

Vielleicht haben unterschiedliche Pferde unterschiedliche Funkfrequenzen, vielleicht habe ich mir die Sache mit dem Shetlandpony nur eingebildet, ich weiß es nicht. Fest steht, ich höre nur den Regen, der uns langsam durchnässt, die unterdrückten Schluchzer der Besitzerin und die mühsamen Atemzüge des Pferdes.

Dr. Lazik nickt mir aufmunternd zu. Ich räuspere mich. »Er ist Ihnen sehr dankbar«, sage ich. »Er ist dankbar für dieses Leben, das er hatte, und er sagt … er sagt, Sie müssen ihm verzeihen, dass er Sie zurücklassen muss.« Ich muss an Halastjarna denken, mein erstes Pferd, und auf einmal kommen so viele Erinnerungen hoch, und ich schmecke nicht mehr nur den Regen, sondern auch meine eigenen Tränen. »Das ist das Einzige, was er bedauert«, sage ich. »Dass er Sie nur ein Stück des Weges begleiten kann. Aber es geht einfach nicht mehr.«

Ich wische mir die Tränen mit dem Ärmel ab und wende mich der Besitzerin zu. Sie nickt und senkt den Kopf. »Erlösen Sie ihn.«

Während Dr. Lazik alles vorbereitet, helfe ich der Besitzerin, Lausers Lieblingsdecke, ein paar Karotten und eine kleine Portion Mash rauszutragen. Wir alle sind inzwischen völlig durchnässt, aber niemand sagt etwas dazu. Es fühlt sich an, als wären wir zu dritt in ein Zeitloch gefallen. Die Besitzerin drückt ihr Gesicht an den Hals ihres Pferdes. »Können Sie ihm sagen, dass ich ihn liebe und dass es mir leidtut?«

Ich nicke. »Das weiß er.«

Nun gibt es nur noch den Regen, das Schluchzen und unregelmäßige Atemzüge. Und dann hören die Atemzüge auf.

Leider scheint sich mein Auto ein Beispiel an dem armen Pferd genommen zu haben, es will einfach nicht anspringen. Ausgerechnet jetzt, wo ich nichts lieber will, als hier wegzukommen und das alles zu vergessen. Erschöpft lasse ich den Kopf auf das Lenkrad sinken.

Ein Klopfen an meinem Fenster lässt mich zusammenzucken.

»Ist alles okay, können Sie fahren?« Dr. Lazik schaut besorgt auf mich runter.

»Ich schon, aber das Auto nicht«, sage ich mürrisch. »Springt nicht an. Das kommt leider öfter vor bei dem Wetter. Mein Mechaniker hat mich schon gewarnt, dass bald das letzte Stündlein von dem Teil geschlagen hat.«

Er nickt, schaut auf die Uhr, zögert kurz und sagt dann: »Passen Sie auf, ich hab nur noch einen Termin am Rennstall und dann Feierabend. Wenn Sie möchten und kurz warten können, nehme ich Sie mit und bringe Sie hinterher nach Hause, das ist ja kein großer Umweg für mich. Dann können Sie in den nächsten Tagen in Ruhe überlegen, ob Sie die alte Kiste noch mal reparieren lassen oder nicht.«

Ich überlege. Zum Rennstall möchte ich eigentlich nicht so gerne, sonst bin ich am Ende doch reif für den Psychiater. Und wenn ich das Auto hier stehen lasse, muss ich es irgendwann abholen. Andererseits hat die Werkstatt sicher schon Feierabend, und selbst wenn ich jetzt noch jemanden erreichen würde, müsste ich bestimmt einen Notdienstzuschlag bezahlen und ewig warten. Gegessen habe ich auch noch nichts, und die Aussicht, noch mehr Zeit an diesem traurigen Ort zu verbringen, ist nicht gerade verlockend.

»Ich würd aber schon gern heute noch losfahren«, sagt er. »Oder müssen Sie erst ein Pferd um Rat fragen?«

Ich schüttele den Kopf und laufe mit ihm zu seinem Land Rover.

»Woher wissen Sie überhaupt, wo ich wohne?«

»Jeder hier in der Gegend weiß, wo die Pferdeschwurblerin wohnt!« Er lacht, als er meine Reaktion sieht. »Nehmen Sie es nicht persönlich. Sie haben das heute sehr gut gemacht. Ohne Sie wäre es noch viel anstrengender geworden.«

Schon als wir die Stallgasse betreten, höre ich das Pony nach mir rufen. »Na, schau mal an, wer sich endlich mal wieder blicken lässt! Hast du es dir überlegt?«

Einen Scheiß habe ich. Irgendwie hatte ich gehofft, dass sich das Problem in Luft auflösen würde. Wie alt wird eigentlich so ein Shetty?

»Jetzt hör aber auf«, sagt das Pony empört. »Mir geht's prächtig, ich hab sicher noch zehn schöne Jahre vor mir! Min-des-tens!«

Dr. Lazik hat sich unterdessen Cassandra zugewandt. Die dunkle Stute macht ein Schmerzgesicht und wirkt unruhig.

»Wir können das Ganze hier auch abkürzen, indem Sie mir sagen, was Cassandra hat. Dann kommen Sie schneller zu Ihrem Abendessen«, sagt er herausfordernd.

»Eierstockzyste«, sagt die nervige Stimme in meinem Kopf.

»Eierstockzyste«, sage ich laut, ohne nachzudenken.

»Wenn das stimmt, lade ich Sie zum Essen ein«, sagt er und lacht.

Er beginnt mit der Untersuchung und wird immer ernster und stiller.

»Das gibt's doch nicht!«

Ich bin mindestens genauso überrascht wie er, aber jetzt heißt es, cool bleiben. Ich mache ein Pokerface, als hätte ich nichts anderes erwartet.

»Eine meiner leichtesten Übungen!«

Als er mich nach Hause fährt, ist er auffallend schweigsam. Mehrmals merke ich, dass er mir forschende Blicke zuwirft.

Wir halten vor meiner Einfahrt, und die Stille zwischen uns wird immer unangenehmer. Endlich bricht er das Schweigen. »Meine Tochter hat ein Pony«, sagt er. »Sie hängt sehr daran, es ist in letzter Zeit ziemlich lustlos und apathisch. Wir haben alles ausprobiert, alle möglichen Untersuchungen, Zusatzfutter, nichts hat geholfen. Vielleicht …« Ich merke, wie schwer ihm diese Worte fallen. »Vielleicht können Sie es sich mal anschauen?«

»Klar«, sage ich übertrieben zuversichtlich. »Das mache

ich doch gerne! Danach müssen Sie aber auch Ihren Wetteinsatz einlösen und mich zum Essen einladen.«

Ich schließe die Haustür hinter mir und laufe kopfschüttelnd durch den Flur. Was habe ich mir da eingebrockt? Da ist doch die Katastrophe schon vorprogrammiert. Hoffentlich vergisst er es einfach wieder. Vielleicht ist die Frage auch nur aus einem emotionalen Moment heraus gekommen … Es war ein anstrengender Termin mit dem Jungpferd, das erlöst werden musste, und mein Eierstockzysten-Glückstreffer hat ihn natürlich aus der Bahn geworfen, aber wenn er erst mal zu Hause ist und vernünftig darüber nachdenkt, wird ihm auffallen, dass das Quatsch ist, und er wird das Thema nie wieder ansprechen. Schade nur, dass er mich dann gar nicht zum Abendessen einladen wird …

Meine Tiefkühlpizza ist noch nicht mal fertig, als mein Handy-Bildschirm aufleuchtet und mich darauf aufmerksam macht, dass ich eine E-Mail habe. Von ihm. Betreff: …

Vielleicht habe ich ja Glück, und er will mich einfach so zum Essen einladen? Vielleicht schreibt er: *Haha, vergiss das mit dem Pony, war nur ein Scherz – aber das gemeinsame Abendessen steht!*

Mit Herzklopfen öffne ich die Mail. *Hallo Berenice,* schreibt er. *Sie wissen ja, dass ich nicht an so was glaube, und natürlich muss das unter uns bleiben, aber ich denke, ich bin es meiner Tochter und ihrem Pony schuldig, nichts unversucht zu lassen. Im Anhang finden Sie ein Foto von der Stute. Finden Sie heraus, was sie hat, und wenn Sie schon mal dabei sind, fragen Sie auch gleich, ob sie wohl bitte aufhören könnte, ihr Heu zu tunken und damit die Tränke zu verstopfen ;-)*

Wenn das tatsächlich klappen sollte, dann lade ich Sie wirklich zum Essen ein. Aber wenn nichts dabei herauskommt, müssen Sie auf meine Gesellschaft leider verzichten – denn mit Trickbetrügerinnen gehe ich nicht essen. Nichts für ungut!

Lassen Sie es mich wissen, wenn Sie etwas herausgefunden haben. Viele Grüße, Kai Lazik.

Verdammt. Warum habe ich nicht direkt irgendeine Ausrede erfunden? Das fällt mir doch sonst auch nicht schwer. Ich hätte sagen sollen, ich sei befangen, weil er der Tierarzt ist. Oder behaupten, ich könne nicht mit dem Tier reden, weil seine medizinischen Geräte meine Schwingungen stören. Oder ich hätte ihm erzählen sollen, ich könne nur mit Großpferden reden und nicht mit Ponys. Was ziemlich absurd ist, weil sich ja momentan die Hinweise häufen, dass ich ganz im Gegenteil nur mit Ponys reden kann. Oder besser gesagt, nur mit einem ganz bestimmten Pony.

Was mich auf eine Idee bringt …

»Ha!«, ruft das weiße Shetty triumphierend, als ich mein E-Bike in der Stallgasse parke und in die Box gestürmt komme.

»Okay, wir machen einen Deal. Du hilfst mir, herauszufinden, was mit dem Pferd der Tierarzttochter ist. Ich helfe dir, deinen ›Fall‹ aufzuklären, was auch immer das bedeuten soll. Und danach lässt du mich in Ruhe – ein für alle Mal. Einverstanden?«

»Jetzt pass mal auf, Blitzbirne. Ich will erst mal eine große Portion *St. Hippolyt Glyx Mash*. Aber komm nicht auf die Idee, das Zeug mit zu viel Wasser anzurühren. Ich weiß, das sagt man euch so – ›ältere Pferde trinken zu wenig‹, bla, bla, bla. Ich trinke so viel, wie ich für angemessen halte. Und ich will, dass mein Mash eine richtig schöne Pampe ist und kein lasches Süppchen.«

Ich nicke. Auch wenn mir der freche Tonfall nicht gefällt, kann ich das Pony ein bisschen verstehen. Es ist mir immer irgendwie unfair vorgekommen, dass Pferde keine Hände haben. Und das in einer Welt, in der sie jeden Tag aufs Neue gezeigt bekommen, was Menschen mit ihren Händen alles machen können – ein Halfter über einen Pferdekopf ziehen und das Pferd mitnehmen, ein Weidetor öffnen oder köstlichen Brei zubereiten. Wie muss sich das anfühlen, wenn man sich extra ein dickes Winterfell wachsen lässt und dann kommt irgendeine Vollidiotin mit Händen vorbei, rasiert es einem ab und zieht eine Decke drüber?

Ich frage mich, ob es im Leben jedes Pferdes einen Moment gibt, in dem es plötzlich versteht, dass das alles kein Zufall, sondern Absicht ist. Dass Menschen keine hilfreichen, guten Geister sind, die bereitwillig die Aufgaben übernehmen, für die man Hände bräuchte, sondern dass sie die Welt bewusst so gestaltet haben, dass Pferde ihnen ausgeliefert sind. Sie tragen Decken, deren Verschlüsse sie nicht öffnen können, schauen verlangend auf Koppeln, die sie ohne fremde Hilfe nicht betreten können, und fressen das, was ihnen vorgesetzt wird …

»Heute noch, wenn's geht!«, ruft das Pony.

Ich bereite das Mash nach seiner Anleitung zu und stelle ihm die Schüssel hin.

»Na bitte, es geht doch!«

Ich stehe in der offenen Boxentür und genieße die Stille, während das Pony zufrieden schlabbert.

»Was machen Sie denn da? Sie können doch nicht einfach ein fremdes Pferd füttern! Ach, du bist das. Na, lass mich raten, der Klepper hat dir die Bestellung ins Ohr geflüstert.« Ich werde rot. Benno, der Stallbesitzer, hat mich erwischt.

»So ungefähr.«

Kopfschüttelnd sieht er zu, wie das Pony hungrig die letzten Reste aus der Schüssel schleckt.

»Okay, aber das war eine Ausnahme, ja? Und die Schüssel wäschst du ab und stellst sie zurück!«

Als er gegangen ist, schaue ich das Pony erwartungsvoll an. »So, dann würde ich vorschlagen, erst mal erfüllst du deinen Teil der Vereinbarung, und dann schaue ich, was ich wegen … deines Kumpels tun kann!«

»Was?!«

»Du sollst mit dem Pony der Tochter von Dr. Lazik Kontakt aufnehmen! Ist eine kleine Fuchsstute mit einem weißen Stern. Wenn das hilft, kann ich dir auch ein Foto von ihr zeigen?!«

Das Pony lacht glucksend. »Na klar! Gib mir das Foto, und dann ruf ich sie einfach mal an! Und falls sie nicht rangeht, hinterlasse ich ihr eine Nachricht auf dem Anrufbeantworter! Oder, ganz verrückt: Wir machen es wie normale Leute, die miteinander reden wollen, und fahren hin!«

»Ich kann nicht mit dir da hinfahren!« Nachdem Benno

mich schon für die Schüssel Mash schief angeschaut hat, glaube ich nicht, dass er mir das Pony für einen Ausflug leiht.

»Tja, dann kann ich nicht mit ihr reden! Was denkst du, wie das funktioniert?! Wenn ich sie auf jede Entfernung hören könnte, dann müsste ich ja die ganze Zeit ein Stimmengewirr in meinem Kopf haben, das wäre ja nicht zum Aushalten! Nein, sie muss natürlich in der Nähe sein – und dann muss sie sich noch entscheiden, mir zu antworten!«

Ich mache die Tür hinter mir zu. »Ich möchte Alvin Apfelschnütchen kaufen!«

»Alvin Apfelschnütchen?!« Benno sieht mich mit gerunzelter Stirn an. »Ist das eins von den Berittpferden?«

»Nein, ich meine das Shetty … hinten rechts? Ein Apfelschimmel, schon etwas älter?«

»Du meinst Fluffy McFluffball!«

Mir wird heiß. Natürlich, an der Box war kein Schild, und ich war einfach davon ausgegangen, dass der Name, den mir das Pony genannt hatte, stimmte. Wie dumm von mir. Wobei »Alvin Apfelschnütchen« für mich einfach nicht wie ein Name klingt, den man sich selber aussucht. Ich nehme mir vor, Alvin darauf anzusprechen. Ich meine – ernsthaft?! Von all den Namen, die möglich gewesen wären? Wenn ich ein Pferd wäre und mir selbst einen Namen geben würde, hätte ich mich für etwas Spektakuläreres entschieden wie »Die heißeste Stute, die jemals auf dieser Stallgasse gelebt hat« oder »Fit im Schritt«.

»Ja, dann also … Fluffy McFluffball. Ich möchte ihn kaufen!«

»Warum?«

Ich merke, dass ich viel zu optimistisch und schlecht vorbereitet an dieses Gespräch herangegangen bin. In meiner Fantasie hatte der gute Mann mir einfach einen Preis genannt, wir haben kurz gefeilscht, und dann war ich mit dem Pony davongezogen, ohne irgendwelche Fragen beantworten zu müssen. Was soll ich dazu sagen? Ich kann ihm ja wohl schlecht erzählen, dass ich das Pony als Dolmetscher brauche.

»Ähm, ich möchte mit ihm Bodenarbeit machen. Freiarbeit, vom Boden aus fahren, solche Sachen.«

Er wirkt nicht überzeugt. »Reichen dir deine beiden Isis nicht?«

Ich fasele mir einen zurecht, dass ich eine Herausforderung suche und es spannend fände, mit dem schon etwas älteren Shetlandpony, das bisher kaum gearbeitet wurde, die Grundausbildung in der Bodenarbeit nachzuholen.

»Hör mal, wenn es nach mir ginge, könntest du den kleinen Drecksack sofort haben«, sagt er. »Sogar geschenkt. Nützlich macht er sich hier nicht gerade, auf der Koppel geht er unter den Zäunen durch, wie es ihm passt, und Dreck macht er wie ein Großer. Aber es geht nicht!«

»Es geht nicht?!« Entsetzt starre ich ihn an.

»Franzi redet immer mal wieder davon, dass sie den Kleinen doch noch mal regelmäßig arbeiten will. Mal soll er eingefahren werden, und sie will am Wochenende mit ihm und unseren Söhnen Kutschfahrten machen, mal soll er Zirkustricks lernen, und immer, wenn sie im Internet ein süßes Video von kleinen Kindern in Turnierkleidung gesehen hat, meint sie, er soll eingeritten werden und mit den Jungs in Führzügelwettbewerben antreten. Im Endeffekt kommt sie nicht mal dazu, ihn regelmäßig zu putzen, aber wenn ich ihn jetzt weggebe, bin ich der Böse!«

»Ich biete sechstausend Euro«, stammele ich, ohne nachzudenken.

An der Art, wie sich seine Augen weiten, sehe ich: Es wäre auch mit einem geringeren Angebot getan gewesen. Sollten seine Frau und seine Söhne wirklich nach dem Shetty fragen – was ich bezweifle, denn ich habe sie hier noch nie gesehen –, kann er ihnen von dem Geld drei fertig ausgebildete Shetlandponys kaufen. Eines zum Kutschefahren, eines für die Führzügelwettbewerbe und eines, das sämtliche Zirkustricks der Welt beherrscht, wahrscheinlich sogar Jonglieren.

Ich hätte erst mal niedriger ansetzen sollen. Leider merke ich immer wieder, dass ich ein bisschen den Bezug dazu verloren habe, was für andere Leute wenig oder viel Geld ist. Na ja, wenn ich ein paar zusätzliche »Sessions« einplane, den einen oder anderen Heilstein verkaufe und ordentlich viel Mundwasser an die Frau – beziehungsweise eher an den Huf – bringe, habe ich den Kaufpreis bald wieder reingeholt. Und im Grunde ist dieses Pony ja eine Investition in mein Geschäft. Wer weiß, welche wertvollen Informationen es mir geben kann! Ich könnte mit seiner Hilfe eine der erfolgreichsten Tierkommunikatorinnen aller Zeiten werden! Vielleicht kann ich den Kauf sogar von der Steuer absetzen? *Büromaterialien – 110 €. Sprechendes Pferd – 6.000 €.*

Benno hat sein anfängliches Erstaunen inzwischen überwunden und sein Pokerface aufgesetzt.

»In Ordnung«, sagt er und hält mir die Hand hin. Ich schlage ein. »Gekauft wie gesehen. Oder möchtest du eine Ankaufsuntersuchung in Auftrag geben?«

Kurz überlege ich, ob er mich für mehr oder für weniger verrückt halten würde, wenn ich nun auch noch auf eigene Kosten eine Ankaufsuntersuchung machen lassen würde, dann entscheide ich, dass es wohl keine Rolle mehr spielt – immerhin habe ich gerade ein Shetty ohne besondere Ausbildung für sechstausend Euro gekauft, Benno wird wahrscheinlich noch in ein paar Jahren auf jedem Weinfest die Geschichte erzählen, wie er mich über den Tisch gezogen hat. Den Ruf der Bekloppten habe ich eh schon weg, da kann ich meine Rolle wenigstens ein bisschen auskosten.

»Nicht nötig«, sage ich und schenke ihm mein bezauberndstes Lächeln. »Das Tier ist pumperlgesund. Hat es mir selbst gesagt.«

Vielleicht war meine Einschätzung von Alvins Gesundheitszustand doch etwas optimistisch, auf jeden Fall schnauft er ordentlich, als wir nach einer schnellen Fahrt mit dem Rad in meine Einfahrt einbiegen.

»Das machst du – nie wieder – mit mir«, keucht er verbittert. »Das ist übrigens auch verboten! Du darfst nicht einfach mit einem Pferd am Strick Fahrrad fahren!«

»Ach was. Erstens bist du ein Pony, und zweitens, wenn was passiert wäre, hätte ich gesagt, ich war gerade mit dem Fahrrad unterwegs, als ein verrücktes Pony mich aus dem

Nichts angegriffen hat. Was willst du machen, zur Polizei gehen und eine Zeugenaussage abgeben?«

Alvin schnaubt verärgert, sagt aber erst mal nichts mehr.

»Hattest du mal Druse? Fühlst du dich fiebrig? Irgendwelche Infekte in letzter Zeit?«

»Nix davon. Hast du mich gekauft, um mich zu essen?«

»Nein, aber ich versuche gerade, herauszufinden, ob ich dich wohl besser in Quarantäne stecken sollte!«

»Hmmm, ja«, sagt Alvin eifrig. »Besser wär's wohl! Ich selber hatte noch nie irgendwas, aber ich muss schon sagen, in der Box gegenüber wurde ganz schön rumgerotzt, meine Herren! Grün kam es ihm aus der Nase raus, GRÜN! Ich will ja keine Namen nennen, aber wenn ich einen Namen nennen würde, dann würde er mit T anfangen und mit equila aufhören. GRÜNE ROTZE! Bei der Farbe hätten sie ihn lieber Mojito nennen sollen. Nicht, dass das am Ende noch ansteckend ist. Da wollen wir nichts riskieren, nicht wahr?!«

»Okay. Und wie machen wir das am besten? Kannst du hier warten, während ich dir einen Quarantänepaddock abteile?«

»Ach was! Mach dir bloß keine Umstände! Schau, wie klein ich bin und wie brav!« Er klimpert mit den Wimpern. »Ich kann doch einfach mit dir reinkommen! Du lässt die Terrassentür offen, und wenn ich mal muss, gehe ich in deinen Garten, Ehrenwort!«

Ich mustere ihn skeptisch. Alvin putzt sich demonstrativ die Hufe an meiner Fußmatte ab, streckt sich und gähnt ausgiebig. Auch ich muss gähnen und merke jetzt erst, wie kaputt ich eigentlich bin. Das Letzte, was ich will, ist, noch länger mit einem Pony zu diskutieren.

»Aber nur ins Erdgeschoss. Und wenn du auf meinen Teppich machst, dann lass ich dich zu Sauerbraten verarbeiten!«

»Oh, ein Pferdefleisch-Gag. Wie überaus originell«, flötet Alvin und trippelt in meinen Flur. Ich hänge noch ein Heunetz auf die Terrasse und stelle einen Wasserkübel auf, dann gehe ich schlafen.

In der Nacht wache ich von einem Geräusch auf. Alvin singt.

»Es klappert die Möhre am rauschenden Bach, klipp, klapp …«, »Alle meine Möhrchen schwimmen auf dem See« und »Weißt du, wie viel Möhrchen stehen« trällert er.

»Ruhe da unten«, brülle ich und schlafe wieder ein.

Als ich am nächsten Morgen wieder ins Erdgeschoss komme, traue ich meinen Augen kaum. Alvin hat den Biomüll geplündert, ein Tetrapak Saft zum Platzen gebracht und größtenteils aufgeleckt, und er hat ausgiebig auf den Teppich geäppelt. Ich bin entsetzt.

»Es war vereinbart, dass du nicht auf den Teppich machst!«

»Und das glaubst du?« Alvin lacht. »Ich bin ein Pferd, was hast du denn bitte erwartet! Was man vorne reinsteckt, wird hinten wieder rausgeschoben. Völlig egal, was abgemacht war. Nimm es nicht persönlich.«

Ich bin weder mit Schimpfen noch mit Aufräumen und Putzen fertig, als es an der Tür klingelt.

»Lass, ich geh schon«, sagt Alvin lässig und bewegt sich tatsächlich Richtung Tür.

»Untersteh dich!!!«

Ich werfe eine Handvoll Karottenschalen aus dem Biomüll, die ich gerade aufgekehrt hatte, in mein Wohnzimmer, um ihn abzulenken, und renne zur Haustür.

»Guten Morgen! Oder eher: Guten Mittag! Stör ich?!«

Ich starre Dr. Lazik an und bekomme kein Wort heraus. Mir ist schmerzlich bewusst, dass ich völlig verschwitzt und immer noch in meinen Schlafklamotten bin und dass meine Haare mir strähnig ins Gesicht hängen. Wahrscheinlich habe ich auch noch irgendwo Karottenschalen und Kaffeesatz kleben.

»Der Buschfunk hat mir zugetragen, dass Sie gestern Abend noch spontan ein Pony gekauft haben. Für sechstausend Euro! Das muss ja ein ziemlicher Supergaul sein!«

Wohl eher ein Super-GAU, denke ich. Ein Super-GAU, von dem sich mein Teppich leider nicht mehr erholen wird!

Aber bevor ich mich irgendwie rechtfertigen kann, kommt Alvin, der den Karottenschalen nun wohl endgültig den Garaus gemacht hat, den Flur entlanggetrabt.

»Dich kann ich gerade überhaupt nicht gebrauchen«, sage ich ihm in Gedanken.

»Das hat sich gestern Abend aber noch ganz anders angehört!«

»Warum zum Geier haben Sie das Pony im Haus? Hatte der Kleine Albträume?«

»Es ist wirklich schwer zu erklären«, sage ich beschämt.

»Okay. Kann ja jeder bei sich zu Hause machen, was er

will. Aber auf Dauer geht das natürlich nicht. Wenn Sie einmal eine kleine Housewarming-Party mit Ihrem neuen Supergaul feiern, will ich nichts gesagt haben, aber sollten Sie vorhaben, den dauerhaft hier drinnen zu halten, muss ich das natürlich dem Veterinäramt melden.«

Ich nicke matt.

Ich weiß wirklich nicht, was ich mir dabei gedacht habe. Ich war so müde gestern!

»Weswegen ich vorbeigekommen bin, mir ist was eingefallen. Eine ältere Kundin von mir hat einen gut erhaltenen Pick-up günstig abzugeben, nachdem ihr Mann verstorben ist. Wäre das nicht was für Sie?«

»Was kostet das Teil denn?«

»Sie werden's verschmerzen können. Weniger als Ihr neues Pferd! Also, kommen Sie mit?«

»Ich brauche fünf Minuten! Kommen Sie doch kurz rein!«

»Wow, vielleicht sollte ich doch darüber nachdenken, die Seiten zu wechseln!« Er schaut bewundernd meine riesige Kaffeemaschine an.

»Wir sind gar nicht auf unterschiedlichen Seiten, eigentlich stehen wir auf derselben Seite! Und so eine Maschine könnten Sie sich doch auch mal gönnen. Das ist ja eine Investition für viele Jahre!«

»Für mich lohnt sich das nicht«, sagt er. »Ich trinke eigentlich gar keinen Kaffee. Aber ausnahmsweise, wenn Sie schon so eine tolle Maschine haben … *Einen* zum Probieren würde ich wohl doch nehmen!«

Bis ich Alvin mit ein paar Steckpfosten und Resten von Litze notdürftig einen Quarantänepaddock abgesteckt habe, sind zehn Minuten vergangen, und ich bin immer noch nicht fertig.

»Könnten Sie sich vielleicht ein bisschen beeilen?«, ruft Dr. Lazik mit Blick auf die Uhr. »Das Fjordpferd bronchoskopiert sich nicht von alleine!«

»Nee, ich bin eine Perfektionistin.«

Alvin legt den Kopf schief und mustert meine krumm eingesteckten Zaunpfähle. »Würde man gar nicht denken, wenn man sich das so anschaut, gell?«

Ich werfe ihm nur einen vernichtenden Blick zu und mache schweigend weiter.

»Es ist verboten, Pferde einzeln zu halten!«, beklagt sich Alvin.

»Verboten, schmerboten«, sage ich. »Es ist doch nur übergangsweise. Außerdem hast du zumindest Sichtkontakt zu den anderen. Wenn dir langweilig ist, schau sie dir an!«

Er wirft neugierige Blicke auf meine Stuten, senkt dann aber betreten den Blick. »Drusla hat mich Spanner genannt!«

»Dann schau dir Jörp an. Ich muss jetzt los!«

»Kann ich mich noch kurz umziehen?«

Er stellt energisch seine Kaffeetasse ab.

»Hab ich Ihnen schon erzählt, was die wichtigste Regel beim Autokauf ist?«

»Nein?!«

»Man sollte nie zu chic zur Besichtigung gehen! Allez hopp!«

Ich werfe einen zweifelnden Blick auf mein aktuelles Outfit – mit Zitronen bedruckte Hotpants und ein schlabberiges gelbes Top. An meiner übergroßen Schickheit wird der Deal heute nicht scheitern, so viel ist mal sicher.

Die alte Dame hat uns unter großem Hallo einen Kaffee angeboten (ich habe abgelehnt, er hat »ausnahmsweise« eine Tasse angenommen) und uns in die Garage geführt. Nun zieht sie die Plane von dem gut gepflegten Pick-up-Truck.

»Der sieht ja wirklich toll aus«, sage ich.

»Sie können gerne eine kleine Probefahrt machen, solange Dr. Lazik sich meinen Fjordi anschaut!«

Aus meiner kleinen Probefahrt wird doch eine größere Runde. Das Auto fährt sich wirklich gut, und ich ertappe mich dabei, dass ich breit grinse, während ich über die Landstraße düse. Die Sonne scheint, die Berge leuchten, und mir geht richtig das Herz auf, als ich durch mein wunderschönes Dorf fahre. Ich muss testen, wie sich der Wagen auf Kopfsteinpflaster verhält, rede ich mir ein. Und einparken sollte ich auch mal probeweise, und schauen, wie der Wendekreis ist.

Tief drinnen weiß ich aber, dass das Unsinn ist und ich es einfach genieße, durch die Gegend zu fahren, ohne einen Termin zu haben.

Obwohl ich seit Jahren in der Gegend wohne, kann ich mich immer noch am Anblick der kleinen, alten Fachwerkhäuser erfreuen. An den Fassaden wächst Wein, und über die Straße sind Seile gespannt, an denen er entlangrankt wie eine grüne Girlande. Hier und da lugt ein schiefer Feigenbaum über eine Mauer. Ich seufze innerlich. Manchmal habe ich dieses Dorf so gern, dass es wehtut.

Als ich schließlich wieder zurück zu der netten alten Dame komme, ist der Tierarztbesuch schon beendet.

Ich frage sie, was sie für das Auto haben möchte.

»Also, weil ich den Dr. Lazik ja wirklich schon lange kenne und mich so freue, dass er endlich wieder eine Freundin hat – mein Freundschaftspreis für Sie ist viertausend Euro!«

»Oh, das ist ganz lieb von Ihnen, aber wir sind kein Paar!«

»Nicht?! Aber dann werden Sie bald eins sein, oder?« Die alte Dame blinzelt mir verschwörerisch zu.

Ich starre sie an. Er hat mich zwar hierhergebracht, um das Auto anzuschauen, und das hätte er streng genommen nicht machen müssen. Trotzdem kann ich mir nicht vorstellen, dass er mich mag.

»Aber er lässt keine Gelegenheit aus, mich und meinen Beruf zu kritisieren!«

Sie winkt ab. »Mit dem Esoterischen hat unser Herr Doktor es noch nie gehabt, und dann ist seine Ex-Frau auch noch bei einem Ayahuasca-Ritual mit diesem Schamanen durchgebrannt … hat ihm das Herz gebrochen!«

»Was?!«

»Ja, ganz furchtbar. Hat ihr erzählt, er könnte mit dem Donner sprechen. Sie hat alles stehen und liegen gelassen und ist mit ihm nach Frankreich. Wie es ihrem Mann und der kleinen Inga geht, hat sie gar nicht interessiert, sie war völlig verrückt nach ihrem Donner-Dolmetscher.«

»Der Arme!«

»Na ja, er hat ihm zumindest etwas das Handwerk legen können. Hat ihm die Drogenaufsicht auf den Hals geschickt und ihn verklagt wegen der Behauptungen auf seiner Website. Er hat in allen Punkten gewonnen, und der Schamane darf die Leute jetzt nicht mehr mit leeren Versprechungen locken. Zwar nur ein kleiner Trost, aber besser als gar keiner.«

Ich bin ganz perplex. Mir war zwar klar, dass er mit unwissenschaftlichen Behauptungen ein Problem hat, aber so hatte ich ihn wirklich nicht eingeschätzt.

Zu Hause schaue ich mir erst mal meine Website an und überlege, für welche der Behauptungen man mich vielleicht vor Gericht bringen könnte. Dann merke ich, dass es einfacher ist, umgekehrt zu überlegen, ob es irgendeinen Satz gibt, den ich ohne Bedenken so stehen lassen könnte. Wow, bis auf meinen Namen und mein Impressum bleibt da wenig übrig. Aber was soll ich denn auch schreiben? *Kann Spuren von Wahrheit über Ihr Tier enthalten?*

Obwohl ich mehrere Stunden lang mein Haus geputzt und dann noch einen langen Ausritt mit Jörp und Bodenarbeit mit Drusla gemacht habe, kann ich nicht einschlafen. Mein Körper ist müde und schwer, aber meine Gedanken rasen. Morgen soll ich mir Marshmallow, die Stute von Dr. Laziks Tochter Inga, angucken. Natürlich werde ich Alvin mitbringen, und ich hoffe, dass er mir einfach sagen kann, was sie hat. Aber was, wenn nicht?

Wenn Alvin mir nicht helfen kann, werde ich lügen müssen, und auch wenn ich das schon unzählige Male getan habe, in diesem Fall erfüllt es mich mit Unbehagen.

Es gibt ja viele Sprichwörter übers Lügen. »Wer einmal lügt, dem glaubt man nicht, und wenn er auch die Wahrheit spricht« – da, muss ich persönlich aber ganz klar sagen, habe ich komplett gegenteilige Erfahrungen gemacht. Je mehr ich lüge, umso mehr wird mir geglaubt. Die Menschen lieben es. Sie reißen mir meine Lügen förmlich aus den Händen, als würde ich Designerware auf dem Flohmarkt anbieten. Ich komme gar nicht mehr dazu, die Lügen schön zu drapieren oder mir Gedanken zu machen, was ich dafür haben will. Und die allermeisten Kunden sind komplett unkritisch. »Hast du noch mehr?«, fragen sie mich, mit fiebrigen Blicken und hektischen Flecken. Sie wollen immer noch mehr, keine Lüge wird ihnen je reichen, und egal, was ich ihnen erzähle, es wird nicht genug sein, um die Distanz zwischen ihnen und ihrem Pferd verschwinden zu lassen und ihre Sehnsucht zu stillen. Sie haben eine heftige unerfüllte Sehnsucht danach, sich komplett verstanden zu fühlen, und das ist nachvollziehbar, aber ein Pferd kann das nicht leisten. Übertünchen soll dann ich es, mit meinen eilig hingeworfenen Schleifchen, Rüschen und Verzierungen, unter denen sich immer noch die tiefe Schlucht verbirgt.

Eine andere Annahme übers Lügen ist, dass sich Lügner immer irgendwann in ihre eigenen Widersprüche verwickeln würden. Auch das sehe ich anders. Ich habe ein sehr gutes Gedächtnis, das ist ein Segen und ein Fluch zugleich – Segen, weil es mir hilft, den Überblick zu behalten; Fluch, weil ich mich natürlich auch an jede einzelne meiner peinlichen und dummen Lügen für immer erinnern muss. Wenn ich nachts wach liege, fühle ich den Cringe.

Ich habe mal einer Frau weisgemacht, ihr Wallach wäre verwirrt, weil er sie in ihrer tief auf der Hüfte sitzenden Reithose sexuell anziehend fände. (Ich wollte ihre Reithose haben. Das Modell wird nicht mehr hergestellt.) Ich meine, was zur Hölle?! Die Frau hat das wahrscheinlich längst vergessen, ich habe ihr noch ein paar schmeichelhafte Storys über ihr Pferd erzählt und dafür gesorgt, dass sie am Ende mit Tränen in den Augen Besserung gelobte. »Deine Zärtlichkeiten sind verwirrend für mich, es wäre besser, wenn wir Freunde bleiben«, habe ich das Pferd sagen lassen, das es tatsächlich nicht zu mögen schien, wie seine Besitzerin andauernd viel zu dicht neben ihm stand und es ununterbrochen tätschelte. Als ich ein paar Wochen später noch mal zu einem Kontrolltermin vorbeischaute, wirkte sie sehr glücklich; das Pferd hatte, seit sie es nicht mehr ständig angrabbelte, sämtliche Unarten abgelegt und stand ruhig am Anbindeplatz. Beiden ging es gut in der Friendzone. Trotzdem denke ich im Nachhinein, dass ich das Ganze anders hätte kommunizieren müssen.

Leute denken oft, dass man als Lügner den Respekt vor sich selbst verliert, und da ist sicher etwas Wahres dran, denn für manche Lügen schäme ich mich wirklich sehr, und natürlich nagt das dann auch an meinem Selbstbild. Allerdings war es um meinen Selbstrespekt auch früher nicht besonders gut bestellt. Und die meiste Zeit kann ich es eigentlich ganz gut vor mir selbst rechtfertigen.

Nein, das größte Problem am Lügen ist nicht, dass man sich selbst weniger mag – es ist, dass man alle anderen weniger mag. Denn in dem Moment, wo ich jemanden belüge, muss ich ihn ja auch ein bisschen abwerten. Mein Gehirn will schließlich nicht glauben, dass ich einem guten Menschen so was antun würde. Also suche ich bei jedem, den ich treffe, die kleinen Fehler und Schwächen; ich betrachte sie mit einem Vergrößerungsglas und bausche sie auf, bis sie als Rechtfertigung dafür taugen, dass ich diesem Menschen die Wahrheit vorenthalte.

Dieser kritische, zergliedernde Blick auf alle anderen ist mein größtes Problem, weil er mich daran hindert, andere Menschen wirklich toll zu finden und ihre Nähe zu genießen.

Und je mehr ich darüber nachdenke, umso mehr hoffe ich, dass ich Dr. Lazik nicht belügen muss. Nicht, weil ich Angst habe, dass er mir auf die Schliche kommt, sondern, weil ich Angst habe, dass er mir glaubt und ich den Respekt vor ihm verliere.

Ich wache schweißgebadet und verspannt auf. In meinem Traum saß mein Vater zwischen meinen Ponys im Unterstand und paffte eine dicke Zigarre. »Komm da bitte raus, ich habe Angst, dass das Stroh anfängt zu brennen«, sagte ich. Mein Vater lachte und zündete sich gleich noch eine zweite Zigarre an.

»Meine kleine Nies, immer so viele Sorgen«, sagte er. Und als er sich nach vorne beugte, um mir die zweite Zigarre zu reichen, sah ich plötzlich, dass es hinter ihm schon lichterloh brannte.

Bevor ich selber Pferde hatte, ging es in meinen Albträumen um normale Sachen, ich war halt nackt in der Oper oder saß mitten in einem Restaurant auf Toilette und so Zeug. Seit ich Pferdebesitzerin bin, träume ich, dass ich das Mash nicht lange genug eingeweicht habe, die Wurmkur überdosiert oder den Stromzaun nicht wieder angemacht habe. Ich wache nachts schweißgebadet auf und mache mir Sorgen, dass ich kein gutes Heu mehr bekomme. Und nun also ein brennender Stall.

Hektisch fahre ich in meine Stiefeletten und laufe zu den Pferden. Es dämmert bereits, und im fahlen Morgenlicht sehe ich, dass Alvin nicht mehr in seinem notdürftig abgezäunten Quarantänepaddock ist, sondern mit Jörp und Drusla im Unterstand steht. »Was machst du denn da?! Du solltest doch zwei Wochen einzeln stehen!«

»Einzeln stehen, schmeinzeln stehen«, sagt Alvin. »Die beiden Damen waren so nett, mich in ihre bescheidenen Gemächer einzuladen, da sagt man natürlich nicht Nein.«

»Kann es sein, dass du nicht zaunsicher bist?!«, frage ich ihn.

»Ich würde es anders formulieren – ich würde ja eher sagen, dein Zaun war nicht ponysicher!«

Dieses Pony bringt mich noch um den Verstand. Andererseits kann ich ihm aber schlecht böse sein, denn er sieht einfach herzallerliebst aus mit dem kleinen dicken Köpfchen und dem weißen Fell, das trotz der warmen Jahreszeit dicht und flauschig ist und in alle Richtungen steht.

»Pass mal auf«, sage ich. »Ich schere dir jetzt ein paar Lüftungsschlitze in deinen Pelz, und dann hilfst du mir, herauszufinden, was mit der Ponystute von Dr. Laziks Tochter Inga los ist. Okay?!«

»Nope«, sagt Alvin. »Ich habe eine viel bessere Idee. Du löst erst mal das Rätsel um Rennbrandt, und dann kann ich meinetwegen den Wingman für dich spielen und dir helfen, den Tierarzt rumzukriegen!«

»Es geht nicht darum, ihn rumzukriegen! Es geht darum, dem Pony zu helfen«, protestiere ich.

»Jaja«, sagt Alvin. »Bestimmt. Aber alles zu seiner Zeit. Jetzt geht es erst mal um Rennbrandt!«

»Eigentlich hatten wir mal abgemacht, dass du mir zuerst sagst, was mit dem Pony los ist, und ich dir dann wegen Rennbrandt helfe. Das war mein Vorschlag, und du hast zugestimmt.«

»Vorschlag, Schmorschlag«, sagt Alvin. »Wir Pferde denken nicht so linear. Wenn man das große Ganze betrachtet, ist die Reihenfolge doch vollkommen egal. Und so habe ich auch deinen Vorschlag betrachtet.«

»Aber …«

»Meinst du, wenn du in fünfzig Jahren auf dein Leben zurückblickst, wirst du denken, dass es einen Unterschied gemacht hat, wann genau du diesem Tierarzt deine angeblichen Pferdeflüster-Skills gezeigt hast?«

Ich kapituliere. »Nein.«

»Na also. Dann los, du hast eine Mission – finde Rennbrandt!«

»Ich gebe mein Bestes, aber lass mich dich noch ganz kurz scheren.«

»Nein, das kannst du machen, wenn du wieder zurückkommst.«

»Huch?!« Ich ziehe demonstrativ die Augenbrauen hoch. »Was ist das denn? Lineares Denken? Wie unpferdisch!«

»Ich meine ja nur …«

»Meinst du, wenn du in fünfzig Jahren auf dein Leben zurückblickst, wird es einen Unterschied machen?!«, frage ich und schalte die Schermaschine ein.

Alvin seufzt und gibt sich geschlagen.

»Kannst du Jörp und Drusla eigentlich mal fragen, was sie von mir denken?!«, bitte ich Alvin, während ich sein dickes Fell mit der Schermaschine bearbeite.

»Hab ich schon«, sagt Alvin.

»Was?!«

»Na ja, ich wollte natürlich wissen, mit wem ich es zu tun habe, jetzt, wo wir zusammenwohnen. Nicht dass du nachts kranke Rituale feierst und kleine weiße Ponys dem Teufel opferst. Aber mach dir keine Gedanken, es ist ü-ber-haupt nichts Interessantes rausgekommen.«

»Was haben sie denn gesagt?!«

»Dass du saulangweilig bist. Du hast keine Freunde, oder jedenfalls keine, die dich besuchen. Du bist die ganze Zeit nur mit den Pferden am Tüdeln, oder du liegst ewig in deinem komischen Whirlpool, als würdest du Menschensuppe aus dir selber kochen wollen. Alle Jubeljahre machst du dich chic und fährst abends weg, und wenn du dann später wiederkommst, hast du schlechte Laune.«

Verdammt, das klingt nach mir. Die beiden haben alles beobachtet, bis hin zu meinen gescheiterten Date-Versuchen.

»Ja, aber … mögen sie mich? Sind sie zufrieden hier? Was wünschen sie sich von mir?«

Alvin lacht. »Weißt du, dass du dich gerade selber anhörst wie deine komischen Kundinnen?!«

Natürlich weiß ich das. Ich bin trotzdem neugierig!

»Oh, Jörp ist ein GANZ LIEBES MÄDCHEN. Sie denkt die ganze Zeit nur darüber nach, wie toll du bist, wie sehr sie dich liebt und wie gerne sie alles perfekt machen möchte, damit du glücklich bist. Wenn sie könnte, würde sie sich einen Schnurrbart ankleben und dich auf ein perfektes Date einladen! Es ist richtig nervig, wie sie dich anhimmelt. Ich meine, du bist ganz nett, aber sooooo toll bist du jetzt auch wieder nicht!«

»Danke, das reicht dann erst mal«, unterbreche ich ihn. »Und Drusla?«

»Oooh, Drusla ... na, die ist ein anderes Kaliber. Hat ein bisschen mehr Pep, was? Sie wünscht sich mehr Action, und dass du mal etwas aus dir herauskommst. Sie hat sich ein paar Sachen ausgedacht, um dich aus der Reserve zu locken ... das verrate ich dir aber nicht, das wäre gemein.«

Irritiert schalte ich die Schermaschine aus und schaue ihn an. »Ich dachte, Drusla wünscht sich vor allem Sicherheit?«

»Ja, am Anfang war das so. Aber inzwischen möchte sie auch mal was erleben!«

Wer hätte das gedacht. Meine kleine, verängstigte Drusla. Ich weiß noch genau, wie ich sie damals durch den Zaun gesehen habe, als ich gerade ein anderes Pferd im Ort behandelt habe. Völlig verdreckt, mit verfilzter Mähne und mit ausdruckslosen Augen stand sie da. »Was ist das denn?!«, fragte ich die Besitzerin meines Patienten. »Oh, der Klassiker«, sagte sie und rollte mit den Augen. »Die haben das Pony ganz günstig bekommen, sollte eigentlich für die Enkelkinder sein. Große Überraschung: Die Enkelkinder kommen nicht damit zurecht, und das ältere Ehepaar inzwischen auch nicht mehr. Der Mann ist aber auch so cholerisch, er hat die kleine Maus ein paar Mal mit dem Besen verdroschen, und seitdem ist natürlich alles vorbei.«

»Kann man die nicht überreden, das Pony abzugeben?«

»Das wollen sie ja, es waren schon mehrere Interessenten da. Aber sie ist nicht halfterführig.«

Drei Tage später stand ich mit einer Flasche Schnaps vor der Tür des alten Mannes und sprach mit ihm über das Pony, das mir nicht mehr aus dem Kopf ging. Er sagte, wenn ich es schaffen würde, sie vom Gelände zu bekommen, würde er mir die Stute zum Schlachtpreis überlassen.

Ein paar Wochen lang saß ich fast jeden Abend bei dem fremden Pferd am Zaun. Ich spießte ein Apfelstück auf einen Stock und bot es ihr an. Irgendwann konnte ich sie aus der Hand füttern. Noch eine Weile später ließ sie sich anfassen. Und eines schönen Spätsommertages spazierte ich mit meiner Drusla am Strick aus dem Hoftor. Auf dem Heimweg ging ich am Bauhof vorbei und stellte Drusla auf die Bauschutt-Waage. Noch am selben Abend klingelte ich bei dem alten Mann und drückte ihm einen Umschlag in die Hand. Der Inhalt: 332,64 Euro. Der Schlachtpreis, auf den Cent genau. Und Druslas Start in ein neues Leben.

Kritisch betrachte ich mich im Spiegel. Ich trage ein rotes Kleid mit weißen Punkten und einen dummen Hut. In meiner Fantasie hatte ich mir diese Kombination irgendwie glamouröser ausgemalt. Als ich das Kleid im Schaufenster des örtlichen Secondhandladens erspähte, dachte ich, ich würde darin aussehen wie eine Prinzessin oder mindestens eine Adlige. Seitdem hat es ungetragen im Schrank gelegen, denn auch wenn mir mein Leben im Großen und Ganzen sehr gut gefällt, muss ich doch kritisch anmerken, es beinhaltet selten Anlässe, meine aristokratische Seite zu zelebrieren.

Ich war noch nie auf der Pferderennbahn, aber der Konsum von zu vielen Rosamunde-Pilcher-Filmen und anderen Schmonzetten hat mir den Eindruck vermittelt, dass man dort gediegen aufzutreten hat.

Jetzt, wo ich mein sonnenverbranntes Gesicht mit den vielen Sommersprossen dazu sehe, fällt mir auf, dass ich eher wirke wie ein etwas konfuses Kindermädchen, das mitgeschleppt wird, um auf den blaublütigen Nachwuchs aufzupassen, sich bei Fototerminen aber dezent im Hintergrund zu halten hat.

Aber egal. Ich habe keine Zeit, mich noch mal umzuziehen, und auch gar kein anderes Kleid zur Auswahl. Das hier muss reichen. Ich knöpfe den Ausschnitt ein Stück weiter auf, ziehe meine schicksten Pumps an und stöckele los. Denn auch wenn ich gar nicht weiß, ob Alvin mir wirklich helfen kann, werde ich heute auf der Rennbahn recherchieren, um herauszufinden, was an der Geschichte mit Rennbrandts angeblichem Verschwinden dran ist. Ich bin eine Frau, die ihr Wort hält! Manchmal jedenfalls. Wenn es keine allzu großen Umstände macht.

Das mit den Pumps war nicht so eine gute Idee, wie ich dachte. Ja, ich sehe verdammt heiß damit aus – ich bilde es mir sicher nicht ein, dass schon der eine oder andere bewundernde Blick an mir hängen geblieben ist. Aber die Strecke vom Parkplatz zur Rennbahn ist länger als gedacht, und auf den Wegen liegt überall feiner Kies.

Als ich mein Ticket vorgezeigt und mich unters Volk gemischt habe, muss ich leider feststellen, dass ich mich völlig vergeblich gequält habe: Ich sehe hier etliche Menschen, die in ganz normaler Alltagskleidung herumlaufen. Böse funkele ich sie an. Würde mir ja nicht einfallen, so zerlumpt zu einem Pferderennen zu gehen!

Aber es gibt sie auch, die reichen Menschen, die aussehen, als wären sie aus einem Rosamunde-Pilcher-Film entstiegene Erben einer traditionsreichen Tweed-Fabrik. Ich sehe lässig um die Schultern geschlungene Kaschmirpullover, teure Uhren und Kleider, die wahrscheinlich so viel kosten wie eines meiner Pferde.

Zugegebenermaßen geht es mir inzwischen finanziell sehr gut, und ich kann ein sorgenfreies Leben führen, und ja, auch ich kaufe mir viel Unsinn, aber es gibt ein Level an Protzigkeit, das mir fremd ist. Neben mir kriechen zwei Kleinkinder im Kies herum, beide sind von Kopf bis Fuß in *Lacoste* und *Petit Bateau* gekleidet und kümmern sich nicht darum, dass ihre Kleidung an den Knien dreckig wird. Ich schaue die beiden kleinen Jungen an und denke: Ihr zwei habt doch jetzt schon mehr Geld als ich.

Einer von beiden setzt sich schließlich auf den Hintern und betrachtet mit weltmännischer Gelassenheit seine Bundfaltenhose, die am Knie ein kleines Loch davongetragen hat. Er steckt einen Finger hinein und fängt an, an einem Faden zu ziehen.

»NEIN, Orpheus-Odysseus!«, ertönt eine mahnende Stimme. Wow, und ich dachte, mit den Pferdenamen wäre es schon weit gekommen, aber reiche Kinder sind offensichtlich das nächste Level.

Weil ich mit meinen Stöckelschuhen so lange gebraucht habe, ist vorne, an der Absperrung, schon alles voll mit Besuchern. Ich stelle mich hinter die Menschenmenge und kneife die Augen zusammen. Anstelle von dem blöden Hut, der eine vorwitzig hochgebogene Krempe hat und halb durchsichtig ist, hätte ich mal lieber eine Sonnenbrille einpacken sollen. Ich kann überhaupt nichts erkennen. Dann quetscht sich auch noch eine reich aussehende Dame mit einem viel spektakuläreren Hut als meinem direkt vor mich und tritt mir dabei auf den Fuß.

»Oh, hab ich Sie getreten«, sagt sie milde interessiert und bleibt vor mir stehen, ohne sich zu entschuldigen.

Nun kann ich endgültig nichts mehr sehen und fühle mich fehl am Platze. Frustriert gebe ich meinen Platz auf und mache mich auf die Suche nach einem Eiscremestand. Ich kann mich ja beim nächsten Rennen etwas früher anstellen.

Sowieso weiß ich nicht, was ich hier eigentlich gehofft habe, zu sehen. Eigentlich ist es ja ganz klar, wenn ich etwas herausfinden will, muss ich mit Menschen ins Gespräch kommen.

Am Eisstand sehe ich sofort jemanden, der wie ein Profi-Zuschauer wirkt. Er hat ein doofes Sonnenschirmchen auf dem Kopf, ein fettes Fernglas um den Hals hängen und trägt ein Notizbuch und viele Wettscheine mit sich herum. Gerade klemmt er sich das Notizbuch unter den Arm und will seine Brieftasche hervorholen, um seinen Eisbecher zu bezahlen, als ich mich einmische. »Das geht auf mich!«, rufe ich und winke mit meinem Portemonnaie. »Bitte, ich brauche jemanden, der mir eine kleine Einführung gibt. Ich lade Sie zum Eis ein, und dafür erklären Sie mir, wie das hier alles funktioniert, ja?«

Mein neuer Mentor starrt mich zuerst misstrauisch an, dann bleibt sein Blick an meinem etwas zu weit aufgeknöpften Dekolleté hängen, und er nickt gnädig. Ich kaufe mir selber auch noch eine Kugel Johannisbeer-Pfirsich-Eis, zahle für uns beide, und wir gehen gemeinsam zur nächsten schattigen Bank und lassen uns dort nieder.

»Ich bin Klaus«, sagt mein Begleiter. Ich starre ihn an. Das hatte ich mir inzwischen gedacht, denn auf seinem T-Shirt steht *Klaus, die Rennbahnmaus – 20 Jahre ganz vorne mit dabei.* »Also, das Wichtigste ist, man muss systematisch darangehen. Wir essen jetzt erst mal das Eis auf, und dann gehen wir zum Führring und schauen uns die Pferde für das nächste Rennen an. Da sage ich dir, worauf du achten musst, und dann füllen wir unsere Wettscheine aus.«

»Oh, ich wollte eigentlich gar nicht wetten – ich bin nur hier, um mich zu informieren!«

Klaus, die Rennbahnmaus, schnaubt verächtlich und reicht mir einen Wettschein rüber. »Wenn du mit mir bist, wettest du. Muss ja nicht viel sein. Zwei Euro reichen! Wenn du es dir leisten kannst, fremden Männern das Eis zu bezahlen, sollte das doch wohl drin sein.«

Wir werfen unsere leeren Eisbecher in den Müll und schlendern zum Führring. Die prächtigen Vollblüter schwitzen in der Sonne, und von ihrem kurzen, nass glänzenden Fell heben sich die hervortretenden Adern deutlich ab.

Klaus fängt an, mir zu erklären, wie ein Pferd idealerweise gebaut und bemuskelt sein sollte, aber ich unterbreche ihn. »Ich kenne mich mit Pferden aus, ich hab selber zwei, äh, drei!«

Klaus blinzelt irritiert. »Ganz sicher scheinst du dir aber nicht zu sein, wie groß dein Pferdebestand ist!«

»Das eine habe ich gerade erst gekauft, ich muss mich noch daran gewöhnen, das mitzuzählen!«

»Was sind es denn für Pferde? Auch Vollblüter? In welchem Stall stehen sie?«

Als ich ihm erkläre, dass ich zwei Isländer und neuerdings auch noch ein Shetty habe und dass die drei bei mir zu Hause stehen, lacht Klaus. Für ihn sind das keine richtigen Pferde, da macht er keinen Hehl draus. Na warte, ich werde ihm schon zeigen, dass ich weiß, woran man ein gutes Pferd erkennt!

Alle tänzeln aufgeregt durch den Ring, aber ein großer Fuchswallach mit der Nummer fünf schäumt geradezu vor Energie, läuft seitwärts und zieht die junge Frau, die ihn führen soll, hinter sich her.

Was für ein Pferd! Ich streiche die Fünf auf meinem Wettschein an.

»Die gefallen mir alle, nur die Fünf kann man vergessen«, sagt Klaus. Ich versuche, die Fünf auf meinem Wettschein möglichst unauffällig wieder zu streichen. »Der verausgabt sich jetzt schon, der wird nachher nicht mehr ordentlich Gummi geben können.«

»Und was passiert dahinten?«, frage ich und zeige auf den Bereich hinter dem Führring – weniger aus echtem Interesse, als in der Hoffnung, dass Klaus in die Richtung schaut, in die ich deute, damit ich schnell meinen Wettschein mit der fett durchgestrichenen Fünf gegen einen unbenutzten austauschen kann.

»Oh, dahinten werden die Pferde gesattelt, der Mikrochip wird ausgelesen, die Jockeys und Sättel werden gewogen – kann man sich auch angucken, aber ich sage dir, besser ist es, im Führring gut hinzuschauen«, sagt Klaus und tut genau das. Ich wollte mir gerade einen frischen Wettschein aus seinem Stapel zupfen und zucke zurück. »Der Mikrochip wird ausgelesen?«

»Ja, das ist Vorschrift, um die Identität der startenden Pferde zu überprüfen.«

»Ach. Das heißt, es ist gar nicht möglich, ein Pferd gegen ein anderes auszutauschen, ohne dass es auffällt?«

Klaus mustert mich misstrauisch. »Du stellst komische Fragen. Wieso willst du das wissen?«

Ich werde rot. »Sagen wir mal, jemand, den ich kenne, ist sich ganz sicher, dass ein bestimmtes Rennpferd ausgetauscht wurde.«

»Dann kennt dein Bekannter sich nicht gut mit Pferderennen aus«, knurrt Klaus.

Dafür, dass mein »Bekannter« nur fünfundneunzig Zentimeter groß ist und sein Leben größtenteils mit Heu-Essen verbracht hat, kennt er sich besser aus, als mir lieb ist, aber das muss Klaus ja nicht wissen. Um ihn auf meine Seite zu ziehen, lehne ich mich etwas nach vorne, sodass er mein Dekolleté besser sehen kann, und lächele ihn verträumt und bewundernd an. Es scheint zu funktionieren.

»Also wenn man wollen würde, dass ein anderes Pferd das Rennen läuft, müsste man die beiden Pferde zwischen der Kontrolle des Mikrochips und dem Führring auswechseln. Und ich bezweifle doch sehr, dass man das auf den paar Metern, vor den Augen aller Besitzer, Trainer und Zuschauer, unbemerkt hinkriegen würde. Mal davon abgesehen, dass es gar nicht so leicht wäre, ein zusätzliches Pferd aufs Gelände zu schmuggeln.«

Ich nicke. Spätestens bei den Rennen wäre es also aufgefallen, wenn man Rennbrandt durch ein anderes Pferd ersetzt hätte. Das ergibt Sinn, denn sonst könnte ja jeder nach Lust und Laune Pferde vertauschen; wird Alvin aber nicht gefallen.

»Aber woran kann es liegen, wenn ein Pferd, das als unschlagbar galt, plötzlich nicht mehr die gewohnte Leistung bringt und generell verändert erscheint?«

»Oh, da gibt's tausend Gründe«, sagt Klaus und blüht sichtlich auf. »Manche Pferde brauchen ganz bestimmte Bodenverhältnisse, um gut zu laufen. Manche laufen nicht gut, wenn ihnen das Wetter nicht passt. Ein Wechsel des Hufschmieds und eine Umstellung der Hufe kann verheerende Folgen haben, genauso, wenn sich was an den Fütterungs- und Haltungsbedingungen ändert. Bei Stuten spielt die Rossigkeit eine Rolle, und dann gibt es noch bekloppte Viecher, wo man ewig nicht dahinterkommt, woran es liegt, bis sich irgendwann per Zufall herausstellt, das Pferd läuft nur, wenn es eine ganz bestimmte Startbox zugewiesen bekommt, vorher exakt vier Minuten im Führring war und von einer blonden Frau geführt wurde, die *Chanel N°5* aufgetragen hat!«

Ich muss lachen. »Wirklich?!«

»Ja, wirklich. Und jetzt schmeiß den Wettschein mit der Fünf weg, du bekommst von mir einen neuen. Die Fünf taugt nichts, hab ich doch gesagt. Mann, Mann, Mann, Mädchen!«

Obwohl ich von jetzt an auf Klaus' gute Ratschläge höre, verliere ich so gut wie jede Wette. Nur ein Mal darf ich mir am Schalter drei Euro fünfzig abholen, nachdem ich unzählige

Male zwei Euro gesetzt habe. Der Mann am Schalter lacht, als er meinen Wettschein sieht und die drei Euro fünfzig aus der Kasse nehmen muss.

Trotzdem ist es kein vergeudeter Tag. Klaus weiß genau, wann man wo sein muss, sodass ich direkt an der Absperrung stehen und die geballte Kraft der Pferde spüren kann, als sie an mir vorbeidonnern, und am Ende gibt er mir noch generös einen Aperol Spritz aus. »Hast ja dein ganzes Geld verprasst«, murmelt er, als er mir das Getränk in die Hand drückt. »Beim nächsten Mal hörst du wohl besser auf mich, dann gewinnst du auch mal was!«

Ich nicke artig und verzichte auf den Hinweis, dass ich sehr wohl auf Klaus gehört habe und dass dieser trotz seines vermeintlichen Expertenstatus heute selber mit einem dicken Minus aus der Sache rausgegangen ist.

Etwas beschwipst und sonnenmüde stöckele ich den Kiesweg entlang. Klaus hakt mich unter.

Ich stolpere und greife blindlings nach einem Arm, um nicht umzufallen. »Verzeihung«, murmele ich. Der Mann fährt herum. Es ist Dr. Lazik. Er sieht mich und Klaus irritiert an. Irgendwo in meinem betrunkenen Hirn wird ein letztes Fünkchen Sozialverhalten aktiviert, und ich fange unbeholfen an, die beiden einander vorzustellen.

»Das ist Dr. Lazik, er ist Tierarzt«, nuschele ich, »und das ist …«

»Klaus Friedhelm Gartmann, einer der führenden Rennsportexperten in Deutschland«, vervollständigt Dr. Lazik meinen Satz. »Ich kenne und schätze natürlich Herrn Gartmann! Er setzt sich seit Jahren für Rennpferde ein, die in

Rente geschickt werden, und kümmert sich mit seinem Verein darum, dass sie ein neues Zuhause bekommen. Aber was machen Sie denn eigentlich hier? Außer sich einen zu zwitschern?«

Er betrachtet mein viel zu weit aufgeknöpftes Dekolleté und meine geröteten Wangen.

»Sie hilft mir beim Wetten!«, behauptet Klaus. Die feine Ironie in seiner Stimme scheint an Dr. Lazik vorbeizugehen.

»Wirklich?!«

»Ja, wir zwei haben heute richtig abgeräumt – sie kann einfach mit absoluter Präzision vorhersagen, welches Pferd gewinnt! Bis hin zur Platzierung alles richtig! Da fängt man ja fast an, an Hexerei zu glauben«, sagt er mit einem Zwinkern.

»Interessant«, sagt Dr. Lazik und sieht mich durchdringend an. »Ich würde sagen, es wird Zeit, dass Sie vorbeikommen wegen … wegen dieser Sache, die ich Ihnen geschrieben habe!«

»Klar«, sage ich übertrieben munter. »Nichts lieber als das!«

Zu Hause erzähle ich Alvin, was ich herausgefunden habe. »Und deswegen ist es ausgeschlossen, dass dein Freund Rennbrandt ausgetauscht wurde! Du musst dich irren!«

»Ach, komm schon, das kannst du besser«, sagt Alvin gelangweilt. »Versuch's noch mal! Sprich mit Leuten, die ihn kannten, besorg dir alle Informationen, die du über den Original-Rennbrandt finden kannst, und dann vergleich das mal mit dem Wannabe, der in seiner Box steht, und du wirst sehen, dass ich recht habe.«

»Warum eigentlich ich?«, frage ich. »Warum willst du ausgerechnet mich in diese Sache hineinziehen?«

»Du bist zwar eine Schummlerin, die nicht mit Pferden reden kann, aber ich glaube, dass du gerade deswegen eine gute Detektivin bist. Du SIEHST Sachen. Man wäre dir doch längst auf die Schliche gekommen, wenn du nicht gut im Beobachten wärst. Und vielleicht kannst du diese Gabe zur Abwechslung mal für einen guten Zweck einsetzen.«

Ich seufze. »Ich hab alles versucht, aber ich weiß nicht, was ich noch machen soll. Das ergibt überhaupt keinen Sinn. Er ist doch weiter Rennen gelaufen, nur nicht so erfolgreich wie vorher. Aber das kann viele Gründe haben, hab ich dir doch erzählt …«

»Nee, du hast nicht alles versucht, und das weißt du auch«, unterbricht mich Alvin. »Aber ich bin sicher, dir wird schon im richtigen Moment noch was einfallen. Ich verlasse mich auf dich!« Er zwinkert mir zu, trottet in den Unterstand und macht es sich neben Jörp und Drusla bequem.

»Oh, das machen wir auf gar keinen Fall!« Entschlossen stemmt Alvin alle vier Hufe in den Boden. »Das kannst du vergessen! Ich laufe nicht noch mal mit deinem E-Bike mit! Du fährst viel zu schnell!«

»Ich hab jetzt keine Zeit, mit dir zu diskutieren. Wir müssen los, Dr. Lazik, Inga und Marshmallow warten!«

»Wozu hast du denn ein Auto? Mit einem Eins-a-Paddock hintendran?«

»Das ist kein Paddock, sondern eine Ladefläche. Und es ist verboten, Ponys darauf zu transportieren!«

»Verboten, schmerboten«, sagt Alvin und springt mit Anlauf auf die Ladefläche.

»Will ich wissen, wie Sie das Pony hierhertransportiert haben?«, fragt Dr. Lazik und sieht mich streng an.

Ich schüttele den Kopf. »Auf eine Art, die man nicht nachmachen sollte«, sage ich mit vielsagendem Blick auf Inga. Ich weiß nicht, wie alt sie genau ist, aber über kurz oder lang wird sie den Führerschein machen, und ich möchte nicht, dass sie auf die Idee kommt, ihr Pony in einem Pick-up durch die Gegend zu fahren.

Er seufzt. »Und warum? Macht er ein Praktikum? Bilden Sie ihn zu Ihrem Nachfolger aus?«

Ich merke, dass ich rot anlaufe. »Ich habe den Eindruck, dass manche Pferde mir vertrauensvoller begegnen und sich mir lieber öffnen, wenn ich das Pony dabeihabe!«

»Wie auch immer. Dann legen Sie mal los!«

Ich nähere mich Marshmallow und fange an, sie zu berühren und vor mich hin zu murmeln. Meine Performance leidet etwas darunter, dass ich mir die ganze Zeit sehr stark der zwei Augenpaare bewusst bin, die auf mich gerichtet sind. Dr. Lazik mustert mich skeptisch, während Inga neugierig und hoffnungsvoll wirkt.

Alvin lacht. »Ei, ei, ei, ei, ei«, sagt er.

»Hast du schon mit ihr geredet? Was sagt sie?«

Er gluckst vergnügt. »Ich kann mir vorstellen, dass ich unter gewissen Umständen eventuell bereit wäre, meine Erkenntnisse mit dir zu teilen, aber dafür müsstest du mir erst mal glaubhaft vermitteln, dass du einen vielversprechenden Ermittlungsansatz hast, um meinen geschätzten Freund Rennbrandt aufzuspüren!«

»Lass den Mist! Ich hab dir schon gesagt, dass ich keine Ahnung habe, was ich da weiterverfolgen soll. Außerdem hab ich gar keine Zeit, solchen Hirngespinsten nachzujagen!«

»Tja, und ich habe keine Zeit, fremde Ponys auszuhorchen«, sagt Alvin, läuft ein paar Schritte weiter weg und fängt mit demonstrativer Gelassenheit an, Gras zu essen.

»Und?« Dr. Lazik nähert sich. Er lächelt unsicher. »Ich komme mir ja reichlich albern vor, aber ich bin jetzt schon etwas neugierig, was Sie herausgefunden haben!«

»Moment noch«, murmele ich.

»BITTE, ALVIN!«, flehe ich in Gedanken. »Ich gebe noch nicht auf, ich verspreche es dir! Aber gerade habe ich keine Idee, was ich noch machen könnte!«

»Dann überleg noch mal in Ruhe«, sagt Alvin vergnügt.

»Den ganzen Tag habe ich allerdings nicht Zeit«, sagt Dr. Lazik und schaut auf die Uhr. »Ich muss gleich noch zu einer Traberstute, die einen Abszess hat!«

Nervös beiße ich mir auf die Innenseite meiner Wange und schmecke das Blut. Und da fällt es mir ein. Natürlich! Die Zahnärztin!

Wie jedes gut gepflegte und betreute Pferd wird auch Rennbrandt regelmäßig eine Zahnbehandlung bekommen haben, um Fehlstellungen zu korrigieren und scharfe Kanten abzuschleifen. Ich muss mir einfach nur seine Behandlungsunterlagen besorgen, schauen, ob es bei ihm irgendwelche Besonderheiten gibt, und dem Pferd, von dem Alvin behauptet, es wäre nur ein Doppelgänger, ins Maul schauen. Wenn es dieselben Zähne hat, wird ihn das hoffentlich überzeugen, dass es sich wirklich um dasselbe Pferd handelt.

»Also schön«, teilt Alvin, der meine Gedanken gelesen hat, mir telepathisch mit. »Versprich mir, dass du diese Spur verfolgen wirst, und ich helfe dir mit der Ponystute!«

»Versprochen«, flüstere ich. Dr. Lazik sieht mich irritiert an, und ich werde rot.

»Also, jetzt sag schon – was hat sie für ein Problem?«, frage ich Alvin, diesmal ohne dabei zu flüstern.

»Gar keins, sie müsste nur mal ordentlich durchgebumst werden!«

Ich schaue ihn streng an.

»Was?!«, sagt er. »Sie wünscht sich ein Fohlen. Das ist der Lauf der Natur. Denkst du etwa, alle Stuten ohne Fohlen sind Karrierefrauen, die ihre Freiheit aus vollen Zügen genießen?! Nein! Ganz viele hätten eigentlich gerne ein Baby. Marshmallow sagt, sie hat in ihrem Leben genug Führzügelwettbewerbe, Reiterspiele und Cavallettireihen durchgeackert. Sie würde jetzt ganz gerne mal eine ruhige Kugel schieben, im wahrsten Sinne des Wortes!«

»Das kann ich den beiden aber doch nicht sagen!«

»Wieso denn nicht?«

»Das klingt, als hätte ich es mir ausgedacht, und es ist ja auch kein Problem, das man lösen kann!«

»Logo kann man das lösen«, sagt Alvin. »Ich würd das schon machen. Ich bräuchte halt 'nen Hocker …«

»Was?!« Entsetzt starre ich ihn an. »Ich dachte, du bist ein Wallach? Benno hat mir gesagt, er hat dich kastrieren lassen?«

Alvin grinst. »Ja, er hat mir meinen einen Hoden abschneiden lassen, das kranke Schwein. Aber den anderen hatte ich sicherheitshalber im Bauch versteckt.«

Ich schließe die Augen. Oh je, ein Klopphengst. Nicht auch noch das!

»Hast du Jörp und Drusla gedeckt?!«

»Keine Sorge. Soo attraktiv ist Jörp nicht, und Drusla

steht auf Mädchen.« Er gähnt. »Aber die kleine Madame hier ... da hätte ich durchaus ein paar Ideen!«

»Was sagt sie? Wie können wir ihr helfen?«, fragt Inga, die sich auch nicht länger gedulden kann.

»Nun ... es klingt vielleicht ein bisschen komisch, aber sie wünscht sich ein Fohlen!«

Dr. Lazik funkelt mich böse an. »Wollen Sie mich verarschen? Das klingt total schlecht ausgedacht, und außerdem ist das nichts, was man mal eben ausprobieren kann!«

»Ach, bitte«, sagt Inga. »Du weißt doch, dass ich mir schon lange ein Fohlen von Marshmallow wünsche ...«

»Kommt nicht infrage. Es ist doch gar nicht bewiesen, dass es Marshmallow dann besser geht. Stell dir vor, in einem Jahr kommt heraus, dass es doch an etwas anderem gelegen hat. Dann haben wir ein Pony, das vor sich hin kümmert, und zusätzlich noch ein Fohlen. Nein danke!«

Sein Blick fällt auf Alvin, der gerade ausgeschachtet hat und seinen für ein so kleines Pony erschreckend großen Schlauch zur Schau stellt. Erregt tänzelt er herum und zieht am Strick.

»Lassen Sie mich raten, wahrscheinlich wollen Sie uns Ihren kleinen Klepper noch als Deckhengst andrehen? Sie sind sich wohl für gar nichts zu schade. Das ist so erbärmlich und durchsichtig! Verlassen Sie den Hof!«

Obwohl ich während der gesamten Fahrt das Fenster offen hatte, brennen meine Wangen immer noch vor Scham, als wir zu Hause ankommen. Alvin hüpft beschwingt von der Ladefläche.

»Fährst du heute noch die Unterlagen von der Pferdezahnärztin besorgen? Ich bin schon so gespannt! Vielleicht kann man anhand der Behandlungsdaten sogar genauer eingrenzen, wann Rennbrandt ausgetauscht wurde!«

Finster schaue ich ihn an. »Du machst mir nur Probleme! Wie stehe ich denn jetzt da!«

Alvin legt den Kopf schief. »Ich hab dir versprochen, die Wahrheit zu sagen. Wenn der Typ nicht mit der Wahrheit klarkommt, ist das doch sein Problem!«

»Nein«, zische ich. »Jetzt ist es auch mein Problem!«

»Was hätte ich denn machen sollen?«, beschwert sich Alvin.

»Du hättest irgendwas rausfinden sollen, was nur Marshmallow wissen kann, und dann hätte ich eine Geschichte drum herum konstruiert, die ihm gefällt, und alle wären zufrieden gewesen!«

Alvin schnauft genervt. »Man kann doch nicht jedes Mal, wenn man Schwierigkeiten befürchtet, irgendwas erfinden!«

»Wieso denn nicht?! Ich mache das seit über dreißig Jahren so!«

Das Wichtigste am Lügen ist, dass man selber wenigstens ein bisschen daran glauben muss. Das macht es aber auch so anstrengend.

Ich kann mich noch genau an meine erste bewusste Lüge erinnern. Ich muss im Kindergartenalter gewesen sein, und meine Mutter arbeitete an bestimmten Abenden an der örtlichen Volkshochschule. Diese Abende waren für mich besondere Kleinode. Denn die Daten wurden schon lange vorher in den Taschenkalender meines Vaters eingetragen, und er musste versprechen, sich diese Abende »frei zu halten«. Bei dem Wort »frei halten« musste ich immer an die Stühle im Kindergarten denken, auf die wir im Spiel klopften und sagten: »Mein rechter, rechter Platz ist frei, ich wünsch mir einen Freund herbei.« Ich stellte mir vor, wie mein Vater auf das Feld im Kalender klopfte und mich herbeiwünschte.

Die Abende, die wir miteinander verbrachten, waren nicht nur deswegen so kostbar, weil sie selten waren. Er bemühte sich auch besonders, mir eine gute Zeit zu bereiten. Er baute mit mir im Wohnzimmer Höhlen aus Stühlen und Decken, erzählte mir lange, erfundene Geschichten und machte Pfannkuchen mit Apfelmus.

Im Nachhinein kommt mir der Gedanke, dass es unfair war, meine Mutter und meinen Vater zu vergleichen. Es kam vielleicht alle zwei Wochen vor, dass mein Vater auf mich, sein eigenes Kind, »aufpasste«. Im Gegensatz zu meiner Mutter musste er die Zeit, die er mit mir verbrachte, nicht vom Putzen, Waschen, Bügeln und anderen Haushaltstätigkeiten abzweigen, und er räumte hinterher nicht auf. Meine Mutter muss fast der Schlag getroffen haben, wenn sie von der Arbeit nach Hause kam und das Wohnzimmer in ein Höhlensystem verwandelt vorfand, während in der Küche alles mit klebrigem Pfannkuchenteig überzogen war.

Eines Tages hatte ich Appetit auf Pfannkuchen, und mir kam der Gedanke, dass es doch schön wäre, wenn meine Mutter mal wieder arbeiten gehen würde.

»Mama, wann musst du eigentlich wieder in die VHS?«, fragte ich, ohne mir vorher Gedanken zu machen.

»Wieso willst du das denn wissen?«, fragte meine Mutter in scharfem Tonfall und sah mich streng an. Ich spürte plötzlich, dass ich ihr unmöglich die Wahrheit sagen konnte. Damals konnte ich es nicht genau benennen und hatte einfach nur das Gefühl, zu dicht neben einem Abgrund zu stehen. Heute weiß ich, meine Mutter wäre unfassbar gekränkt gewesen, wenn ich ihr gesagt hätte, dass ich mich auf die Abende ohne sie freute.

Mein kleines Hirn war mit der Aufgabe, die sich da auftat, überfordert. »Weil ich dich dann immer so vermisse«, sagte ich schließlich und fing bitterlich an zu weinen. Denn in dem Moment, in dem ich die Worte sagte, wurden sie für mich wahr; ich sah alles vor mir, wie ich traurig und schmollend in der Höhle aus Decken saß und meine Mutter herbeisehnte, wie die Pfannkuchen mir nicht schmeckten und die Geschichten meines Vaters mich nicht von meinem Trennungsschmerz ablenken konnten, und ich weinte aus Mitleid mit mir selber.

Mein Ich spaltete sich in diesem Moment in zwei Teile. Ein Teil von mir wusste noch, wie es eigentlich war, und sah mich missbilligend an. Ich stellte mir vor, wie ich diesen Teil in einen Schrank schubste, einen Finger auf die Lippen legte und die Tür schloss. Ich ging ganz und gar hinein in das andere Ich, das die Abwesenheit der Mutter nicht feierte, sondern betrauerte.

Und meine Mutter glaubte mir. Fast schon gierig saugte sie meine Lüge auf. Ich weiß noch, dass ich überrascht war, wie leicht es ging. Wie wenig sie meine Aussage infrage stellte. Ich hatte gut gelogen, denn ich hatte die einzige Antwort gegeben, die sie akzeptieren konnte. »Mein armes Kind«, sagte sie und nahm mich in den Arm, und ich weinte noch mehr. Zu meinem Erstaunen merkte ich, dass ich inzwischen wirklich traurig war.

Sie rief in der Volkshochschule an und sagte den nächsten Termin ab. Sie sei krank geworden, sagte sie. Seufzend blieb sie zu Hause, und ich hatte keinen besonderen Abend mit meinem Vater.

Damals lernte ich, dass es nicht reicht, wenn eine Lüge glaubwürdig ist: Eine wirklich gute Lüge ist es nur, wenn sie mir nützt.

Manchmal nehme ich mir vor, nicht zu lügen, und das klappt ein paar Tage, und dann fange ich doch wieder an. Irgendwann kommt immer der Moment, wo mich jemand etwas fragt und ich ganz genau weiß, wenn ich jetzt sage, was ich wirklich denke, habe ich ein Problem. Also lüge ich. Vielleicht müsste ich weniger lügen, wenn ich weniger schlechte Gedanken hätte. Und vielleicht hätte ich weniger schlechte Gedanken über andere, wenn ich selber ein bisschen zufriedener wäre. Aber ich bin nicht sicher, was ich machen müsste, um das zu erreichen …

»Dir einen anderen Job suchen und mal gescheit mit dem Tierarzt bumsen!«, sagt Alvin.

Ich werfe eine Handvoll Erde in seine Richtung. »Du sollst doch nicht meine Gedanken belauschen, wenn ich dir gerade nichts zu sagen habe!«

Alvin seufzt. »Wie soll ich dir denn sonst gute Ratschläge geben?! Girl, du brauchst Hilfe! Und einen Kerl zwischen deinen Schenkeln!«

Ich finde es sehr rückständig, zu unterstellen, wenn eine Frau unzufrieden ist, würde ihr nur der richtige Mann fehlen.

»Das stimmt!«, sagt Alvin. »Dir fehlt außerdem auch noch ehrliche Arbeit, eine ordentliche Tracht Prügel und ein bisschen Ritalin!«

Unbehaglich zupfe ich am Saum meines Sommerkleides herum. Oh Mann, wie peinlich ist das denn, der Tierarzt ist auch da. Auf was habe ich mich da eingelassen …

Als Gerda mich gefragt hat, ist meine erste Annahme gewesen, dass sie mich verarschen wollte. »Eine Fohlentaufe?!«, fragte ich ungläubig.

»Ja, das wird sicher nett!«

»Zahlt das Pferd dann auch Kirchensteuer? Und kommen ungetaufte Pferde in die Hölle, oder was genau ist die Implikation?«

»Jetzt hab dich doch nicht so. Das ist ein schöner alter Brauch, den möchten wir wieder aufleben lassen. Gibt ja nicht so viele Anlässe zum Begießen.«

»Stellt ihr euch das wie eine Schiffstaufe vor? Soll ich dann auch eine Sektflasche an seinem Kopf zerdeppern?«

»Um Gottes willen, nein. Aber ich halte eine Rede, Manfred hält auch eine Rede, die Besitzer und Sponsoren sind da, und wir dachten, es wäre schön, wenn du dann mit dem Fohlen reden und für es antworten könntest. Vielleicht möchte es sich ja bedanken oder uns erzählen, wie es sich seine Zukunft vorstellt!«

Oh Gott, richtig unangenehm. Das fehlte mir gerade noch, vor einer Gruppe rührseliger Menschen darüber zu schwadronieren, wie sehr sich das arme Ding auf seine Karriere als Sportpferd freute. Während in seinem dummen kleinen Köpfchen, da war ich mir ziemlich sicher, die Gedanken doch nur ums Herumtoben auf der Koppel und Mamas Euter kreisten.

Ich sagte ihr natürlich ab. Ich war schließlich nicht käuflich, und die Idee klang furchtbar. Dann sagte sie mir, was sie bereit waren, auszugeben. Wie sich herausstellte, war ich doch käuflich.

Ich hatte es mir also schon relativ schlimm vorgestellt, aber die Realität übertrifft alles. Es gibt mehrere festlich eingedeckte Tafeln; auf jedem Teller liegt ein Faltblatt mit einem Foto des Täuflings nebst Taufspruch (*Fürchte dich nicht, denn ich habe dich erlöst; ich habe dich bei deinem Namen gerufen; du bist mein!* – Jesaja 43,1b), außerdem eine kleine Tüte mit »Zauberbohnen«, die jeder Gast, so werde ich belehrt, zu Hause einpflanzen sollte, zusammen mit einem guten Wunsch für den kleinen Täufling. Wir singen *Von guten Mächten wunderbar geborgen*, in einigen Augen funkeln Tränen der Rührung, und ich frage mich, ob Dietrich Bonhoeffer wohl happy damit wäre, dass sein Lied auf einer Fohlentaufe genutzt wird.

Gerda ist eigentlich eine ziemlich coole und abgeklärte Person, deswegen wundert mich der ganze Zirkus hier umso mehr. Sie hat mir mal erzählt, wie sie als junge Bereiterin ihren Finger verloren hat. Wie es Gerdas Art ist, war sie darüber nicht im Geringsten erschrocken oder enttäuscht. Sie hatte als Kind Unterricht bei einem Reitlehrer alter Schule gehabt: Bei jedem Fehler mussten sie und die anderen Kinder absteigen und Strafrunden laufen, und wenn sie gerade mal nicht körperlich an den Rand der Erschöpfung getrieben wurden, erzählte er ihnen, welche schauerlichen Verletzungen ihnen drohten, wenn sie auch nur eine Sekunde unaufmerksam waren oder sich nicht an gewisse Regeln hielten: »Wenn du mit den Haaren hängen bleibst, wirst du skalpiert. Mit diesen Schuhen kannst du deine Zehen verlieren. Wenn das Pferd jetzt zurückspringt, ist der Finger ab.«

Am Anfang machten ihr diese Schilderungen noch Angst, und sie hatte Albträume, in denen sie wichtige Körperteile einbüßte und ihr Reitlehrer an der Bande stand und sagte: »Ich hab es dir doch gesagt!« Aber der Mensch gewöhnt sich an alles, die eindringlichen Schilderungen verloren an Schrecken, und als ihr schließlich im Alter von siebenundzwanzig Jahren tatsächlich der Finger abgetrennt wurde, weil ihr Pferd zurücksprang und sich der Strick unglücklich um ihren Zeigefinger schlang, brachte es sie nicht aus der Fassung. Der Finger flog bis an die Boxentür, wo er mit einem dumpfen Laut aufschlug und zu Boden rutschte. Sie nickte wie jemand, der eine Nachricht erhält, mit der er schon lange gerechnet hat, kramte mit der unverletzten Hand in ihrer Jackentasche nach einem Hundekotbeutel, steckte den Finger hinein und legte ihn in den Kühlschrank im Reiterstübchen.

Dort lag er dann neben der Geburtstagstorte irgendeiner Einstellerin. *Viel Glück!* stand auf der Torte.

Als Nächstes rief sie eine ihrer Berittkundinnen an und sagte ihr Bescheid, dass sie ihr Pferd erst am Nachmittag reiten konnte, weil sie vorher noch ins Krankenhaus musste – nein, nichts Schlimmes, nur mal draufschauen lassen, ob man den Finger vielleicht wieder annähen könnte. Dann ging sie beschwingt zurück auf die Stallgasse, sattelte ihr Pferd und machte Cavalettitraining mit ihm. Ihr ganzes Leben lang hatte man sie auf diese Situation vorbereitet, da warf sie doch nicht ihren gesamten Tagesplan über den Haufen, nur weil ihr Finger ab war.

Auf dem Höhepunkt der Stimmung wird das Fohlen geholt, und während das arme kleine Ding sichtlich angenervt davon ist, festgehalten zu werden, hält Gerda eine Rede, in der sie all ihre früheren Pferde Revue passieren lässt und viel weint. Wir stoßen an, und auch ich versuche pflichtschuldig, mir ein paar Rührungstränchen rauszuquetschen, um nicht negativ aufzufallen.

Dann bin ich an der Reihe.

»Ja, also er freut sich sehr, dass ihr alle da seid«, beginne ich.

»Aus seiner Sicht!«, sagt Gerda.

»Wie bitte?«

»Du sollst die Rede aus seiner Sicht halten! Nicht in der dritten Person!«

Das wird ja immer schlimmer. »Ich freue mich sehr, dass ihr alle gekommen seid«, presse ich hervor und merke, wie mir der Schweiß ausbricht. Hoffentlich verlangt sie nicht als Nächstes, dass ich meine Stimme verstelle. Wie redet ein Fohlen? Und vor allem: Worüber redet ein Fohlen?!

»In mir steckt ganz viel Power, das spüre ich in meinen Beinen. Ich hab richtig Lust, zu rennen und eine Karriere hinzulegen, die alle zum Staunen bringt. Bis dahin muss ich aber noch ordentlich wachsen! Also nicht, dass ihr viel zu früh mit meiner Ausbildung anfangt, wie bei Black Jack! Dem tun jetzt immer die Füße weh, hat er mir erzählt. Auf so was hab ich keinen Bock. Ach ja, ein paar Möhrchen würde ich klasse finden!«

Okay, das war offensichtlich nicht das, was man von mir erwartet hatte. Ich ernte ein paar peinlich pikierte Blicke und ein Räuspern.

Gerade, als die Stille anfängt, peinlich zu werden, klopft Dr. Lazik an sein Glas. »Es ist mir eine besondere Ehre, heute dabei zu sein, wenn so ein absolutes Ausnahmetalent der Öffentlichkeit vorgestellt wird«, sagt er, und dann noch viel Schmeichelhaftes über den Körperbau und Charakter des Tieres. Als er fertig ist, bricht stürmischer Applaus aus.

Das Essen ist vorbei, alle sind leicht beschwipst, stehen in Grüppchen zusammen und plaudern, nur ich stehe mit einem Sektglas in der Hand etwas abseits. Meine Wangen sind immer noch leicht gerötet vor Scham. Ich wäre am liebsten schon längst über alle Berge, allerdings muss ich mich noch von Gerda verabschieden, und an die ist momentan nicht ranzukommen, weil sie von anderen Gästen belagert wird.

Auf einmal steht Dr. Lazik vor mir.

»Danke«, sage ich leise.

»Wofür?«, fragt er.

»Dass Sie die Stimmung gerettet haben. Nach meiner missglückten Rede …«

»So schlecht fand ich die Rede gar nicht«, sagt er. »Sie haben ja recht.«

Ich seufze. »Ehrlich gesagt hätte ich lieber weitere Aufträge von Gerda, als unbedingt recht zu haben.«

»Ist das wirklich wahr? Ich werde nicht so richtig schlau aus Ihnen. Sie sind doch eine intelligente Frau mit vernünftigen Ansichten. Haben Sie es wirklich nötig, diese Halsabschneidermasche durchzuziehen?«

»Erstens bin ich keine Halsabschneiderin, und zweitens, was ich nötig habe und was nicht, können Sie wohl getrost mir überlassen.«

Er nickt. »Natürlich, es ist Ihre Sache. Ich bin auch nur rübergekommen, um Ihnen zu sagen … Sie … Sie sehen heute besonders nett aus.« Dann geht er.

An Rennbrandts zahnärztliche Behandlungsunterlagen zu kommen gestaltet sich schwieriger, als ich dachte. Früher wurden die Behandlungsprotokolle einfach vor Ort im jeweiligen Stall aufbewahrt, aber als ich im Rennstall anrufe, versichert mir Benno, dass er sie nicht vorliegen hat.

»Da musst du entweder die Besitzerin fragen oder die Pferdezahnärztin, Dings.«

»Johanna«, sage ich.

»Genau. Übrigens, wie geht's denn dem kleinen Klepper, den ich dir verkauft habe? Hat er sich als großes Talent entpuppt?«

Ich lege auf. Er kann mir ohnehin nicht weiterhelfen, und ich habe keine Lust auf seine kaum verhohlene Schadenfreude.

Rennbrandts Besitzerin erreiche ich nicht, aber ich denke, sie wird nichts dagegen haben, dass ich mir die Informationen besorge. Es geht ja schließlich um das Wohl ihres Pferdes, und sollte man Rennbrandt wirklich übel mitgespielt haben oder ihn sogar gegen ein anderes Pferd ausgetauscht haben, will sie das sicher auch erfahren.

Ich rufe also Johanna an, mit der ich mich ganz gut verstehe. Vor ein paar Jahren habe ich ihr mal gesagt, sie solle ihr Pferd gebisslos reiten, und das ist eigentlich nur eine Vermutung gewesen – allerdings, mit Blick auf ihre starken Hände, mit denen sie Tag für Tag an Pferdezähnen herumschleift, keine völlig unbegründete –, hat sich aber als Glückstreffer erwiesen. Ihr Pferd läuft seitdem besser als jemals zuvor, und Johanna hat mir schon den einen oder anderen Neukunden beschert, weil sie die Geschichte hinter vorgehaltener Hand ihren Kunden erzählt hat. Außerdem kann man mit ihr immer wunderbar Kaffee trinken und tratschen.

Johanna ist gerade auf der Landstraße unterwegs, wie fast immer, wenn ich sie anrufe. »Ich bin unterwegs«, brüllt sie gegen den Fahrtwind an, und ich frage mich, ob sie, wenn sie von zu Hause aus telefoniert, wohl genauso brüllt, aus reiner Gewohnheit.

»Ich habe mal eine Frage zu einem gemeinsamen Patienten«, rufe ich. »Rennbrandt. Die Besitzerin hat mir natürlich schon erzählt, was los war, aber du weißt ja – wenn Laien einem medizinische Sachverhalte erklären wollen, na ja, stille Post im Altenheim. Dürfte ich mal selbst einen Blick in sein Behandlungsprotokoll werfen?«

»Logo«, sagt Johanna. »Ich bin gerade auf dem Weg zum Gut Erlengrund. Hast du da nicht eh Reitstunde?«

»Ja, aber nicht heute. Aber das macht nichts, ich komme eben vorbei, und wir trinken einen Kaffee zusammen!«

Ich freue mich über die Aussicht, Johanna zu sehen und einen außerplanmäßigen Ausflug auf das Gut machen zu können. Alle zwei Wochen gönne ich mir dort Unterrichtsstunden mit Jörp und Drusla, denn da wird der beste Reitunterricht in der Gegend angeboten. Natürlich hat jede Reitweise ihre Vor- und Nachteile, und man kann jede Reitlehre gut oder schlecht umsetzen – aber unsere ist schon die beste! Wenn ich davon nicht überzeugt wäre, würde ich es ja anders machen.

Der Hof gehört zu den wenigen in der Umgebung, wo ich meine Pferde ohne Bedenken unterbringen würde, wenn ich nicht Selbstversorger wäre. Die ganze Anlage ist erstklassig gepflegt, und hübsche Sitzecken laden zum Verweilen ein. Normalerweise kann ich mich dort aber nicht lange aufhalten, weil ich meine Pferde im Anhänger habe, deswegen kommt mir die Gelegenheit jetzt gerade recht. So sind Alvins Hirngespinste doch noch zu etwas gut.

Auf Gut Erlengrund herrscht ein fröhlicher Ausnahmezustand: Es ist Kotprobenzeit! Einmal im Jahr müssen alle, die hier ihr Pferd untergebracht haben, an drei aufeinanderfolgenden Tagen Kotproben abgeben. Dann wird der Kot untersucht und bekannt gegeben, welche Pferde eine Wurmkur erhalten müssen.

Als ich den Hof überquere, sehe ich schon mehrere mit Gummihandschuhen und Tüten bewaffnete Einsteller, die sich gegenseitig Tipps geben, wie man dem Pferd wohl am besten die ersehnte Probe entlocken könnte.

Pferde äppeln normalerweise verhältnismäßig häufig, außer man wartet drauf. Auf einem Ausritt von zwei Stunden müssen meine Ponys mindestens dreimal kacken, und zwar bevorzugt da, wo sie es nicht sollen: auf Bürgersteigen, Parkplätzen und in der Hofeinfahrt von guten Bekannten. Benötigt man jedoch eine Kotprobe, können sie stundenlang zukneifen.

»Stell ihn in eine Box«, sagt eine nett aussehende ältere Dame. »Und dann gar nicht mehr angucken. Geh einkaufen oder so! Oder fahr nach Hause, ich kann ihn dir auch nachher wieder rausstellen.«

»Ich würd ja einfach kurzen Prozess machen und es mit der Hand rausholen«, sagt ein anderer Einsteller kopfschüttelnd. Das Pferd guckt, als hätte es seine Worte verstanden, und trippelt unruhig herum – aber wahrscheinlich spürt es nur die Entschlossenheit, die von ihm ausgeht.

»Ich hab's geschafft, ich kann nach Hause gehen!«, ruft eine junge Frau, die, einen Gefrierbeutel mit Scheiße schwenkend, aus der Stallgasse gelaufen kommt. Der Rest der Gruppe applaudiert stürmisch, der Mann, der eben noch eine Rektalisierung vorgeschlagen hat, fängt an zu singen: »Du kannst nach Hause geh'n, du kannst nach Hause geh'n, du kannst, du kannst – du kannst nach Hause geh'n!« Die Frau mit dem Kackbeutel tanzt, dreht sich einmal um die eigene Achse und stolziert schließlich über den Hof, den Beutel mit ihrer Beute geziert vor sich hertragend, als sei es eine *Gucci*-Handtasche.

Man kann über Pferdebesitzer sagen, was man will – zumindest haben sie auch an den kleinen Dingen im Leben Freude.

Ich finde Johanna in der Stallgasse, wo die Boxen für die Rentnerpferde und die Krankenboxen sind. Sie steht auf einer Trittleiter und arbeitet am Schlund eines riesigen Norikers. Mit ihrer Stirnlampe und ihrem Werkzeug sieht sie aus wie ein Zwerg, der nach Edelmetallen schürft.

»Fall nicht rein«, sage ich.

»Saulustig«, sagt sie. »Erst tausendmal gehört.«

»Soll ich dir einen Cappuccino oder einen Kaffee rausholen?«

»Nee, aber du könntest mir hier frisches Wasser reinmachen.«

Sie deutet mit dem Fuß auf einen dreckigen Eimer, der neben ihr steht. Zweifelnd schaue ich den Eimer an, in dem ein Schluck dreckiges Wasser und Zahnspäne hin und her schwappen.

»Äh, ich kann dir auch ein Mineralwasser aus dem Reiterstübchen holen?«

»NICHT ZUM TRINKEN! Damit spüle ich Tim Toupet gleich den Mund aus!«

Ebenso beschämt wie erleichtert spüle ich den Eimer aus, fülle ihn mit frischem Wasser und stelle ihn Johanna wieder hin.

»Also, ich hab dir Rennbrandts Protokoll schon mal aufgemacht, ich schlage vor, du schaust da rein, solange ich Timmy eben seine Zähnchen fertig mache. Und dann darfst du uns Cappuccino holen. Ich hab gehört, die Kaffeemaschine ist gerade repariert! Vorher hätte man auch aus dem Spüleimer schlürfen können, und es hätte keinen Unterschied gemacht.«

Nach dieser Vorstellung bin ich mir nicht sicher, ob ich gleich überhaupt noch einen Cappuccino runterkriegen werde, aber ich nicke brav und schaue mir Rennbrandts Akte an.

Es dauert einen Moment, bis ich die Tragweite dessen, was ich hier vor mir habe, verstehe. »Das ist ja hochinteressant«, entfährt es mir. Rennbrandt hatte einen Kieferbruch, und zwei seiner Zähne im Unterkiefer sitzen seitdem locker.

»Ich dachte, die Besitzerin hatte dich schon aufgeklärt?«

»Hat sie auch«, beeile ich mich, zu versichern. »Aber jetzt die Aufnahmen vor sich zu haben ist natürlich noch mal was anderes – du weißt doch, wie das ist, wenn Pferdebesitzer einem berichten, was ein anderer Behandler gesagt hat – die eine Hälfte verstehen sie nicht, und die andere Hälfte vergessen sie …«

»Mein Vorschlag war eigentlich, dass wir die beiden Zähne ziehen, aber sie wollte unbedingt, dass wir die drin lassen, auch aus optischen Gründen.«

»Das kann ich mir vorstellen, eine Zahnlücke gibt direkt so einen Unterschichtenlook …« Ich muss lachen bei der Vorstellung, wie Rennbrandt mit Zahnlücke und Kippe im Maulwinkel am Fliesentisch sitzt und RTL guckt.

»Diese beiden Zähne werden wahrscheinlich immer ein bisschen wackelig sein«, sagt Johanna. »Hält sie die Stellen am Zahnfleisch denn ordentlich sauber? Da müsste sie eigentlich regelmäßig Futterreste entfernen.«

»Hmmm«, mache ich. Ich habe keine Ahnung, ob Rennbrandts Besitzerin regelmäßig mit Zahnbürste und Mundspülung anrückt, und es ist mir auch egal – aber wenn die

Zähne für immer wacklig sind, müsste ich das ja ertasten können.

Als Johanna sich besonders konzentriert einem von Timmys Backenzähnen widmet, mache ich schnell ein Handyfoto von dem Zahnprotokoll und schließe es dann.

Johanna macht Mittagspause, und ich hole uns einen Cappuccino und einen schwarzen Kaffee (für mich – der Spülwasser-Vergleich hat mich doch nachhaltig aus der Fassung gebracht). Wir setzen uns auf eine Bank unter einem Kirschbaum und beobachten die schönen Ponys, die gerade auf der Ovalbahn trainiert werden.

Johanna ist echt eine Süße, aber wenn ich mit ihr Kaffee trinke, besteht keines unserer Gespräche den Bechdel-Test. Immer geht es um irgendeinen Mann, und ich bin nicht überrascht, zu hören, dass sie gerade mal wieder ganz verschossen ist. Diesmal ist es der Hufschmied, der ihr Herz erobert hat.

»Aber ich bin mir nicht sicher, ob das eine gute Idee ist, immerhin sind wir in der gleichen Branche unterwegs!«

Ich habe, wie alle Reiterinnen in der Umgebung, mit dem Hufschmied geschlafen und könnte ihr noch mehr Gründe aufzählen, warum es keine gute Idee ist, aber ich verkneife es mir. Bis heute habe ich manchmal dieses leichte Ziehen im Unterleib, wenn ich ihm in irgendeinem Stall begegne und sehe, wie er mit seinen kräftigen Händen ein Pferdebein packt. Noch einmal so gehalten werden wie der Huf eines Nullachtfünfzehn-Warmbluts …

Wenn man selber seinen Spaß schon gehabt hat, ist es immer einfach, mit Vernunft um die Ecke zu kommen. So ähnlich wie beim Klimawandel – in der Industrialisierung haben wir Abgase verursacht bis zum Gehtnichtmehr und damit den Grundstein für unseren heutigen Wohlstand gelegt, und nun wird auf die armen Länder gezeigt, die es genauso machen. Das kommt mir unfair vor. Und Johanna schadet wenigstens niemandem, wenn sie sich einen Hot Girl Summer mit dem Hufschmied gönnt.

»Meinst du, wenn das mit der Erderwärmung so weitergeht, wird jeder Sommer ein Hot Girl Summer?«, frage ich träumerisch.

Johanna sieht mich skeptisch an.

Als ich frühmorgens nach meinen Ponys schaue, kann ich zuerst gar nicht glauben, was ich da sehe. Nicht drei, sondern vier Ponys stehen auf dem Trail: Neben Alvin steht Marshmallow, die zwar aussieht, als hätte sie eine wilde Nacht hinter sich, aber ansonsten einen ganz munteren Eindruck macht. Sie lässt den Kopf nicht mehr hängen, und der Glanz ist in ihre Augen zurückgekehrt. Trotzdem ist das natürlich ein Problem.

Ich suche die Nummer von Dr. Lazik raus und rufe ihn an. Mein Herz rast, während ich darauf warte, dass er den Anruf annimmt.

»Ja?!«

»Es tut mir total leid, aber Marshmallow ist hier«, sage ich. »Ich habe nichts damit zu tun, ich schwöre. Sie muss unter dem Zaun durch sein. Ich wollte Ihnen nur kurz Bescheid sagen, aber jetzt trenne ich die beiden sofort.«

Er seufzt. »Das wird eh zu spät sein, sie ist gestern Abend schon abgehauen. Inga wird sich freuen, sie hat sich Sorgen gemacht. Und ich werde dann wohl Großvater …«

Eine halbe Stunde später steht er mit einem Blumenstrauß und einer Flasche Winzersekt vor der Tür. »Ändern kann man es sowieso nicht mehr, da können wir genauso gut auf das Liebespaar anstoßen«, sagt er. »Muss doch schön sein, in dem Alter noch mal jemanden zu finden, der einen so begeistert!«

Er schaut sich Marshmallow an, die lebhaft und mit erhobenem Schweif über den Trail trabt.

»Wow, das ist ja ein ganz anderes Pferd! Und Kotwasser hat sie auch keines mehr. Das hätte ich nicht gedacht, dass die noch mal so aufblüht!«

Er verstummt, und wir beobachten schweigend, wie Marshmallow sich neben den kleinen Aussichtshügel stellt, den ich mal angelegt habe, um den Trail abwechslungsreicher zu gestalten. Alvin steigt auf den Hügel, springt von da auf die Stute auf und fängt an, sie zu rammeln, als gäbe es kein Morgen. An der routinierten Art, wie die Stute sich an den Hügel presst, damit Alvin es leichter hat, merkt man, dass sie das nicht zum ersten Mal machen. Dennoch scheint es ihnen nach wie vor Vergnügen zu bereiten; die Geräusche, die die beiden von sich geben, lassen mich an einen Exorzismus denken.

Ich räuspere mich und merke, wie mir die Röte in die Wangen steigt. Dr. Lazik grinst und starrt mich ungeniert an, während er am Verschluss der Sektflasche friemelt. Der Sektkorken fliegt just in dem Moment mit einem Knall aus dem Flaschenhals, in dem vor unseren Augen der Paarungsakt sein Ende findet und Alvin sich wenig würdevoll von der

Stute heruntergleiten lässt. Ich wende mich ab und tue so, als müsste ich etwas an meinen Schuhen richten.

Dr. Lazik hat zwei Sektgläser aus seiner Arzttasche hervorgezaubert und schenkt uns ein. Wir stoßen an. »Auf das späte Glück«, sagt er mit Blick auf die beiden Ponys. »Und darauf, dass Sie schon wieder recht hatten. Sie wissen schon, dass ich Sie jetzt abfüllen werde? Ich hoffe, dass Sie sich verplappern und mir verraten, wie Sie das gemacht haben!«

»Hab ich doch schon erklärt, man muss einfach zuhören«, sage ich lässig. »Heißt das eigentlich, dass Sie Ihren Wetteinsatz nun einlösen und mich zum Abendessen einladen? Und wollen wir uns nicht langsam mal duzen?«

»Okay«, sagt er, »ich bin Kai.« Wir stoßen noch mal miteinander an und schauen uns etwas zu lange in die Augen.

»Jetzt wär zum Beispiel voll der gute Moment, ihn zu küssen«, sagt Alvin.

»So ein Quatsch! Ich werd den doch nicht küssen!«

Alvin lacht. »Oh, aber du willst doch! Du bist wie Marshmallow. Wenn du einen Schweif hättest, würdest du ihn heben!«

Wir setzen uns ins sonnenwarme Gras, trinken Sekt und lassen uns das Gesicht wärmen.

»Ein fast perfekter Sommertag«, sage ich.

»Fast perfekt?«, fragt er und legt den Kopf schief. »Was fehlt denn, um ihn ganz perfekt zu machen?«

»Na ja, irgendwas ist doch immer«, sage ich. »Wenn es so

trocken ist, hab ich Angst, dass die Heuernte schlecht ausfällt, und außerdem hat mein trotz seiner krummen Beine völlig überteuertes Shetlandpony wahrscheinlich euer Reitpony geschwängert. Ich will nicht wissen, wie das Ergebnis aussehen wird!«

Er lacht. »Das ist jetzt, wie es ist. Und Perfektion ist doch langweilig! In Studien werden zum Beispiel Gesichter, die einen kleinen Makel haben, als attraktiver beurteilt als Gesichter, die perfekt und symmetrisch sind.«

Ich starre sein makelloses Gesicht an. Der Arme muss sich ja furchtbar unattraktiv vorkommen.

»Warum warst du am Anfang immer so herablassend zu mir?«

»Weil ich dachte, dass du die ganze Zeit nur lügst, und ich habe keinen Respekt für Leute, die lügen – besonders, wenn es ihnen nur um den eigenen Vorteil geht. Inzwischen denke ich … irgendwas muss ja doch dran sein an deiner Methode, auch wenn mir das zugegebenermaßen nicht passt. Magst du mir mal erklären, wie du das machst?«

Ich stürze den Rest von meinem Sekt herunter.

»Lügen nicht alle Menschen ab und zu? Um die Erwartungen anderer zu erfüllen, um unangenehme Situationen zu vermeiden … es muss ja gar nicht immer um den eigenen Vorteil gehen, ganz oft lügt man für andere!«

Er schüttelt den Kopf. »Als Inga im Grundschulalter war, hat sie wahnsinnig viel gelogen. Gott, bin ich froh, dass diese Phase endlich vorbei ist. Ihre häufigste Lüge war, dass sie krank ist und deswegen nicht zur Schule gehen kann, interessanterweise immer dienstags, wenn Sportunterricht und Naturwissenschaften anstanden. Mittwochs, pünktlich zu ihrer Reitstunde, erfolgte dann die Spontanheilung. Und sie hat ständig behauptet, sie hätte ihr Pausenbrot aufgegessen, weil ich sie sonst nicht an die Süßigkeitenschublade gelassen hätte. Da, würde ich mal behaupten, hatte sie schon ihren eigenen Vorteil im Blick!«

»Ich weiß nicht. Auf eine Art hat sie doch gelogen, um vor dir besser dazustehen. Wenn sie ganz schonungslos ehrlich gewesen wäre, hätte sie sagen müssen: ›Ich hasse Sportunterricht, ich hasse Naturwissenschaften, und die Pausenbrote, die du mir machst, schmecken überhaupt nicht!‹ Aber das hat sie nicht gesagt, wahrscheinlich, um dich nicht zu kränken!«

»Also, ich glaube schon, dass in jeder Lüge ein Stück Selbstsucht steckt. Und ist es nicht anmaßend und manipulativ, bestimmen zu wollen, wie andere einen wahrnehmen?«

»Aber ein bisschen davon hat doch jeder in sich. Auch du willst, dass Menschen dich auf eine bestimmte Art sehen. Zum Beispiel hast du selbst bei dieser Affenhitze eine Hose an! Also, eine lange Hose, meine ich.« Ich werde rot. Hoffentlich denkt er nicht, ich wollte ihn auffordern, dass er jetzt seine Hose auszieht. »Das ist doch, weil die Gesellschaft dir eingeredet hat, dass ein Mann mit Niveau bei jedem Wetter eine lange Hose tragen muss. Aber du kannst mir nicht erzählen, dass das angenehm ist.«

»Du hast recht«, sagt er in pathetischem Tonfall und fängt an, seine Hose bis zu den Knien hochzukrempeln. »Ich habe eine Lüge gelebt! Hast du eigentlich *Der Zauberberg* gelesen?«

»Logo«, sage ich selbstbewusst und stecke mir ein Kaugummi in den Mund. Ich liebe Fantasy! *Harry Potter, Herr der Ringe, Game of Thrones* – ich hab sie alle gelesen. Bestimmt auch den *Zauberberg*!

»Unser Gespräch gerade hat mich an die Diskussionen von Naphta und Settembrini erinnert. Was meinst du, wer von beiden wäre wohl auf deiner Seite gewesen? Der aufgeklärte Settembrini oder der mystische Naphta?«

Oh, Scheiße, da klingelt bei mir gar nichts. Das hört sich überhaupt nicht mehr nach einem Buch an, das ich mal gelesen habe.

»Keine Ahnung, mir sind die beide auf den Geist gegangen«, sage ich.

Er zieht die Augenbrauen hoch. »Warum?«

»War mir zu viel Gerede und zu wenig Handlung.«

Er lacht. »Ein interessanter Kritikpunkt, aber gilt das nicht für das ganze Buch? Welche Figur mochtest du denn am liebsten?«

»Die Frau.«

»Madame Chauchat?«

»Hmm, ja.«

Er mustert mich intensiv. »Das passt irgendwie.«

Super, jetzt muss ich dieses blöde Buch lesen, um herauszufinden, was er damit meint.

Mir fällt eine Geschichte ein, an die ich länger nicht gedacht habe.

»Mir ist mal was richtig Dummes passiert«, erzähle ich.

»Ach, tatsächlich? Kann man sich bei dir gar nicht vorstellen!«

Ich knuffe ihn in die Seite. »Ich habe alle *Harry-Potter-*

Bände gelesen, und als damals der letzte Band erschienen ist, konnte ich mich irgendwie nicht gedulden, bis das Buch in den deutschen Buchhandel kam. Also habe ich einen Klassenkameraden gefragt, der auch oft Filme runtergeladen hat. Und er hat mir das Buch vorab illegal irgendwo besorgen können! Auf Englisch zwar, aber ich wollte unbedingt wissen, wie es ausgeht.«

»Tz, tz, tz, und an die arme Autorin hast du dabei nicht gedacht? Wie sollte die sich denn dann ihren dritten Swimmingpool finanzieren?«

»Also erstens hatte ich ja vor, das Buch, wenn es auf Deutsch rauskommt, trotzdem noch zu kaufen. Und zweitens habe ich meine Strafe gehabt!«

»Da bin ich beruhigt. Kaum etwas geht mir so sehr gegen den Strich, wie wenn man reiche Menschen, die sich seit Jahrzehnten nicht weiterentwickelt haben, daran hindert, noch reicher zu werden!«

»Ich hab die englische Raubkopie dann gelesen und dachte irgendwann, hui, das ist wild, Harry, Hermine und Ron sind sehr … erwachsen geworden? Ich hab mich gewundert, dass alle das anscheinend einfach so hingenommen haben …«

»Wieso sollte man es nicht hinnehmen? Es ist doch normal, wenn so eine Reihe über mehrere Bände geht, dass die Figuren sich weiterentwickeln!«

»Das schon, aber es war wahnsinnig viel plumpe Erotik im Spiel. Alle haben miteinander rumgemacht! Als es dann mehrere Kapitel lang nur darum ging, wie sie es zu dritt in einem Zelt im Wald treiben, kam die Sache mir allmählich komisch vor …«

Er lacht. »Lass mich raten, das war nicht das Originalbuch, was du erwischt hast!«

Ich nicke. »Es war Fan-Fiction. Und ich weiß gar nicht, was schlimmer ist an der ganzen Geschichte – dass ich über vierhundert Seiten gebraucht habe, um Verdacht zu schöpfen … Oder dass mir das richtige Buch, als ich es dann endlich gelesen habe, im Vergleich dazu saulangweilig vorgekommen ist?! Ich mochte Spicy Harry Potter …«

Er lässt sich auf den Rücken fallen und lacht. »Oh Mann, was für eine Vorstellung … Harry, Ron und Hermine beim Teufelsdreier im Wald, und du sitzt mit deinem Tee auf dem Sofa und denkst: Sie werden so schnell erwachsen!«

»Na ja, etwas gewundert hat es mich schon, vor allem, weil auf den Büchern ja keine Altersbeschränkung drauf ist. Andererseits habe ich dann auch verstanden, dass unser Lehrer damals meinte: ›So was lesen wir nicht im Unterricht, das ist Schund!‹«

Kai schnappt nach Luft. »Stell dir vor, das wäre dir wirklich mit einer Unterrichtslektüre passiert! Du willst Geld sparen, lädst dir was aus dem Internet runter – erwischst aber eine Fälschung! Und dann nimmt der Lehrer dich dran, und du sollst eine Textstelle aus *Der Zauberberg* vorlesen, aber es sind nur Sexszenen!«

»Meinst du, es gibt *Der Zauberberg*-Fan-Fiction?«

»Oh Gott, ich hoffe es so sehr. *Liegekur der Lust*! Muss ich gleich nachher mal googeln.«

Schließlich wischt er sich die Lachtränen aus den Augen und steht auf. »Ich könnte noch ewig hier mit dir sitzen, aber ich hab Termine. Ist es in Ordnung, wenn ich Marshmallow erst mal hierlasse und am Abend wiederkomme und sie hole? Ich muss erst einen Anhänger organisieren!«

»Klar ist das okay. Aber sag mal, kannst du denn jetzt überhaupt fahren? Wir haben ja die ganze Flasche leer gemacht!»

Er lacht. »Also erstens, ich wurde schon mal von einem Weinfest zu einem Notfall gerufen, um eine Wunde zu nähen, und ehrlich gesagt war das die schönste Naht, die ich jemals hinbekommen habe. Und zweitens, nicht wir haben gerade die Flasche leer gemacht, sondern du. Ich hab nur einen Schluck getrunken, ich wusste ja, dass ich noch zu tun habe!«

Auch ich habe noch einen Termin, und meine Termine sind mir heilig. Okay, einen habe ich versäumt, während ich mit Kai herumgealbert habe, aber das kann im Endeffekt jedem mal passieren und heißt nicht, dass ich unzuverlässig wäre oder so. Jetzt bin ich ja wieder am Start.

Weil ich noch etwas beschwipst bin, nehme ich vorsichtshalber mein E-Bike. Na super, der Akku ist leer, und wenn ich das jetzt auflade, dauert es mindestens zwanzig Minuten. Ich entscheide mich dagegen, denn ich will nicht zu spät kommen.

Wie sich herausstellt, brauche ich ohne den zusätzlichen Antrieb genau zwanzig Minuten länger. Ich komme also trotzdem zu spät und habe mich zusätzlich noch völlig verausgabt. Zum Glück hat meine nächste Kundin einen kleinen Hofladen. Sie bietet mir erst mal ein Stück Kuchen und eine Limonade zur Stärkung an, was ich dankend annehme, und führt mich dann zu den Pferden.

Es handelt sich um einen Haflinger und ein Deutsches Reitpony. Der Reitpony-Wallach läuft nicht mehr, teilt die Besitzerin mir mit.

»Na, so was … die Hufe sehen ja interessant aus, machen Sie die selber?«

Ihr Mann hätte sich das mit einem Onlinekurs selber beigebracht, sagt sie stolz.

Ich verkneife mir die Frage, ob das ein Onlinekurs zum Thema Holzhacken war, und ziehe stattdessen meine kleine Antatsch-Show mit dem Pferd ab.

»Ihm tun die Füße weh. Er sagt, alles fühlt sich falsch an. Da würde ich mal eine gute Huforthopädin draufgucken lassen«, sage ich. »Ich gebe Ihnen hier mal eine Adresse. Und wenn die Hufe gemacht sind: Physio. Ganz wichtig. Hier, die kann ich sehr empfehlen«, und ich drücke ihr noch eine zweite Visitenkarte in die Hand. Die Huforthopädin, die Pferdephysio und ich, wir haben ein gut funktionierendes Arrangement: Ich verkuppele sie mit allen Pferdebesitzern, deren Pferde offensichtliche körperliche Baustellen haben, und sie empfehlen mich im Gegenzug an die chronischen Nörgler, die ihren eigentlich gesunden Pferden ständig irgendwelche Wehwehchen andichten. Außerdem behandeln sie Jörp und Drusla zum Freundschaftspreis. Ich habe natürlich angeboten, dass ich im Gegenzug auch ihre Pferde mit einer gewissen Vergünstigung »behandeln« würde, aber beide haben nur gelacht und abgewinkt. »Superlieb, aber echt nicht nötig«, hat Sandra, die Huforthopädin, gesagt, und Pina, die Physiotherapeutin, meinte mit einem Zwinkern: »Ich komm darauf zurück, wenn ich mal ganz verzweifelt sein sollte.«

Nun gut, dann also keine Flatrate-Gespräche zum Billigtarif für die beiden. Ich empfehle sie trotzdem gerne weiter, immerhin bin ich überzeugt genug von ihrer Arbeit, um sie an meine eigenen Pferde zu lassen – während ich Jörp und Drusla meine eigenen »Fähigkeiten« bisher erspart habe.

Der Rest des Abends geht damit drauf, dass ich Rotwein trinke und mich schminke, während ich darauf warte, dass Kai wie angekündigt noch mal vorbeikommt. Nicht, dass ich zu viel reininterpretieren würde, aber es schadet ja sicher nicht, ein bisschen nett auszusehen, wenn er vorbeikommt, denke ich und probiere drei verschiedene Kleider an. Gerade habe ich mich gegen das enge schwarze Lack-Minikleid entschieden und will wieder zurück zu dem schulterfreien Roten wechseln, als es an der Tür klingelt.

Hektisch stürze ich den letzten Schluck Rotwein runter, schlüpfe in meine Pumps und strauchele zur Tür.

Kai sieht mich erstaunt an. »Erwartest du Besuch? Du siehst aus, als hättest du gleich noch ein Date.«

»Ich dachte, wir könnten vielleicht noch ein bisschen auf der Terrasse zusammensitzen und was trinken? Manchmal fliegen hier abends Glühwürmchen herum. Und Fledermäuse!«

Er seufzt. »Das klingt super, aber Inga wartet im Auto, und wir haben Marshmallow schon verladen.«

Natürlich, wie dumm von mir.

»Aber lass uns gerne morgen Abend essen gehen, ich reserviere uns was. Und einen kleinen Espresso würde ich noch schnell trinken, wenn du einen für mich hast. Es war ein ereignisreicher Tag …«

»Für jemanden, der keinen Kaffee trinkt, trinkst du ganz schön viel Kaffee«, murre ich, aber ich mache ihm seinen Espresso und schenke mir noch einen Schluck Wein ein. Ich frage mich, ob er allmählich denkt, ich hätte ein Alkoholproblem, aber er sagt zumindest nichts dazu.

Wir gehen noch kurz auf die Terrasse. Glühwürmchen sind keine zu sehen, nur Motten und ein Mistkäfer.

Er steht so dicht neben mir, dass sich die Härchen an unseren Armen berühren. Ich habe das Gefühl, dass er die Berührung ebenfalls wahrgenommen hat und ganz stillhält. Und für einen kurzen Moment bin ich zufrieden. Vielleicht werde ich nie mehr bekommen als diese Berührung, aber das ist egal, denn es gibt nur die Gegenwart, und mein ganzes Bewusstsein bündelt sich gerade in dieser einen kleinen Hautstelle an meinem Oberarm. Vielleicht reicht mir das.

»Küsssssssss ihn«, sagt Alvin. »JETZT!«

»Halt die Schnauze«, sage ich zu ihm.

»I was made for lovin' you, baby, you were made for lovin' me«, singt Alvin. Ich seufze und verdrehe unwillkürlich die Augen. »Was denn?«, fragt Kai.

»Tonight, I want to see it in your eyes, feel the magic, there's some-

thing that drives me wild. And tonight, we're gonna make it all come true …«

Ich werde rot und fange an zu schwitzen.

»Ja, also wir sehen uns ja bestimmt bald mal wieder«, sage ich eine Spur zu laut. »Irgendwie läuft man sich ja doch immer wieder über den Weg, gell. Hat dich die Besitzerin von dem Hafi-Mischling beim Altmann eigentlich mal kontaktiert? Ganz furchtbare Geschichte, das Pferd hatte Maden im Huf, und sie wollte, dass ich mit ihm rede und herausfinde, warum er ›das macht‹. Als hätte das Pferd da Spaß dran, dass ihm der Huf wegfault. Ich hab gesagt, sie kann sich ihr Victim Blaming sonst wohin stecken, und dass da ein Tierarzt ranmuss!«

Er verzieht das Gesicht und räuspert sich.

»Immer schön, mit dir zu plaudern. Maden, hm. Nein, die hat sich nicht bei mir gemeldet, aber ich bin morgen sowieso beim Altmann und kann dann mal nachfragen. Ich muss dann auch langsam wieder los, oder ist noch irgendwas?«

Alvin schmettert jetzt aus voller Kehle.

»*Oh, kiss me, beneath the milky twilight …*«

Erst, als ich im Kopf anfange, die aktuellen Kilopreise für Pferdefleisch mit Alvins vermutlichem Gewicht zu multiplizieren, gibt er Ruhe.

Ich liege in meiner Whirlpool-Wanne und lasse mich ordentlich durchblubbern, aber ich komme nicht zur Ruhe. Meine Gedanken rasen, und ich ärgere mich über mich selbst. »Was war das vorhin für eine Situation?«, tippe ich in mein Handy und lösche es sofort wieder. Was soll das für eine Situation gewesen sein? Die Ponystimme in meinem Kopf hat mich ganz durcheinandergebracht, sodass ich mich nicht auf das Gespräch konzentrieren konnte und Unsinn geredet habe, das ist alles.

Ich erkenne mich selbst gar nicht wieder. Eigentlich bin ich nämlich ganz gut mit Männern – wenn man mal davon absieht, dass ich das immer ab einem bestimmten Punkt nicht weiterverfolge. Aber der Anfang fällt mir leicht. Angucken, weggucken, in meinen Haaren rumfummeln; manchmal beiße ich mir leicht auf die Lippe, und es fühlt sich nur halb gespielt an. Mir ist schon bewusst, was ich da mache und warum, aber ich kann mich auch ein bisschen darin verlieren. Ich merke dann, wie ich mehr lache und dabei den Kopf zurücklehne und meinen Hals zeige, und ich sehe, wie der Mann darauf anspringt, wie es bei ihm plötzlich klick macht und er glänzende Augen bekommt.

Normalerweise bin ich auch gut darin, klare Signale zu setzen und Männern die Verantwortung abzunehmen. Ich finde es gar nicht so schlimm, jemanden zu fragen, ob er mit mir rummachen will, und dann sagt derjenige Ja oder Nein. Klar ist es bisschen blöd, wenn ich ein Nein als Antwort bekomme, aber um ehrlich zu sein, länger als ein paar Minuten juckt mich das nicht. Wahrscheinlich hängt das damit zusammen, dass jemand in meiner Profession nicht übertrieben zimperlich sein darf, was das Thema Peinlichkeit angeht.

Was also war das vorhin? Warum habe ich es nicht hinbekommen, Klarheit zu schaffen?

Vielleicht, weil ich innerlich so unklar und zerrissen war.

Ich glaube, damit ich den ersten Schritt mache, muss ich mir ganz sicher sein, dass ich das will und es eine gute Idee ist. Oder wenigstens eins von beiden! Wenn ich das Gefühl habe, dass ich jemanden will, aber nicht sicher bin, ob es Stress und Scherereien geben könnte, kann ich Fragen stellen. »Ist die Frau, die uns die ganze Zeit beobachtet, deine Schwester oder Freundin?« So was hilft häufig schon enorm weiter, um eine Situation einzuschätzen.

Und wenn ich denke, dass es prinzipiell ganz gut passen könnte mit einer Person, aber nicht sicher bin, wie viel Lust ich wirklich auf denjenigen habe, kann ich fragen, ob es okay wäre, wenn wir uns mal küssen, um zu sehen, wie sich das anfühlt. Danach hat man in der Regel eine klare Antwort – entweder möchte ich ewig so weitermachen, oder ich muss sagen: »Hey, weißt du, was dieser Kuss und *Disneyland Paris* gemeinsam haben? Beides hatte ich mir besser vorgestellt!«

Vorhin war ich in beiden Punkten nicht sicher. Ich finde ihn schön und schaue mir gerne sein Gesicht an, aber rummachen? So richtig? Mit Klamotten aus? Kann ich mir irgendwie nicht vorstellen. Ich glaube nicht, dass so schöne Männer dafür gedacht sind, dass man mit ihnen Sex haben soll. Eine Marzipanfigur ist ja auch nicht zum Essen, sondern zum Ins-Regal-Stellen und Anschauen da.

Und ist das eine gute Idee? Ausgerechnet ihn? Nicht nur, dass er einen zeitintensiven Beruf hat, der vermutlich schon zum Scheitern seiner Ehe beigetragen hat – ich bin mir auch sicher, dass er nicht aufhören würde, an meiner Tätigkeit herumzunörgeln. Hinzu kommt natürlich noch, dass wir uns, auch wenn es schiefgehen würde, weiterhin mehrere Male in der Woche an irgendeinem Stall begegnen würden. Unangenehm!

Mein Handybildschirm leuchtet auf, und ich bekomme eine Benachrichtigung, dass ich eine ungelesene Nachricht habe. Sofort fängt mein Herz an zu rasen, und ich öffne die Nachricht, total gespannt, ob er wohl auch noch über die Situation nachgedacht hat und was er dazu zu sagen hat. *Wie heißt die Besitzerin von dem Hafi-Mischling mit den Maden?*, schreibt er. *Eventuell hat sie mir doch geschrieben, aber sie hat nicht erwähnt, worum es geht, sondern nur um einen Termin gebeten. Wenn das die ist, würde ich den Termin dazwischenschieben, das scheint ja doch dringend zu sein.*

Etwas enttäuscht schreibe ich ihm den Namen.

Danke, schreibt er. *Auch für die schöne Zeit! LG.*

LG?! Was soll denn das LG? Unromantischer geht es wohl kaum. Bin ich jetzt etwa nicht nur in der Friendzone, sondern direkt in der Grüß-Zone gelandet? Ich schicke ein Daumen-hoch-Emoji, lege mein Handy weg und lasse mich bis zur Nase ins Wasser gleiten. Und während ich dem gleichmäßigen Brodeln der Blubberblasen lausche, wird mir auf einmal klar, dass mein Hauptproblem in der Situation vorhin gar nicht meine eigene Unklarheit war. Nein, das Schlimmste war, dass ich nicht wusste, was *er* wollte, und dass ein Nein mir in diesem Fall wirklich länger als fünf Minuten etwas ausgemacht hätte.

»Kannst du eigentlich auch hören, was andere Menschen außer mir denken?«, frage ich Alvin. Er sieht mich schelmisch an.

»Klaro«, sagt er. »Euch zu lesen ist total einfach. Das können alle Pferde. Aber ich werde dir nicht verraten, was eine bestimmte Person über dich denkt.«

Ich stehe in meinem Zitronenschlafanzug im Stall, die nassen Haare in einem Handtuchturban, und komme mir dumm vor. Was mache ich hier eigentlich? Es ist mitten in der Nacht, ich kann mal wieder nicht einschlafen, und ich frage ein Shetlandpony, ob ein Mann sich für mich interessiert. Da hat mir das alte Spiel, bei dem man die Blütenblätter von einem Gänseblümchen abreißen und »er liebt mich – er liebt mich nicht« sagen musste, doch deutlich besser gefallen.

»Ich finde, du vernachlässigst unsere Abmachung«, sagt Alvin. »Anstatt bei Espresso und Wein auf deiner Terrasse herumzuschnulzen, solltest du dir lieber mal Rennbrandts Zähne anschauen, damit du mir endlich glaubst, dass wir nicht das Original vor uns haben!«

Die Nachtluft ist angenehm kühl und saftig. Auf der Straße ist kein Mensch zu sehen, und klischeehafterweise ist außer dem Zirpen einer Grille nichts zu hören, als ich mein E-Bike durch den Ort lenke. In den meisten Häusern ist es dunkel, viele haben die Rollläden heruntergezogen. Nur in drei Häusern brennt noch Licht, und davon ist eines die örtliche Sparkasse und eines ein Elektroladen.

Früher, als ich noch in der Stadt gewohnt und als Pressesprecherin gearbeitet habe, hatte ich immer Angst, etwas zu verpassen. Seit ich auf dem Dorf lebe, weiß ich, ich verpasse nichts – im Gegenteil, ab einundzwanzig Uhr habe ich das berauschend-aufregende Gefühl, lange aufbleiben zu dürfen.

Der Rennstall liegt dunkel und verlassen da, ich höre nur beruhigende Kaugeräusche und Atemzüge von Pferden. Ich weiß nicht, ob es stimmt, was Alvin gesagt hat, aber ich versuche, in Gedanken die Pferde anzusprechen. »Ich werde euch nichts tun, beachtet mich gar nicht«, ist die Botschaft, die ich ihnen sende, und es scheint entweder zu funktionieren, oder die Schläfrigkeit überwiegt, auf jeden Fall bleiben sie ganz ruhig.

Nachdem sich meine Augen etwas an die Dunkelheit gewöhnt haben, reicht das bisschen Mondlicht, das durch die Boxenfenster fällt, um mich zu orientieren. Ich schiebe die Tür zu Rennbrandts Box auf, weit genug, dass ich hineinpasse, aber nicht so weit, dass ein Pferd hindurchpassen würde, und lasse sie offen – schließlich will ich nur kurz etwas überprüfen und dann direkt wieder nach Hause fahren.

Rennbrandt lässt sich brav einen meiner Daumen seitlich

ins Maul schieben, mit der anderen Hand taste ich seine untere Zahnreihe ab.

Vorsichtshalber mache ich es noch ein zweites Mal und versuche extragründlich, an jedem Zahn zu wackeln, aber da bewegt sich nichts. Das Pferd ist nun langsam durch mit dem Thema, entzieht sich mir ruckartig und schüttelt den Kopf.

»Tut mir leid«, flüstere ich. »Wer auch immer du bist, Rennbrandt bist du nicht!«

Das Pferd tritt von einem Bein aufs andere und wirkt plötzlich sehr nervös. Seine Nüstern blähen sich, und er fängt an, hektisch zu schnorcheln. »Na, so schlimm war das jetzt auch nicht«, sage ich mit weicher Stimme. »Ist doch alles gut, mein Großer.«

Ich schiebe ihm ein Karottenstückchen rein, das ich noch in der Tasche hatte, und er verstummt kurz. Jetzt erst fällt mir auf, dass sich etwas verändert hat. Die gleichmäßigen Kaugeräusche der anderen Pferde haben aufgehört, es ist komplett still auf der Stallgasse, als hätten alle den Atem angehalten. Das ist komisch, denke ich noch, und dann zieht ein glühender Schmerz von meinem Scheitel aus in meinen Kopf hinein, und alles wird schwarz.

Ein weißer Reiher sitzt auf meinem Kopf und bewegt ihn mit seinen Füßen hin und her. Muscheln drücken sich in meine Wange. Ein Käuzchen ruft dreimal.

Ich schlage die Augen auf und brauche einen Moment, um mich zu orientieren. Direkt vor mir sehe ich mein E-Bike, und meine Wange liegt auf einem geschotterten Weg. Ich hebe den Kopf und sehe die Umrisse des Rennstalls. Was mache ich hier? Bin ich vom Fahrrad gefallen?

Das Letzte, woran ich mich erinnern kann, ist, dass ich in Rennbrandts Box stand und mein Kopf wehtat. Jemand muss mich niedergeschlagen haben und nach hier draußen geschleift haben.

Und davor? Die Erinnerungen kommen wie eine viel zu schnelle, verrückte Diashow, das sprechende Pony, Rennbrandts Zahnprotokoll und das schwarze Pferd in der Box, das mich aus großen, dummen Glupschaugen ansah, als ich seine Zähne abtastete. Das muss ich unbedingt Alvin erzählen!

Langsam richte ich mich auf und fühle in meine Körperteile hinein. Joah, es ging mir auf jeden Fall schon mal besser, aber ich hab mich auch schon schlechter gefühlt. Ich warte, bis die letzten Sternchen aus meinem Gesichtsfeld verschwunden sind, und laufe zurück zur Stallgasse.

Die Pferde wirken entspannt. Entweder ist es schon eine Weile her, dass ich k. o. gegangen bin, oder es hat sie einfach nicht besonders aus der Fassung gebracht. Der falsche Rennbrandt steht mit hängender Unterlippe herum und döst. Ihm scheint nichts passiert zu sein.

Ob ich die Polizei rufen soll? Anscheinend bin ich ja irgendeiner illegalen Geschichte auf der Spur. Jemand will verhindern, dass ich den falschen Rennbrandt zu genau unter die Lupe nehme, und hat mir deshalb kurzerhand eins übergebraten. Aber was würde ich der Polizei sagen? »Ich wurde niedergeschlagen, und der einzige Zeuge ist dieses Pferd!«

Ich muss an meine letzte Begegnung mit der Polizei denken – damals, als mir zwei Sättel und ein teurer Reithelm aus meiner Sattelkammer geklaut worden waren. Die beiden Dorfpolizisten waren bestens über meine Tätigkeit im Bilde und genossen die Situation in vollen Zügen. »Fragen Sie doch einfach Ihre Pferde, ob die Ihnen den Täter beschreiben können«, sagte der ältere Polizist feixend. Der jüngere lachte; dass ich mit ihm zur Schule gegangen war und lange für ihn geschwärmt hatte, machte es nicht besser.

Tatsächlich können Pferde sich Gesichter merken und reagieren auf Fotos von Menschen, die sie schon mal gesehen haben, anders als auf Fotos von Fremden, aber das zu sagen kam mir damals nicht in den Sinn, und ich sah nur mit schamroten Wangen zu Boden.

Auf eine Wiederholung dieser Situation kann ich verzichten, und etwas anderes fällt mir gerade nicht ein. Ich streiche dem Rappen noch einmal über die Nase, dann verlasse ich den Stall und schwinge mich wieder auf mein E-Bike.

Zu Hause angekommen, parke ich mein Rad unter dem Vordach und laufe direkt zum Unterstand.

»Alvin, du glaubst nicht, was ich herausgefunden habe«, sage ich. »Pass auf, ich sag es dir – wenn du mir dafür verrätst, was Kai von mir denkt!«

Alvin sieht mich stumm an. Ich habe alles Mögliche erwartet – dass er fragt, warum ich so lange gebraucht habe, irgendeinen frechen Spruch über mein Aussehen –, aber das nicht.

»Na gut, ich sag es dir auch so«, sage ich friedlich.

»Du hattest recht. Es ist nicht Rennbrandt. Seine Zähne wackeln nicht.«

Alvin läuft unruhig hin und her und scharrt mit dem Huf, sagt aber immer noch nichts. Jörp und Drusla lassen sich von seiner Unruhe anstecken und laufen ebenfalls hektisch auf und ab.

Kopfschüttelnd laufe ich zu meiner Futterkammer. Es ist heute Nacht ziemlich windig und deutlich kühler, als es in letzter Zeit war, klassisches Kolikwetter – das könnte den Pferden zu schaffen machen. Vielleicht hat Alvin Bauchschmerzen und redet deswegen nicht mit mir.

Ein schönes Mash wird es hoffentlich wieder in Ordnung bringen, und sei es nur, weil er mit mir schimpfen wird, wenn ich es zu flüssig anrühre.

Ich zähle zehn Tabletten ab und lasse sie auf das eingeweichte Mash fallen. Auch wenn ich das ein bisschen peinlich finde, gebe ich in solchen Situationen was Homöopathisches. Ich glaube zwar null daran, aber ganz ehrlich, allwissend bin ich auch nicht, und für den unwahrscheinlichen Fall, dass ich mich irre und das Zeug doch nicht nur überteuerter Zucker ist, möchte ich meinen Tieren keine Heilungsmöglichkeit vorenthalten. Die Pferde können das schließlich nicht selbst entscheiden; Alvin kann sich keine unabhängigen Studien über die Wirkung von Homöopathie durchlesen. Weil er nicht lesen kann und weil es diese Studien nicht gibt.

Als Kind habe ich manchmal zu Gott gebetet, obwohl ich nicht an ihn geglaubt habe. Denn bei einer einfachen Kosten-Nutzen-Abwägung schien mir das die sinnvollste Lösung zu sein. Das Risiko, dass es Gott gibt, mag gering sein, aber falls doch, wie gefährlich wäre ein zürnender Gott! Da investiere ich doch lieber hier und da mal ein flottes Vaterunser und bin für den Fall der Fälle auf der sicheren Seite. Die Sache mit der Homöopathie scheint mir jetzt auch nicht wesentlich bescheuerter zu sein, und ich bin bei meinen Pferden einfach nicht bereit, ein noch so geringes Risiko einzugehen. Also gebe ich ihnen die teuren Zuckertabletten. Aber ironisch! Ich beäuge die drei beim Fressen skeptisch und versuche, genau richtig doll an die Wirkung zu glauben: doll genug, dass ein Placebo-by-Proxy-Effekt eintreten kann, aber nicht so doll, dass es mein Selbstbild beschädigen könnte.

Wenn einem ein anderes Wesen so sehr am Herzen liegt und man gleichzeitig noch so wenig über bestimmte Probleme weiß, ist man zu solchen mentalen Gymnastikübungen bereit.

Ich bin mir im Übrigen sicher, dass manche Pferdebesitzer mich engagieren, obwohl sie nicht an meine Fähigkeiten glauben. Einfach nur, weil sie alles versucht haben wollen. Und, was soll ich sagen, meinen Lebensstil kann ich auch mit ironisch verdientem Geld finanzieren.

Während die drei genüsslich ihr Mash schlabbern, gehe ich ins Haus und dusche mich ab. Das warme Wasser brennt in meiner aufgeschürften Wange, und am Hinterkopf scheine ich auch eine Wunde zu haben.

Ich wische mir ein kleines Loch in den beschlagenen Badezimmerspiegel und erschrecke: Meine linke Gesichtshälfte sieht aus wie die von Freddy Krueger. Und das ausgerechnet heute, wo ich mit Kai Abend essen gehen wollte! Aber was soll ich ihm sagen? »Jemand hat mich vermutlich niedergeschlagen und über eine steinige Einfahrt geschleift« klingt zumindest in meinen Ohren wie eine ziemliche Red Flag.

Ich zücke mein Handy und schreibe ihm eine Nachricht. *Hey, ich muss unser Treffen heute Abend leider absagen, bin vom Pferd gefallen und habe mich am Kopf und am Gesicht verletzt. Ich würde mich sehr freuen, wenn wir das irgendwann nachholen könnten.*

Die Antwort kommt innerhalb von wenigen Sekunden. *Oh nein! Hattest du denn keinen Helm auf?*

Natürlich habe ich direkt eine weitere Lüge parat. *Doch, aber ich bin im Steigbügel hängen geblieben und wurde mitgeschleift!*

Das klingt wirklich ernst, schreibt er. *Dann ruh dich mal aus, und sag Bescheid, wenn es dir besser geht!*

Alvin hat sein Mash aufgegessen und wirkt quietschfidel. Ich lege mein Ohr an seinen Bauch und höre muntere Verdauungsgeräusche. Vorsichtshalber messe ich auch noch Fieber – nichts.

»Marshmallow hat einen neuen Lover«, sage ich probeweise. Nichts. Allmählich gibt es keine andere Erklärung mehr: Alvin und ich können nicht mehr miteinander reden.

Ich gehe in die Küche und fange an, Tomaten und Zwiebeln zu schneiden, um mir ein Omelett zu machen. Meine Gedanken rasen. Eigentlich sollte ich doch froh und erleichtert sein, dass ich endlich mal meine Ruhe habe und das Pony seine Schnauze hält. Was hat es mir denn bis jetzt gebracht, mit ihm zu reden? Einen Schlag auf den Kopf, ein abgesagtes Date und eine Wange, die aussieht wie ein Shepherd's Pie. Ich könnte aufhören, mir illegal irgendwelche Behandlungsdaten zu besorgen und nachts in dunklen Pferdeställen herumzuschleichen.

Aber irgendwie lässt es mir keine Ruhe. Ich würde schon gerne wissen, was mit Rennbrandt passiert ist … Wo wurde er hingebracht? Lebt er noch?

Mit allem, was ich jetzt weiß, würde ich gerne noch mal mit Alvin über den Fall reden. Wir könnten gemeinsam eine Mindmap anlegen wie die Ermittler in den Filmen … Ich könnte ihm eine kleine karierte Schiebermütze kaufen und eine Pfeife, wie niedlich wäre das denn! Ein richtiger kleiner Pferde-Detektiv. Ich bin sicher, das würde uns auf neue Ideen bringen, und wenn nicht, wäre es zumindest ein super Foto für meinen Whatsapp-Status.

Wenn ich ihn doch nur dazu bringen könnte, wieder mit mir zu sprechen!

Im Radio singt Kate Bush, und ich singe mit.

»If I only could, I'd make a deal with God …«

Ich stutze. Vielleicht ist es das? Ich war nie besonders religiös, aber wenn man sich die ganzen Storys mal genauer anguckt, fällt auf, dass Gott sich öfter Ungläubige ausgesucht hat.

»Sie haben die Stimme Gottes gehört – in einem Pferd?!«

»In einem Pony!«, sage ich. »Es ist ein Shetlandpony.«

Der Pfarrer nickt bedächtig, als hätte diese Information mein Problem irgendwie plausibler gemacht. Bestimmt hat er in seiner Tätigkeit als Seelsorger schon schlimmere Dinge gehört als die Geschichte von einem kleinen weißen Shetlandpony, das unversehens angefangen hat zu reden. Ich bin mir aber sicher, dass er auch schon einfachere Fälle gehabt hat als eine Frau, die mit aufgeschürftem Gesicht vor ihm sitzt und behauptet, mit Tieren reden zu können.

»Kennen Sie die Geschichte vom heiligen Franziskus?«, fragt er.

»Nein«, sage ich. »Ich bin übrigens schon lange aus der Kirche ausgetreten, also wenn die Geschichte was extra kostet, schreiben Sie mir einfach eine Rechnung, ja?«

Er lacht. »Alles auf der Welt hat einen Preis, aber nicht alles kann man mit Geld bezahlen, Frau Blöchinger.«

Er setzt sich bequemer hin und holt eine E-Zigarette hervor, an der er in regelmäßigen Abständen zieht.

»Der heilige Franziskus hatte ein besonderes Verhältnis

zu Tieren, und es heißt, dass er auch mit ihnen reden konnte. Einmal soll er eine ganze Predigt für ein paar Vögel gehalten haben. Wilde Tiere suchten ihn auf, um sich von ihm segnen zu lassen. Und während seines Aufenthaltes in Rom soll er ein Lamm als Schüler angenommen haben. Er unterrichtete das Lamm über den Heiligen Geist und hatte dabei offenbar Erfolg, denn nach seiner Abreise lebte das Tier bei einer römischen Adligen und weckte sie morgens rechtzeitig vor dem Gottesdienst.

Es heißt, die Tiere wären so zutraulich zum heiligen Franziskus gewesen, weil sie seine Vollkommenheit spürten. Ich frage mich, ob das stimmt. Vollkommenheit macht ja auch einsam. Vielleicht haben die Tiere auch seine Einsamkeit gespürt. Was meinen Sie, Frau Blöchinger?«

»Ach was, ich bin nicht einsam. Ich habe ein gutes Leben!«

»Wie wäre es, wenn Sie mal ausprobieren würden, sich bei ein paar alten Freunden zu melden und gemeinsam etwas zu unternehmen. Sie quatschen mal in Ruhe über alles, was in letzter Zeit passiert ist, und vielleicht hören Sie dann auf, die Stimme zu hören?«

Entsetzt starre ich ihn an. »Aber es *hat* aufgehört. Ich will, dass es wieder anfängt!«

Er schmunzelt. »Oh, verzeihen Sie bitte! Das war sehr voreingenommen von mir. Ich hätte Sie erst fragen sollen, was eigentlich Ihr Wunsch ist, anstatt direkt anzunehmen, Sie wollten die Stimme loswerden.«

Ich muss selbst ein bisschen lachen. »Kein Problem, das wollte ich ja auch lange. Am Anfang habe ich alles ausprobiert, um den kleinen Quälgeist loszuwerden, aber die Stimme ging einfach nicht weg. Und jetzt, wo ich mich daran gewöhnt habe, ist da nichts als Stille. Dabei habe ich noch was Dringendes mit ihm zu besprechen!«

»Nun, mein erster Ratschlag wäre, dass Sie sich die Zeit nehmen, in sich hineinzuhorchen. Aber ich nehme an, das haben Sie schon getan?«

Ich nicke. Ich habe so hart in mich hineingehorcht! Und Mash gefüttert! Und nicht mal vor Homöopathie zurückgeschreckt!

»Also schön. Ich bin zwar nicht sicher, ob es schlau ist, Ihnen das zu erzählen, aber passen Sie auf: In fast allen Religionen gab oder gibt es den Brauch der Selbstkasteiung. Das Erste, was einem dazu einfällt, sind natürlich Leute, die sich selbst auspeitschen, aber es gibt auch noch viele andere Möglichkeiten, zum Beispiel sexuelle Enthaltsamkeit, Schlafentzug, Fasten oder Kniebeugen.«

Ich lache. Die Vorstellung, wie ich völlig übernächtigt und im Kaloriendefizit Squats mache, um wieder die Stimme zu hören, von der ich nicht sicher bin, ob sie zu Alvin, zu irgendeiner höheren Macht oder einfach nur zu meiner Einbildung gehört, ist zu lustig.

»Dann müsste ja heutzutage fast jeder Fitnessinfluencer erleuchtet sein«, sage ich. »Die tragen ja sogar häufig superunbequeme Kleidung. Ich hab mal was bestellt über einen Rabattcode. Das können Sie sich nicht vorstellen, wie das gesessen hat. Wie diese Bußgewänder von früher, die einem die Haut aufscheuern sollten, nur in der Arschritze … Verzeihung.« Ich räuspere mich.

»Es kommt wahrscheinlich nicht nur darauf an, diese Tätigkeiten auszuüben, sondern auch auf die Einstellung dabei. Ich glaube, unsere Vorfahren waren da einem Zusammenhang auf der Spur. Wenn man ein Problem nicht mit dem Verstand lösen kann, ist es sinnvoll, über den Körper zu gehen. Manchmal muss man eine körperliche Erfahrung machen, die alles verändert.«

Eine körperliche Erfahrung ... oh nein. Natürlich klingelt da etwas bei mir. Ich bin auf den Fliesen ausgerutscht und habe mir den Kopf angehauen, und auf einmal konnte ich Alvin hören. Dann hat mich jemand niedergeschlagen, und seitdem kann ich ihn nicht mehr hören. Es ist eigentlich offensichtlich, was ich machen muss, ich habe nur keine Lust dazu und hatte irgendwie gehofft, dass der Pfarrer mir die Stimme einfach wieder reinbeten könnte. Ich schließe die Augen.

»Alles in Ordnung?«

»Ja. Ich weiß jetzt, was ich tun muss.«

Ich schüttele ihm die Hand, bedanke mich und will schon losflitzen, aber er hält mich auf.

»Warten Sie!«

Er legt seine E-Zigarette weg und wird kurz ernst.

»Der Herr segne dich und behüte dich. Der Herr lasse sein Angesicht leuchten über dir und sei dir gnädig. Der Herr erhebe sein Angesicht auf dich und schenke dir seinen Frieden. Amen.«

»Danke schön«, sage ich mit belegter Stimme. Ich bin eigenartig berührt.

»Gerne«, sagt er. »Der Segen war übrigens gratis!«

Auf dem Marktplatz vor der Kirche findet der Wochenmarkt statt. Mehrere Stände verkaufen regionale Produkte, und der ganze Platz riecht nach frisch gewaschenen Omas. Ich kaufe mir einen Blumenstrauß und vergrabe meine Nase in den frischen Bauernrosen. Wann habe ich zuletzt einen Blumenstrauß bekommen oder verschenkt? Und wem könnte ich überhaupt Blumen schenken, ohne dass es komisch kommt?

Erst jetzt spüre ich, wie allein ich bin. Es ist nämlich leider so, dass ich nur oberflächliche Bekanntschaften habe. Ich habe lange versucht, mir das schönzureden, und habe unterschiedliche Erklärungen dafür gesucht. Eine Zeit lang dachte ich, es läge daran, dass ich nicht so unabhängig bin wie andere wegen meiner Pferde. Aber es gibt eine Menge Menschen, die noch mehr Pferde haben als ich und trotzdem enge Freundschaften schließen. Dann habe ich mir eingeredet, alle wären neidisch auf mich und meinen Lebensstil, aber auch das war nur eine dumme Ausrede. Die harte Wahrheit ist wohl, dass ich nicht gut darin bin, Freundschaften zu schließen. Vielleicht hängt es damit zusammen, dass ich immer etwas verheimlichen oder eine Rolle spielen muss. Wenn ich Leute kennenlerne, kann ich ihnen entweder nicht erzählen, was ich arbeite, oder ich muss so tun, als würde ich meinen Beruf ernst nehmen. Und wenn man alle belügt, dann ist man ganz allein auf der Welt. Sosehr es mich manchmal auch genervt hat, die ganze Zeit dieses Pony in meinem Kopf zu hören, irgendwie hat es auch gutgetan, dass es da jemanden gab, vor dem ich mich überhaupt nicht verstellen musste. Ich hätte es nicht für möglich gehalten, aber Alvin fehlt mir.

Zum Glück wohne ich ein ganzes Stück von meinem nächsten Nachbarn entfernt; ansonsten würde ich mir gerade echt Sorgen machen, was derjenige von mir denkt.

Zuerst habe ich mir gedacht, *back to the roots*: Ich habe mir ein entspannendes Bad eingelassen und anschließend versucht, auf den nassen Fliesen auszurutschen. Stellt sich heraus, wenn man das plant, ist es gar nicht so einfach. Ich weiß nicht, wie ich es damals geschafft habe, ich muss wohl ein Naturtalent sein – aber mein Talent reagiert leider sehr schlecht auf jede Art von Zwang.

Als Nächstes habe ich versucht, meinen Kopf gegen die Wand zu hauen. Schlauer wird man davon sicherlich nicht, und meine schöne Art-déco-Tapete hat eine Macke abbekommen, aber ich kann Alvin immer noch nicht hören.

Mich absichtlich auf den Boden fallen zu lassen hat ebenfalls nicht funktioniert. Egal, wie sehr ich will, dass mein Kopf aufschlägt, ich habe trotzdem den Reflex, mich mit den Händen abzufangen.

Aber jetzt habe ich wahrscheinlich einen Ausweg gefunden. Ich bin auf das niedrige Vordach geklettert, unter dem ich mein E-Bike und allerlei Gerümpel parke. Oben angekommen habe ich mir einen Kabelbinder über die gefalteten Hände gelegt und ihn mit den Zähnen zugezogen.

Ich hole tief Luft und lasse mich rückwärts vom Vordach fallen.

Als ich wieder zu mir komme, spüre ich die kühle Abendluft auf meiner Haut und ein heißes Pulsieren an meinem Hinterkopf. »Potz Blitz, wen haben wir denn da!«, sagt Alvin.

Ich knurre ungnädig, wälze mich auf den Bauch und kämpfe mich dann aus dem Vierfüßlerstand hoch.

»Hast du mich vermisst?«, fragt er erwartungsvoll.

»Quälgeist«, sage ich. Aber es hat keinen Zweck, es abzustreiten, erst recht nicht, nachdem ich mir absichtlich den Kopf angehauen habe. Ich habe ihn wirklich vermisst.

Leider ändert das nichts daran, dass ich mir die Hände selbst mit einem Kabelbinder gefesselt habe und am Kopf blute. Nachdem die erste Euphorie abgeklungen ist, taumele ich zurück ins Haus, um ein Messer oder eine Schere zu holen.

Ich öffne mit einem Ellenbogen die Besteckschublade und versuche ungeschickt, mit beiden zusammengepressten Ellenbogen eine Küchenschere herauszuholen. Als das nicht klappt, versuche ich es mit dem Mund, stoße mir aber die Stirn an der Arbeitsplatte und schneide mir an einem Brotmesser die Lippe auf.

Ausgerechnet jetzt schlägt der Bewegungsmelder an. Ich laufe in den Flur und sehe durch die Milchglasscheibe eine dunkle Gestalt vor der Tür stehen. Mein Herz rast, und ich muss an den Schatten denken, der mich in Rennbrandts Box niedergeschlagen hat. Mir fällt auf, dass ich im Eifer des Gefechts noch gar nicht dazu gekommen bin, mich bedroht zu fühlen, und ich hole das schnell nach. Wer hat mich angegriffen? Weiß die Person, wo ich wohne? Ich muss daran denken, wie Kai gesagt hat »Jeder hier in der Gegend weiß, wo die Pferdeschwurblerin wohnt«. Es kommt mir vor, als sei das eine Ewigkeit her.

Was würde ich machen, wenn der oder die Angreifer nun

versuchen würden, bei mir einzubrechen und mir endgültig den Garaus zu machen? Mit meinen gefesselten Händen kann ich ja noch nicht mal mein Handy hervorholen und die Polizei rufen.

Dummerweise habe ich in meinem ganzen Leben nie Kampfsport oder auch nur einen Selbstverteidigungskurs gemacht. Meine Taktik war es immer, mich herauszureden, wenn es Schwierigkeiten gab. Außerdem hatte ich als Kind mal ein Micky-Maus-Heft gelesen, in dem erklärt wurde, was man im Falle einer Entführung tun solle (was für ein seltsames Thema für ein Comicheft, das sich an kleine Kinder richtet!). In dem Heft wurde bildlich gezeigt, wie man sich für den Fall, dass einen der Entführer fesselt, ganz dick machen soll. Im nächsten Bild war zu sehen, wie das Kind ausatmet und die Fesseln einfach an ihm herunterrutschen. Aus heutiger Sicht habe ich Zweifel, ob das so funktionieren würde und ob Entführer nicht vielleicht auch schon mal ein Micky-Maus-Heft gelesen haben und rechtzeitig »nachgurten«, aber in meiner Kindheit und Jugend hat mir dieses Wissen immer ein falsches Gefühl von Sicherheit vermittelt, sodass ich Judo, Karate und Kickboxen für unnötig hielt und mich auch nicht für die Selbstverteidigungs-AG anmeldete. Somit habe ich aktuell die Wehrhaftigkeit einer Miesmuschel.

Das Einzige, was ich kann, ist, telepathisch mit einem Shetlandpony Kontakt aufnehmen, und ich kann mir nicht vorstellen, dass mir das helfen wird. Trotz meiner brenzligen Lage muss ich mir kurz vorstellen, wie ich zu Alvin sage »Ruf die Polizei!« und er dann über den Zaun springt und losfetzt. Er wäre nach hundert Metern wieder völlig aus der Puste, und ich glaube nicht, dass das Auftauchen eines verschwitzten, pummeligen Ponys auf der Polizeiwache irgendwelche Konsequenzen hätte, mal abgesehen davon, dass man ihn wahrscheinlich vorläufig in Gewahrsam nehmen und mich auffordern würde, meine Zäune zu überprüfen.

»Seit ich hier bin, bin ich gar nicht mehr so pummelig«, ruft Alvin in meine Gedanken hinein. »Und du kannst dich entspannen, es ist natürlich dieser Tierarzt-Typi.«

»Sag mir das doch gleich«, schimpfe ich.

»Ich hab dir schon gesagt, dass ich abgenommen habe, weil es hier nicht genug zu essen gibt und man ständig unterbrochen wird von deiner komischen Heu-Guillotine!«

»Das ist keine Guillotine, sondern eine zeitgesteuerte Heuraufe, und du wirst nicht ständig unterbrochen, sondern alle eineinhalb Stunden! Aber was ich eigentlich meinte, warum hast du mir nicht gesagt, dass Kai hier ist? Und warum klingelt er nicht?«

»Als er aus dem Auto gestiegen ist, hatte er ein Paket in der Hand. Ich glaube, er will dir nur ein Geschenk hinlegen. An deiner Stelle würde ich mich mal sputen und ihm die Tür aufmachen, sonst ist er wieder weg!«

»Ich mach ihm doch jetzt nicht die Tür auf! Hast du mal gesehen, wie ich aussehe?!«

»Wie du meinst. Bloß solltest du bei deiner Entscheidung eines bedenken: Als ich das letzte Mal nachgeguckt habe, hatten weder ich noch Jörp und Drusla Daumen. Aber so ein Kabelbinder verrottet bestimmt in ungefähr vierhundert Jahren.« Alvin gähnt.

Ich seufze und schleppe mich zur Tür. Kai zuckt zusammen, als ich plötzlich mit dem Ellenbogen die Tür öffne. Er hat ein kleines Geschenk und einen Blumenstrauß auf meine Bank gestellt.

»Wow, das sieht ja toll aus, danke schön! Magst du mich kurz befreien, damit ich dann auch gleich auspacken kann?«, sage ich in betont lockerem Ton und zeige ihm meine mit dem Kabelbinder gefesselten Hände.

Er schaut mich an und wird ganz bleich. Ich muss wirklich zum Fürchten aussehen mit meinen strähnigen, blutigen Haaren, dem aufgeschürften Gesicht, der verletzten Lippe und den gefesselten Händen.

»Was ist hier denn los?«

»Das ist eine *ganz* lange Geschichte. Die dir nicht gefallen wird.«

»Du hast mich angelogen, oder? Du bist gar nicht vom Pferd gefallen. Oder willst du mir als Nächstes erzählen, ein Pferd hätte dir die Hände gefesselt? Ich hab mir Sorgen gemacht, und du feierst derweil eine Sadomaso-Party …«

Er wirft mir das Geschenk vor die Füße und läuft weg.

»Halt! Bitte hilf mir doch!«

Ich fange an zu weinen. Es ist alles zu viel – in meinem Kopf dreht sich alles, und ich habe heute noch nichts gegessen.

»Bitte, ich sag dir auch die Wahrheit! Versprochen!«

Er kommt zurück zu mir, fasst mir vorsichtig mit zwei Fingern ans Kinn und dreht mein Gesicht in seine Richtung.

»Ich will alles wissen, was passiert ist. Und wage es ja nicht, mich zu belügen. Ich werde jede deiner Aussagen überprüfen!«

Ich nicke und schluchze und verschlucke mich an meinen eigenen Tränen.

Wenig später hat er mich befreit, meine Wunden desinfiziert und uns beiden einen Kaffee gemacht. Wir sitzen auf meiner Terrasse.

»So, und jetzt will ich die ganze Wahrheit von dir hören!«

Obwohl ich mir fest vorgenommen habe, dieses eine Mal mit offenen Karten zu spielen, fällt es mir gar nicht so leicht. Mein Gehirn sucht gewohnheitsmäßig nach einer alternativen Geschichte, die ich ihm präsentieren könnte.

»Ich kann gar nicht wirklich mit Pferden reden«, stoße ich schließlich hervor.

»Davon war ich ausgegangen«, sagt er.

»Komm schon, wenn, dann musst du ihm jetzt auch die ganze Wahrheit sagen«, sagt Alvin.

»Ich bin, wenn man es mal ganz genau nimmt, so was wie eine Betrügerin.«

»Warm …«, sagt Alvin.

»Okay«, sagt Kai ruhig.

»Ich kann nur mit einem einzigen Pony reden. Oder er kann mit mir reden. Ich weiß nicht, warum, und es macht mich manchmal fast wahnsinnig«, sage ich und zeige auf Alvin.

»Wärmer«, sagt Alvin.

»Okay, damit habe ich nicht gerechnet«, sagt er ein bisschen verärgert. »Ist das jetzt deine neue Masche? Du kannst eigentlich gar nicht mit Tieren reden, aber hast ein sprechendes Pony? Ernsthaft? Das ist doch lächerlich.«

Wer einmal lügt, dem glaubt man nicht, und wenn er auch die Wahrheit spricht. Am Ende ist doch mehr an solchen Sprichwörtern dran, als ich dachte.

»Bitte«, flüstere ich. »Ich weiß, wie verrückt es sich anhört und dass ich aus deiner Sicht keine vertrauenswürdige Person bin, aber es ist wirklich wahr! Was meinst du, woher ich wusste, dass die Stute neulich Eierstockzysten hatte! Alvin hat es mir gesagt!«

Ich erzähle ihm die ganze Geschichte. Von dem Deal, den Alvin und ich miteinander hatten, von Rennbrandt, von der Gestalt, die mich niedergeschlagen hat, und nach einigem Zögern auch, wie ich mich selbst gefesselt habe und vom Dach fallen gelassen habe.

Er seufzt. Und schweigt. Viel zu lange. Dann sagt er: »Okay, ich weiß nicht, ob du mich nicht schon wieder belügst, aber so oder so hattest du wenig Schlaf und einen anstrengenden Tag, und ich« – er guckt auf die Uhr – »muss gleich eine Rachenspülprobe von einem Kaltblut nehmen. Ich schlage vor, du legst dich hin und versuchst, dich ein paar Stunden lang auszuruhen, du siehst nämlich ehrlich gesagt furchtbar aus. Ich überlege mir was, um deine Behauptungen zu überprüfen. Heute Abend komme ich wieder, und dann klären wir das endgültig.«

Er besteht darauf, zu bleiben, bis ich sicher im Bett angekommen bin, und stellt mir noch ein Glas Saft und den Blumenstrauß auf den Nachttisch. Dann legt er mir das verpackte Geschenk in den Schoß. »Hier, keine Ahnung, ob du das jetzt überhaupt gebrauchen kannst, aber ich habe die extra für dich besorgt …«

»Danke schön!«

Ich folge seinem Blick und sehe, dass er das Buch anstarrt, das auf meinem zweiten Kopfkissen liegt. *Der Zauberberg*. »Ich habe es mal wieder hervorgeholt nach unserem Gespräch«, sage ich beiläufig. »Solche Klassiker lese ich sowieso gerne immer wieder, am liebsten einmal im Jahr!«

»Hmm, passt ja auch gut zum Wetter im Moment, deine Lektüre …«, sagt er mit skeptischem Blick auf das sichtlich unberührte Taschenbuch.

Weil ich nicht weiß, was ich darauf antworten soll, wurschtele ich umständlich an meiner Bettdecke herum.

Er zieht mir die Decke noch etwas weiter hoch und schaut mit einem seltsamen, weichen Blick auf mich herunter. Kurz sieht es so aus, als würde er mir einen Kuss auf die Stirn drücken wollen, aber dann schüttelt er nur den Kopf und verlässt den Raum. Ich höre, wie er unten die Haustür ins Schloss zieht. Dann ist es still.

Natürlich packe ich sofort das Geschenk aus. Es ist gewissenhaft in rosa gestreiftes Papier eingewickelt, die Ränder sind gefalzt, die Tesafilmstreifen sind ganz gerade aufgeklebt, und irgendwie rührt mich das.

Nachdem ich das Papier entfernt habe, kommt eine edel wirkende schwarze Schachtel zum Vorschein.

Innovative Equestrian Equipment steht auf der Packung.

Ich schaue hinein und finde ein Paar Sicherheitssteigbügel in Roségold.

Meine Ohren werden heiß, und ich schäme mich ein bisschen. Diese Steigbügel hat er nur gekauft, weil ich ihm vorgelogen habe, ich wäre mit dem Fuß hängen geblieben und mitgeschleift worden. Was für eine nette Geste! Er muss gleich nach meiner Nachricht die Läden abgeklappert haben, um sie zu besorgen. Und sie waren mit Sicherheit nicht billig.

»Innovative« bedeutet im Pferdebereich meistens: Ich hab eine Idee, die dafür sorgen könnte, dass du nicht beziehungsweise nicht sofort stirbst. Hey, wie wäre es, wenn du nicht mit dem Fuß im Steigbügel hängen bleiben könntest, sodass dein Pferd dich nicht über den Boden zieht wie einen menschlichen Wachsmalstift? Innovativ, oder?

Als einfache Faustregel gilt, sobald ein Produkt die Überlebenswahrscheinlichkeit eines Pferdemenschen auch nur geringfügig verbessert, kostet es mindestens dreihundert Euro.

Auch wenn das schlechte Gewissen an mir nagt, bin ich in erster Linie wahnsinnig müde. Ich lege die Steigbügel und das zusammengefaltete Geschenkpapier neben mir auf den Nachttisch, lasse mich in mein weiches Bett zurücksinken und schwebe davon.

Ich bin auf einer Pferdeauktion. »Zum Ersten, zum Zweiten und … zum Dritten«, ruft der Auktionator. Er sieht aus wie das Walross von der Augsburger Puppenkiste.

Das Pferd wird an mir vorbeigeführt, und ich sehe, dass

es ebenfalls zwei lange Walrosszähne hat, die aus seinem Maul ragen. »Das ist nicht Rennbrandt«, rufe ich.

Alle anderen Besucher drehen die Köpfe und schauen mich an, und ich sehe, dass sie alle Walrosszähne haben, bleiche, furchterregende Hauer. Wenn ich ihnen nicht belegen kann, dass ich recht habe, dann werden sie mich vernichten, das spüre ich instinktiv.

»Ich habe alle Beweise hier«, rufe ich und öffne meine kleine Korkhandtasche, in der mein Handy sein müsste, das Handy mit den Fotos von Rennbrandts Zahnprotokollen, aber es ist nicht da, stattdessen finde ich nur zwei roségoldene Steigbügel, und die Menschen mit den Walrosszähnen kommen näher.

Hektisch um mich schlagend komme ich zu mir. Anscheinend habe ich beim Versuch, mir die Walrossmenschen vom Leib zu halten, die Steigbügel vom Nachttisch geschmissen. Ich hebe sie wieder auf und halte mir das kühle Metall an meine schmerzende, pochende Wange, und mir steigen die Tränen in die Augen. Warum rührt mich dieses Geschenk so sehr?

Ich muss daran denken, wie ich als Kind betrübt im Flur stand und maulte »*immer* Papa arbeiteeeeen …«, und mein Vater tätschelte mir mitleidsvoll den Kopf und sagte: »Ja, meine kleine Nies, aber es muss sein – Papa muss Geld verdienen!«

Wenn er wieder zurückkam, gab es jedes Mal die größten Schätze aus aller Welt – Stofftiere vom Flughafen, bunte

Schlüsselanhänger, Täschchen mit Wendepailletten, T-Shirts mit lustiger Aufschrift, Broschen und Münzen, die ich in einer hölzernen Zigarrenschachtel hütete. Und Geschichten aus fremden Ländern, die so lebendig waren, dass ich alles wie einen Film vor mir ablaufen sah. Bis heute ertappe ich mich immer wieder dabei, dass seine Erzählungen mein Bild von bestimmten Ländern prägen. Die wenigen Male, die ich es geschafft habe, ein paar Tage in den Urlaub zu fahren, habe ich Portugal, Tschechien und Japan gewählt, alles Länder, von denen mein Vater mir wundersame Dinge berichtet hatte. Dänemark mied ich hingegen, weil er dort nur negative Erfahrungen gemacht hatte.

Und das, obwohl ich zu diesem Zeitpunkt schon wusste, dass mein Vater sehr wahrscheinlich immer nur ein paar Dörfer weiter in einem Reihenhaus gesessen hatte, wenn ich ihn im Ausland wähnte.

Ich habe es immer noch, das kleine Täschchen aus Kork, das mein Vater mir geschenkt hat. Er sagte mir, dass es aus Portugal stammen würde, aus einem kleinen Ort an der Algarve. Aber natürlich sei er nicht einfach in den nächstbesten Andenkenladen gegangen und habe es gekauft, sagte er mir. Mein Vater wäre nicht mein Vater, wenn er nicht auch zu diesem Täschchen eine besondere Geschichte gehabt hätte. Eine Geschichte, in der wie immer er der Held war.

Er sei in einem Laden gewesen, um etwas für meine Mutter zu kaufen – schöne Keramik hätte es gegeben, Geschirr, das an die Färbung von Wassermelonen erinnerte, innen rot mit schwarzen Punkten und außen dunkelgrün. Und ich kann mir nicht helfen, auch wenn ich heute weiß, dass die Geschichte gelogen war, so wie all seine Geschichten, sehe ich alles vor mir. Meinen Vater, wie er die Tassen bewundert und gerade die Ladenbesitzerin, eine Dame mit einem kleinen Buckel, ansprechen und darum bitten will, dass sie ihm das Geschirr herausnimmt, denn, wie auf dem Schild steht, darf man es nicht berühren. Den bärtigen Mann, der in das Geschäft gestürmt kommt und die alte Dame mit vorgehaltener Waffe auffordert, die Tageseinnahmen rauszurücken. Meinen Vater, der den Räuber mit einem Karategriff niederstreckte, sodass er in die Auslage fiel, mitten in das schöne Wassermelonengeschirr, das dann leider kaputtging, sodass er meiner Mutter doch kein Geschenk mehr kaufte. Und wie die alte Dame ihm unter Tränen dankte. Wie sie ihm erst Geld anbieten wollte, was er natürlich ablehnte, und ihm dann einen Schnaps nach dem anderen ausgab. Sie tranken Brüderschaft miteinander, er zeigte ihr Fotos von seiner Familie, und als die alte Dame mein Bild sah, ging sie ins Hinterzimmer des Ladens und kam mit einem Täschchen zurück, das sie noch nicht ganz fertig bestickt hatte. Das Korktäschchen war mit irgendeinem Pflanzenextrakt behandelt, sodass es in genau demselben sanften Kupferton schimmerte wie meine Haare. Während sie mit meinem Vater zusammensaß, stickte sie die letzten Muscheln auf – darunter auch einige Muscheln, die er selbst am Strand gesammelt hatte – und schenkte es ihm. »Das ist also ein ganz besonderes Täschchen, was man so nicht im Laden kaufen konnte«, sagte er zu mir, jedes Mal, wenn er mir die Geschichte erzählte.

Alles war immer ein ganz besonderes Irgendwas, wenn

es nach meinem Vater ging. Und bis heute ertappe ich mich selbst dabei, dass ich immer noch ständig auf der Suche nach dem Besonderen bin. Der limitierte Stirnriemen mit den *Swarovski*-Steinen. Das Reithalfter aus Fischleder. Die Schabracke aus regionalem Filz. Aber manchmal habe ich das Gefühl, dass nichts jemals besonders genug sein wird.

Als ich in der Schule mal einen Aufsatz über ein besonderes Reiseerlebnis schreiben musste, schrieb ich natürlich die Geschichte auf, wie mein Vater den Raub verhindert hatte. Dass es eigentlich darum ging, eine eigene Erfahrung aufzuschreiben, wäre mir damals überhaupt nicht in den Sinn gekommen. Alles, was ich selbst erlebt hatte, erschien mir klein und farblos im Vergleich zu den Heldentaten meines Vaters. Ich war als Kind nur einige Male am Meer gewesen – mit meiner Mutter, mein Vater konnte nicht mitkommen, weil er zu viel arbeiten musste –, und da hatte ich Krebse gefangen und am Strand kleine Teiche gegraben, in die ich die Krebse gesetzt hatte. Was war das schon gegen einen besiegten Räuber.

Die Lehrerin schrieb damals unter meinen Aufsatz *Sehr fantasievoll!*, und mir wird erst im Nachhinein klar, dass das nicht das Kompliment war, für das ich es damals hielt.

Die Klingel unterbricht meine Gedanken, und ich gehe runter und mache Kai die Tür auf. Er hat eine Tüte mit Einkäufen dabei, geht an mir vorbei in die Küche und fängt sehr selbstverständlich an, auszupacken.

»Danke für die Steigbügel«, sage ich leise. »Tut mir leid,

dass das mit dem Mitgeschleiftwerden eine Lüge war. Aber ich kann sie trotzdem gut gebrauchen, sie sind sehr schön!«

Wortlos fängt er an, Kartoffeln zu schälen und in Scheiben zu schneiden. »Was wird das?«, frage ich.

»Eine Bauernpfanne. Deck den Tisch – wenn du magst, draußen, es ist noch warm.«

Obwohl ich uns zwei Teller hingestellt habe, tut er nur mir etwas auf und setzt sich selbst vor den leeren Teller.

»Erst mal guten Appetit. Ich hab mir was überlegt. Die Schwachstelle in deiner ganzen Geschichte ist das sprechende Pony. Wir machen es folgendermaßen, du bleibst hier und isst in Ruhe deine Bauernpfanne auf. Und ich werde dein Pony mal für ein Stündchen entführen. Ich mache nichts Schlimmes mit ihm, nur ein paar Sachen, die du unmöglich erraten kannst. Danach komme ich wieder hierher, und dann kann er dir ja mal ›erzählen‹, was wir unternommen haben.«

Ich werfe Alvin einen besorgten Blick zu, aber den scheint die Sache überhaupt nicht zu stören. »Männerabend!!!«, ruft er beglückt.

»Okay«, sage ich. »Aber gib ihm nichts, was ihn dick macht. Er ist echt ein Kandidat für Stoffwechselprobleme.«

Alvin rollt genervt mit den Augen.

»Moment«, sagt Kai. »Gib mir dein Handy. Würde mich nicht wundern, wenn du das Pony verwanzt hast oder irgendwo Kameras angebracht hast.«

Ich seufze und gebe ihm mein Handy. Dann esse ich die

gesamte Bauernpfanne auf und merke erst jetzt, wie hungrig ich eigentlich war.

Als ich Alvin wiedersehe, ist er total begeistert. »Also, es war echt der Wahnsinn«, sagt er. »Ich hatte die Zeit meines fucking Lebens!!! Wir waren bei ihm zu Hause! Zuerst hat er mich von oben bis unten untersucht, das war etwas nervig. Hat auch meine Mähne durchgekämmt, deswegen sehe ich jetzt aus wie ein Schleimer. Aber dann! Er hat mich mit ins Wohnzimmer genommen, ist eine echt schöne Wohnung, und er hat das gleiche Sofa wie du! Ich durfte aufs Sofa, dabei hat er mehrmals gesagt ›Was mache ich hier eigentlich‹. Er hat auch einen Beamer, wir haben einen Film mit Ponys angeschaut. Er hat Popcorn und Gummibärchen gegessen, und mir hat er eine Karotte gegeben. Dann hat er den Film gestoppt, ist kurz weggelaufen und hat sich ein Kleid angezogen! Es war pink mit weißen Blumen. Er hat auf dem Couchtisch getanzt und laut *La Cucaracha* gesungen, während er mit Eiern jongliert hat. Eins ist kaputtgegangen, daraufhin hat er die anderen auch noch auf den Boden geworfen. Er war viel lustiger als sonst! Dann hat er einen Spagat gemacht, gelenkiger Typ übrigens, und, was dich vielleicht interessieren wird, er rasiert seine Beine. Die sind glatter als deine! Danach hat er sich noch fünf Gummibärchen in die Nase geschoben, drei ins linke und zwei ins rechte Nasenloch. Es schien ihn zu ärgern, dass nicht in beide Nasenlöcher drei reingepasst haben, er hat eine Weile rumprobiert und geflucht. Ja, und dann«, Alvin erstickt fast vor Lachen, »dann hat er gesagt: ›Wenn schon, denn schon‹, und hat mir seinen nackten Hintern gezeigt!«

»Na, was sagt er?«

Mit tonloser Stimme gebe ich wieder, was Alvin mir gerade erzählt hat. Er wird blass. »Okay«, sagt er, und seine Stimme ist einen Hauch zu hoch. »Ich … ich muss das erst mal verarbeiten. Ich glaub, ich gehe jetzt lieber nach Hause. Ich brauche etwas Zeit für mich.«

»Vor allem brauchst du Zeit, um die Eier wieder von deinem Wohnzimmerteppich zu kriegen«, sage ich und grinse ihn an. Er lächelt nicht zurück.

Ich sehe sofort, dass das Auto von Irma auf dem Hof steht. Irma bietet Bioresonanzanalysen und spezielle Teemischungen für Pferde an. Ich habe wenig für Irma übrig. Das ist erst mal nichts Ungewöhnliches, denn es gibt ja viele Leute, die ich nicht leiden kann oder auf die ich ein bisschen herabschaue. In Irmas Fall habe ich mir aber verschiedene gute Begründungen für meine Geringschätzung überlegt.

Erstens, ich finde die Sache mit dem Bioresonanzgerät einfach faul. Wenn man genug Wert auf die Inhalte und die Performance legt, dann braucht man kein Gerät, um die Menschen zu überzeugen! Irma kommt mir vor wie ein schlechter Bauchredner, dem man nur die Puppe wegnehmen müsste, um offensichtlich zu machen, dass er immer nur die gleichen lahmen Gags erzählt.

Zweitens, sie gibt sich mit ihrem blöden Gerät den Anstrich von Seriosität, dabei hat sie doch auch nur Vermutungen. Ich habe mal gelesen, dass es keinen unabhängigen wissenschaftlichen Beweis gibt, dass das Gerät irgendwelche Diagnosen stellen kann – und in einem Versuch machte es keinen Unterschied, ob man einen gesunden oder kranken

Menschen, einen feuchten Lappen oder einen Leberkäse mit dem Gerät untersuchte. Trotzdem glauben die Pferdebesitzer lieber ihr und ihrem Gerät als mir. »Du, ich würde mich in dem Fall lieber auf die gesicherte Diagnose verlassen«, musste ich mir neulich erst anhören. Dass Irmas »Diagnose« genauso wenig gesichert ist wie meine, will niemand hören. Ich habe schon viele gute Kunden an sie verloren; die Einzigen, die ich meistens zurückgewinnen kann, sind die Besitzer der Pferde, bei denen Irma meint, Darmpilz »diagnostiziert« zu haben. Denn niemand hat Bock, seinem Pferd jeden Tag ein homöopathisches Zäpfchen reinzuschieben, was dann ohnehin nach ein paar Minuten wieder rauskommt.

Was mich außerdem nervt an Irma, ist, dass sie so undurchschaubar ist. Ich komme nicht dahinter, ob sie eigentlich selbst daran glaubt. Irgendwie würde es mich trösten, wenn sie tief drinnen wüsste, dass ihr Wundergerät Humbug ist, aber sie lässt sich nicht in die Karten schauen.

Mich ärgert auch die Selbstverständlichkeit, mit der sie von ihrer »Praxis« redet (und dass sie dieses Wort auch schon verwendet hat, als sie noch bei ihrer Mutter im Keller gewohnt hat). Mädel, du hast keine »Praxis«, sondern ein Büro, in dem du dein Geld zählst und dir ins Fäustchen lachst, genauso wie ich! Eine Praxis ist was für Ärzte. Es ärgert mich, dass sie keine Skrupel hat, den Begriff zu missbrauchen – und es wurmt mich, dass ich selbst auch nach x Jahren immer noch keine adäquate Bezeichnung gefunden habe. Eine Zeit lang habe ich von meinem »Kommunikationsbüro« gesprochen, aber das war mir zu sperrig. Dann gab es eine Phase, in der ich mich als »Anwältin der Tiere« bezeichnet habe und mein Büro als meine »Kanzlei«, aber das ist komplett nach hinten losgegangen – eine Kundin fragte mich doch glatt, ob ich nebenbei noch in einer Kanzlei arbeiten würde. »Das finde ich ja toll, dass du auch noch einen richtigen Job hast!«, hat sie ernsthaft gesagt.

Und was mich wahrscheinlich am meisten ärgert: Irma macht deutlich mehr Umsatz als ich. Sie hat ein traumhaftes Haus, einen riesigen Pool, und ständig kommt sie von Versteigerungen mit neuen tollen Pferden zurück. Da, muss ich sagen, hört für mich der Spaß auf. Denn ich habe ja überhaupt nichts dagegen, Leute übers Ohr zu hauen und ihnen ihr Geld abzuknöpfen, solange ich diejenige bin, die dieses Geld verdient.

Ich biege um die Ecke und muss lachen: Irma steht mit wichtiger Miene am Putzplatz neben einem Wallach und hält ihre Hand auf dessen Schlauchtasche gepresst.

»Was wird das denn?! Massage mit Happy End?«, frage ich.

»Ich bespreche seine Warzen«, sagt Irma würdevoll.

»Bei mir hat's geholfen«, sagt ein stämmiger Mann, der gerade eine volle Schubkarre vorbeischiebt, und lacht dreckig.

Ich könnte mich ausschütten bei der Vorstellung, wie Irma dem Mann eine Hand aufs Gemächt hält und dabei genau den gleichen wichtigtuerischen Gesichtsausdruck hat wie jetzt.

»Und du? Bist du vorbeigekommen, um etwas Dirty Talk mit Pferden zu machen?«

»Immerhin habe ich auch was Richtiges studiert«, sage

ich. »Wenn irgendwann mal kein Pferd mehr mit mir reden will, kann ich immer noch zu meinem alten Job zurückkehren. Wie sieht es denn bei dir aus, Irma?«

»Ich bin staatlich anerkannte Tierheilpraktikerin«, sagt Irma. »Ich habe ein Fernstudium abgeschlossen!«

Ich schnaube verächtlich. »Was man da lernt, hab ich auch drauf. Ich hab nämlich früher immer die *Medizini* gelesen!«

»Wie lautet denn der lateinische Name für diesen Knochen?«, fragt Irma und zeigt auf das Bein von dem Wallach mit den Warzen.

»Hängula Pengula«, sage ich lässig. Die Pferdebesitzerinnen am Putzplatz lachen – ich bin nicht sicher, ob sie mit mir oder über mich lachen.

»Ossa metacarpalia heißt das Teil. Du bist selber so ,ne Hängula Pengula«, sagt Irma.

»Und du bist ,ne hohle Frucht!«, sage ich unwirsch. Das Lachen ringsum verstummt. Oh, das war anscheinend zu doll.

»Was ist denn mit deiner Wange passiert?« Irma scheint meine Wunde jetzt erst entdeckt zu haben und mustert mich mit demonstrativer Besorgnis.

»Rate mal. Oder nein – schließ doch dein Gerät an mich an. Das müsste dir ja die richtige Antwort sagen können.«

Irma nickt mit ernster Miene. »Gerne. Dann kann ich dir vielleicht auch was geben, was dagegen hilft!«

Oje, was habe ich da denn angezettelt … Aber die Pferdebesitzer, die mich für den nächsten Termin engagiert haben, sind sowieso noch nicht da, also kann ich mich genauso gut darauf einlassen.

Irma veranstaltet allerhand Hokuspokus mit ihrem Gerät und zieht dann scharf die Luft ein. »Du wurdest über eine geschotterte Auffahrt geschleift. Es ist eine Entzündung in der Wunde.«

Misstrauisch starre ich sie an. Sie wäscht sich in dem kleinen Waschbecken, das seitlich am Putzplatz angebracht ist, die Hände, holt einen kleinen Tiegel Salbe aus dem albernen Weidenkörbchen, das sie immer mit sich herumschleppt, und trägt mit den Fingerspitzen sanft eine dünne Schicht Salbe auf meine Wange auf. Dann drückt sie mir den restlichen Tiegel in die Hand. »Hier, schenke ich dir. Berichte mal, ob es geholfen hat. Und pass in Zukunft etwas besser auf dich auf, ja?!«

Ich drehe mich wortlos um und laufe zurück zur Stallgasse. Den Tiegel mit der Salbe nehme ich mit. Irma ist mir unheimlich, aber die kühle Salbe auf meiner Wange fühlt sich toll an.

Die Besitzerin meines nächsten Patienten fällt mit der Tür ins Haus, bevor ich überhaupt die Pferdebox betreten habe.

»Können Sie ihn fragen, ob er hält?«

»Was?!«

»Wir hatten eine kleine Verletzung«, sagt sie.

»Fesselträger«, sagt ihr Mann missmutig.

»Aber nur ein bisschen!«, sagt sie. »Und jetzt würde ich gerne wieder antrainieren. Die Frage ist, ob er hält?«

Meine Güte. Ich sollte anfangen, die Leute vor dem Termin zu fragen, was sie eigentlich wissen wollen – und alles, was nicht auf irgendwelche aus der Kindheit übrig gebliebenen und auf das Pferd projizierten Beziehungsthematiken hinausläuft, konsequent ablehnen. Woher soll ich das denn wissen? Kein Mensch weiß, was das Pferd hat und ob es zu früh zum Antrainieren ist. Wobei, das stimmt nicht. Es gibt Menschen, die das wissen könnten. Aber ich bin keiner davon.

»Das mit der Verletzung ist ein heikles Thema für … Ihr Pferd«, sage ich.

Der Gaul heißt Your Darkest Fantasy. Keine zehn Pferde bringen mich dazu, diesen Namen in den Mund zu nehmen, solange ich es irgendwie vermeiden kann.

»Aber er muss doch irgendeine Meinung dazu haben, ob er wieder arbeiten will?«

Ich schüttele den Kopf. »Er definiert sich sehr stark über seine Leistung. Und dass er jetzt leider ausgefallen ist, da geht es bei ihm wirklich an die Identität und auch an seine Männlichkeit. Er ist nicht bereit, mit einer fremden Person darüber zu reden. Da müssen wir einen Folgetermin ausmachen. Mindestens einen!«

Während die Frau das Pferd zurück in seine Paddockbox bringt, zückt der Mann sein Portemonnaie. »Was bekommen Sie?«

Oje, gleich wirst du dich so wundern, denke ich und nenne ihm den Preis.

Seine Augen weiten sich leicht, aber er zückt widerstandslos ein paar Scheine.

Im Auto rufe ich Kai an. Ja, er hat gesagt, er braucht Zeit für sich – aber das ist ja über zwölf Stunden her! Und außerdem habe ich ein wichtiges berufliches Anliegen.

»Na du? Ich hatte einen ganz verrückten Albtraum … dein Shetlandpony konnte mit dir reden … Ich kann das alles immer noch nicht glauben!« Er klingt zumindest etwas besser gelaunt als bei unserem letzten Gespräch.

»Wir müssen über Your Darkest Fantasy reden!«

»Was?!« Er lacht. »Ist das nicht ein bisschen früh? Also gut: eine chinesische Schlittenfahrt, aber die Frau ist dabei gefesselt und …«

»NEIN«, sage ich und ärgere mich, dass ich heiße Wangen bekomme. »Das Pferd! Your Darkest Fantasy! Fesselträger?!«

»Ah, der. Ja, was ist damit?«

»Die Besitzerin hat mich gerade zu sich bestellt, um zu fragen, ob das Pferd halten wird, wenn sie es jetzt wieder antrainiert.«

»Auf gar keinen Fall! Das ist viel zu früh! Nie im Leben kann das gut gehen! Der sollte noch mindestens drei Wochen stehen. Was hast du ihr denn gesagt?«

»Ich hab gesagt, dass das Pferd ein verdammter Workaholic ist und sich schämt, mit mir über die Verletzung zu reden, und dass wir wohl noch einen Termin ausmachen müssen. Und ich hab so das Gefühl, ich kann ihr erst in drei Wochen wieder einen Termin anbieten. Weil ich einen sehr vollen Terminkalender habe …«

»Soso. Na, eigentlich wollte ich ja fragen, ob wir heute Abend essen gehen wollen, aber wenn du sooo beschäftigt bist …«

»HeuteAbendhabichZeit!!!«, sage ich etwas zu schnell. Er lacht.

Ich kann mich den restlichen Tag kaum auf meine Termine konzentrieren, weil ich so aufgeregt bin. Geistesabwesend rede ich einer Pferdebesitzerin gut zu, die mitbekommen hat, wie ihre Stute von einer anderen Besitzerin mit »dicke Maus« angesprochen wurde und die sich jetzt Sorgen macht, dass das in der Tat sehr pummelige Pferd davon Komplexe bekommen könnte. »Hannelore hat schon so gut abgespeckt«, klagt sie, und ich unterdrücke ein Lachen, als ich mir vorstelle, wie das Pferd dann wohl vorher ausgesehen haben muss. Tatsächlich ist »dicke Maus« noch die Untertreibung des Jahrhunderts, denn Mäuse sind klein und süß und wiegen nicht sechshundert Kilo.

»Es ist unfair, sie so zu nennen; das gibt ihr das Gefühl, dass all ihre Anstrengungen umsonst waren«, beschwert sich die Besitzerin. Nein, denke ich, es gibt *dir* dieses Gefühl, darum geht es hier eigentlich.

Normalerweise wäre ich in Versuchung, diese Geschichte noch mehr zu melken. Ich hätte zum Beispiel vorgeschlagen, einen Täter-Opfer-Ausgleich zwischen der Stute und der anderen Besitzerin zu moderieren, und anschließend noch ein paar Termine mit Selfcare und Empowerment für Hannelore, wo sie lernt, ihre Kurven zu lieben. Aber heute bin ich nicht richtig bei der Sache. Halbherzig versichere ich der Besitzerin, dass Hannelore ein unerschütterliches Selbstbewusstsein hat, stolz auf ihre saftigen Schenkel ist und sich als Flaggschiff der Body Positivity sieht; dass sie »dicke Maus« gar nicht als Beleidigung betrachtet, sondern im Gegenteil darauf besteht, »fette Maus« genannt zu werden. Dann gebe ich ihr auch noch einen Rabatt auf den Termin – mit der Begründung, sie solle das Geld lieber in Futter für ihre barocke Prachtstute investieren.

Was ist nur in mich gefahren?

Endlich habe ich Feierabend. Auf dem Heimweg halte ich beim Drogeriemarkt an und kaufe das halbe Regal an Concealer, Abdeckstift, Foundation und Puder leer. Mein Gesicht fühlt sich viel besser an, seit Irma mir die Salbe aufgetragen hat, und ich will einen Versuch wagen, die Verletzung zu überschminken. Noch ein Date lasse ich mir nicht versauen!

Als ich die Heuraufe auffülle und noch schnell etwas Bodenarbeit mit Jörp und Drusla mache, liegt Alvin mir die ganze Zeit in den Ohren. »Rennbrandt ist irgendwo da draußen, checkst du es nicht? Du musst was unternehmen! Rede doch mal mit diesem Rennbahnexperten Klaus und erzähle ihm das mit den Zähnen! Vielleicht hat er eine Idee, wo der echte Rennbrandt hin sein könnte …«

Irgendwann reicht es mir. Wütend beuge ich mich zu ihm herunter. »Siehst du das hier???« Ich halte ihm meine kaputte Gesichtshälfte hin. »Ich sehe aus wie Harvey Two-Face Dent! Es sind schon Leute wegen weniger zum Antihelden geworden! Du hast leicht reden, dein Gesicht wurde nicht in Salami verwandelt! Ich halte unsere Abmachung ein, ich werde Rennbrandt finden. Aber gerade brauche ich mal EINEN Abend für mich! Geht das in deinen Schädel rein?!«

»Na gut«, sagt Alvin ungewohnt friedlich. »Aber wenn er dir so wichtig ist, dann küss ihn doch wenigstens endlich. Du vertrödelst so viel Zeit. Das ist alles Zeit, die du besser verwenden könntest, um Rennbrandt zu suchen.«

Ich stehe vor dem Spiegel und tupfe unzufrieden an meinem Gesicht herum. Farblich habe ich die Wange einigermaßen unauffällig an den Rest meines Gesichts angleichen können, aber wenn das Licht seitlich auf die zugespachtelte Fläche fällt, sieht man deutlich, wie zerklüftet die Haut ist. Wohl fühle ich mich damit nicht, aber so kurzfristig möchte ich nun auch nicht mehr absagen. In der Hoffnung, damit etwas ablenken zu können, trage ich einen schillernden grünen Lidschatten auf und ziehe lange, funkelnde Smaragdohrringe an.

Am Restaurant angekommen, sehe ich Kais Auto nirgends auf dem Parkplatz stehen. Ich überlege gerade, ob ich draußen warten soll, als ich eine Nachricht von ihm bekomme, dass er sich eine halbe Stunde verspätet, weil er auf dem Nachhauseweg noch einen Notfall versorgt hat. Das ist mir dann doch zu lang, vor allem, weil die Abendluft kühl und mein dünnes Kleid etwas zu freizügig ist. Ich beschließe, reinzugehen und einen Aperitif zu trinken. Als angehende Tierarztgattin werde ich mich wohl daran gewöhnen müssen, solche Verspätungen zu überbrücken …

Kaum habe ich einen Fuß in den Laden gesetzt, kommt ein fremder Mann im Anzug auf mich zugeeilt. »Fantastisch, dass Sie da sind«, sagt er. »Schade, dass Ihr Begleiter erst später dazustoßen kann, aber wir werden uns in der Zwischenzeit gut um Sie kümmern, einverstanden?«

Er drückt mir ein Glas Sekt in die Hand und stößt mit mir an.

»Es ist uns eine Ehre!«

Na, das ist ja nett, da hat Kai wohl vorher hier angerufen und dafür gesorgt, dass ich vom Kellner begrüßt und abgefüllt werde. Manchmal ist er doch sehr charmant und umsichtig.

»Folgen Sie mir, meine Liebe – es sind schon fast alle da!«

Er bringt mich durch eine Tür, auf der *Geschlossene Gesellschaft* steht, in einen festlich dekorierten Saal. Verwirrt schaue ich mich um und versuche, mir einen Reim auf die ganze Situation zu machen. Lauter ältere Damen in edlen Abendroben und ebenso alte Männer in Anzügen stehen etwas steif in kleinen Grüppchen herum, trinken Sekt und futtern Kanapees.

»Entschuldigung, aber ich bin nicht sicher, ob ich hier richtig bin«, wende ich mich an den Mann, der mich hergeführt hat. Er stupst mich aufmunternd an der Schulter an.

»Na, aber sicher sind Sie das!«, sagt er in motivierendem Tonfall. »Zweifel hat jeder von uns ab und zu, das ist ganz normal. Was meinen Sie, wie es mir ging, als ich zum ersten Mal eine solche Veranstaltung moderiert habe! Aber wir haben eine wichtige Mission, das dürfen Sie nicht vergessen. Was ist dagegen schon ein bisschen Lampenfieber! Warten Sie, ich stelle Ihnen noch schnell die Gräfin vor, bevor wir anfangen. Sie *brennt* darauf, Sie kennenzulernen! – Verzeihung.«

Oh, das klingt spannend. Eine echte Gräfin! Die kann ich mir ja zumindest noch angucken, bevor ich diese seltsame Veranstaltung verlasse. Kai wird staunen, wenn er nachher hier auftaucht und ich ihm erzählen kann, dass ich einer Gräfin vorgestellt wurde!

Der Mann verschwindet in der Menge, und ich gönne mir in der Zwischenzeit ein zweites Glas Sekt und ein paar winzige Blätterteigtaschen, bis er schließlich mit einer älteren Dame im Schlepptau zurückkehrt, die genauso aussieht wie alle anderen älteren Damen im Raum, nur dass sie mit etwas dickeren Goldketten behängt ist und einen Gehstock benutzt, an dessen Ende eine goldene Vogelfigur angebracht ist.

Die Gräfin streckt ihre Hand nach meiner aus, und ich stopfe mir schnell das Kaviarschiffchen, das ich gerade in der Hand gehalten habe, in den Mund, wische meine Handfläche an meinem Kleid ab und schüttele energisch ihre Hand.

»Das ist also unsere größte Unterstützerin, die Gräfin …«, erklärt der Moderator.

»Oh, bitte, Sie müssen Veronika zu mir sagen!« Ich nicke freundlich, ist gebongt.

» … und Sie haben nun endlich die Gelegenheit, unsere tapfere Nathalie persönlich kennenzulernen«, sagt er und deutet auf mich. Ich schlucke das Kaviarschiffchen im Ganzen herunter und verpasse dadurch irgendwie den Moment, in dem ich eigentlich protestieren müsste.

»Sie sind so eine inspirierende Persönlichkeit«, sagt Gräfin Veronika. »Ich bewundere Sie zutiefst!«

Ich habe zwar keine Ahnung, worauf sie sich bezieht, aber das geht natürlich runter wie Öl. Ein bisschen Anerkennung hat noch niemandem geschadet!

»Und dass Sie, nach allem, was Sie durchgemacht haben, sich für diese Aufgabe bereit erklärt haben … das ist so selbstlos von Ihnen. Sie müssen unglaublich stark sein!«

Allmählich wird mir doch etwas unbehaglich zumute. Was für eine Aufgabe? Ein bisschen Händeschütteln und Nicken fand ich noch in Ordnung für Gratissekt und -häppchen, aber darüber hinaus bin ich nicht bereit, irgendwas zu tun.

Es ist eigentlich noch nicht zu spät, um zu sagen: »Wissen Sie, was? Mir ist aufgefallen, ich bin gar nicht diese Person, von der Sie da reden!« Trotzdem sage ich nichts, und ich bin gar nicht sicher, warum. Weder habe ich diese Leute besonders ins Herz geschlossen, sodass es mir schwerfallen könnte, sie zu enttäuschen, noch geht es hier für mich um irgendwas.

Und doch fühle ich ein Unbehagen bei der Vorstellung, die Wahrheit zu sagen. Ist es Gewohnheit oder ein Zwang? Fest steht, wenn eine Scharade gespielt wird, muss ich mitspielen.

»Es ist wirklich bewundernswert, dass Sie mit Ihrer Verletzung so gut umgehen«, sagt die Dame und blinzelt jetzt doch tatsächlich ein paar Tränen der Rührung weg.

»Ach, das … halb so wild«, sage ich. »Von so was lasse ich mir doch nicht einen schönen Abend versauen! Entschuldigen Sie mich kurz? Ich gehe nur kurz Pipi machen!«

Im Badezimmer frische ich erst mal mein Make-up auf; wenn ich schon auf die Verletzung angesprochen werde, ist es eindeutig nicht gut genug. Dann gehe ich aufs Klo und überlege. Wenn ich das Missverständnis nicht aufklären will, bleibt mir nur die Flucht. Vielleicht kann ich mich irgendwie wieder in den Restaurantbereich verdünnisieren und dort in eine Nische setzen, sodass man mich nicht auf den ersten Blick sieht. Und sollte ich keinen unauffälligen Platz finden, muss ich nach draußen flüchten und Kai sagen, dass wir uns doch woanders treffen müssen …

Ich öffne die Badezimmertür nur einen Spaltbreit, vergewissere mich, dass der Flur leer ist, und flitze Richtung Gastraum. Auf der Hälfte des Wegs höre ich plötzlich, wie die Tür zum Saal wieder geöffnet wird. Ohne nachzudenken, verkrieche ich mich hinter einer Theke, die mit Blumen geschmückt ist und auf der noch einige Namensschildchen zum Anstecken liegen.

»Frau Schreiner?« Der Mann, der mich vorhin hineinbegleitet hat, ruft prüfend meinen Namen in den Flur.

Ich mache mich ganz klein und schließe die Augen.

»Frau Schreiner, ich kann Sie sehen«, sagt er in strengem Ton. Ich zucke zusammen. Er lacht. »Es ist doch alles halb so wild«, sagt er. »Wir sind sehr froh, dass Sie hier sind. Jetzt kommen Sie, alle warten auf Sie!«

Er hakt sich bei mir ein und schiebt mich mit sanftem Druck Richtung Saal. Mit meiner freien Hand nehme ich mir noch das unberührte *Nathalie Schreiner*-Namensschild von der Theke und stecke es mir an den Ausschnitt. Aus der Sache komme ich jetzt sowieso nicht mehr so leicht raus, da kann ich auch All-in gehen.

Alle klatschen, als ich den Saal zum zweiten Mal betrete. Die Stimmung ist feierlich.

Der Mann, der mich hineingeführt hat, hält eine kleine Rede und zeigt dazu eine Präsentation auf einer Leinwand. Anscheinend bin ich auf einer Charity-Veranstaltung gelandet, bei der es darum geht, Spenden für Menschen mit Brandverletzungen zu sammeln. Na, wenn es weiter nichts ist, kein Problem – das klingt mir nach einem guten Zweck, da gebe ich natürlich gerne was dazu.

»Ich muss kurz zum Auto, meine Brieftasche holen, dann kann ich auch was spenden«, rufe ich und zwinkere dem Mann zu.

Der lacht herzlich. »Ihr Humor ist ja wirklich legendär. Nein, Sie sollen uns natürlich nichts spenden – Ihre Zeit und Ihre Worte sind uns Spende genug. Meine Damen und Herren, bitte einen großen Applaus für Nathalie Schreiner – eine Betroffene, die uns heute Abend einen kleinen Einblick in ihre Welt geben wird!«

Alle klatschen, dann wird es still, und sie schauen mich erwartungsvoll an. Ich räuspere mich. »Ja, ich muss zugeben, als ich gebeten wurde, eine Rede zu halten, da war ich nicht direkt Feuer und Flamme.«

Niemand lacht. Ich verstumme und schaue den Moderator Hilfe suchend an. »Erzählen Sie uns doch mal, wie Sie den Unfall und die Zeit danach erlebt haben!«

»An den Unfall kann ich mich eigentlich kaum erinnern.

Aber viel wichtiger als die Vergangenheit ist doch, was wir aus unserer Zukunft machen! Ich will für andere Betroffene etwas verändern! Forschung, neue Behandlungsmethoden … und Schminkkurse!«, füge ich hinzu. Besonders der letzte Punkt führt bei den anwesenden Damen zu stürmischem Applaus.

Das läuft ja jetzt doch besser als gedacht – allmählich finde ich mich immer mehr in meine Rolle ein. Ich halte eine flammende Rede über den Zauber des Unperfekten, die ich zu großen Teilen aus dem Gespräch mit Kai abgekupfert habe, und ernte Standing Ovations. Dann gebe ich noch ein kleines Interview für den YouTube-Kanal der Stiftung und verabschiede mich anschließend. Mit warmen Worten und einem Präsentkorb, der hauptsächlich Saumagen enthält, werde ich in die Freiheit entlassen.

Auf dem Weg nach draußen gehe ich noch mal kurz ins Badezimmer, um mich nachzuschminken. Eine Frau in meinem Alter steht schwer atmend am Waschbecken. Sie stützt sich mit beiden Armen auf den Waschbeckenrand, ihre Wimperntusche ist verlaufen, und sie hat ein paar große Brandnarben im Gesicht, die sie mehr schlecht als recht versucht hat zu überschminken.

Aber das ist es nicht, was ich so auffällig an ihr finde. Sie wirkt eigenartig entkoppelt vom Rest der Welt, als würde sie sich unter einer Glasglocke befinden.

Einmal hat meine Reitlehrerin mir eine Unterrichtsstunde gegeben, in der sie mir mit einem ihrer eigenen Pferde ein paar fortgeschrittene Lektionen gezeigt hat. Sie hat frei mit ihm gearbeitet, ohne Halfter und ohne Strick, und obwohl im hinteren Teil der Halle zwei andere Pferde gerade einen ziemlichen Aufstand machten, war ihr Pferd voll auf sie konzentriert und reagierte auf die kleinsten körpersprachlichen Signale. »Ich habe energetisch gerade hinter mir dichtgemacht, damit er merkt, dass das alles nichts mit ihm zu tun hat«, sagte sie. Damals habe ich nicht ganz verstanden, was sie damit meinte, aber als ich jetzt die Frau am Spiegel stehen sehe, muss ich daran denken. Das ist es, was hier gerade passiert. Ich sehe eine Frau, die energetisch dichtgemacht hat. Fasziniert starre ich sie an.

Mein Blick ist wohl intensiv genug, um die unsichtbare Mauer zu durchdringen, die sie um sich herum errichtet hat, denn sie bemerkt mich und dreht sich zu mir um.

Als sie mein Namensschild sieht, erstarrt sie.

»Das ist mein Name?!«, sagt sie halb vorwurfsvoll, halb verwirrt.

Ach du Scheiße.

»Hey, es tut mir echt sooo leid«, sage ich. »Ich wollte eigentlich keine Rede halten, aber dieser Typ hat mich mitgeschleppt, und dann hatte ich den Mund voll mit Kaviarschiffchen und konnte es nicht richtigstellen, und dann dachte ich, jetzt muss ich es auch durchziehen …«

Sie starrt mich fassungslos an.

»Du hast die Rede schon gehalten?«

»Ja, sorry noch mal. Ist ziemlich gut angekommen, falls dir das ein Trost ist. Aber ich weiß, das hätte nicht passieren dürfen …«

Sie macht einen Schritt auf mich zu und umarmt mich

fest. »Danke«, flüstert sie. Dann wird sie von einem Schluchzen geschüttelt. »Gott sei Dank. Weißt du, ich war immer schüchtern, aber ich dachte, ich muss mal über meinen Schatten springen, damit es eine inspirierende Geschichte ist.«

»Keine Sorge, die Geldsäcke dadrinnen haben ihre inspirierende Geschichte gehabt.«

»Wirklich?«

»*Girl – you* ate. *No crumbs left.*« Ich muss an die Blätterteigtäschchen denken und kichern. »Nee, wirklich, wir hatten Standing Ovations. Die sind richtig gut drauf. Hör doch mal!«

Ich öffne die Badezimmertür einen Spaltbreit und lasse sie das angeregte Stimmengewirr und Lachen aus dem Saal hören.

Ihr Gesicht erhellt sich. »Vielen, vielen Dank! Du kannst dir gar nicht vorstellen, wie sehr ich mich darauf freue, nach Hause zu fahren und meine Ruhe zu haben.«

Sie fischt eine Visitenkarte aus ihrer Clutch. »Hier. Wenn ich dir mal bei irgendwas behilflich sein kann, melde dich.«

»Klar, ich rufe dich an, wenn ich mal eine Rednerin für besondere Anlässe suche!«

Sie lacht. »Bitte nicht. Nichts mit Menschen! Aber ich kann ziemlich gut mit Computern …«

Ich stecke die Karte ein, und wir schlendern zusammen Richtung Ausgang.

»Hier, willst du den Präsentkorb haben? Ist ja im Grunde deiner.«

Nathalie verzieht das Gesicht. »Nein danke, ich bin Vegetarierin.«

Normalerweise esse ich Fleisch, aber wenn mir jemand Saumagen anbietet, werde ich auch zur Vegetarierin. Ich stelle den Präsentkorb unauffällig in einen schlecht ausgeleuchteten Winkel des Gangs. Ich kann ja zu unserem Date nicht mit einem Korb voller Saumagen auftauchen, wie peinlich wäre das denn …

Weil Kai immer noch nirgends zu sehen ist, gehe ich mit Nathalie zusammen auf den Parkplatz. Eine Katze streicht um unsere Beine. Nathalie beugt sich runter und streichelt sie.

»Manchmal wüsste ich gerne, was Tiere denken. Du nicht auch?«, fragt sie verträumt.

»Och, geht so«, sage ich. »Ich glaube, das ist eine von den Sachen, die man sich immer viel besser vorstellt, als sie in Wirklichkeit sind …«

Kai fährt auf den Parkplatz, dass der Kies nur so spritzt. »Da kommt mein Date«, sage ich.

»Wow, okay …« Nathalie wirkt beeindruckt, und auch ich kann den Blick kaum abwenden. Er trägt ein leicht zerknittertes, sandfarbenes Leinensakko, was seine gebräunte Haut und seine dunklen Augen besonders schön zur Geltung bringt. Lässig läuft er über den Parkplatz auf uns zu, wirft noch einen Blick auf sein Handy und lässt es mit einer routinierten Handbewegung in die Innentasche seines Sakkos gleiten.

Ich muss zugeben, ich finde seltsame Sachen heiß. Der Anblick eines nackten Mannes tut in den meisten Fällen überhaupt nichts für mich, aber wenn derselbe Mann sich streckt und dabei zwei Zentimeter Haut zwischen Hüftknochen und Bauch entblößt, mit einer gewissen Selbstverständlichkeit etwas in die Tasche steckt oder seinen Gürtel richtet, bin ich plötzlich sehr leicht entflammbar. Er fährt sich gedankenlos mit der Hand durch die Haare, ich muss schlucken und merke, dass Nathalie neben mir gerade dasselbe tut.

»Dann will ich mal nicht weiter stören«, sagt sie. »Hat mich echt gefreut, dich kennenzulernen.« Sie umarmt mich. »Schnapp ihn dir«, flüstert sie mir noch ins Ohr, dann läuft sie zu einem schicken Cabrio.

»Wer war das?«

»Oh, nur eine neue Bekanntschaft«, sage ich und winke Nathalie hinterher. Irgendwie verpasse ich dadurch den Moment, in dem es sich natürlich anfühlen würde, ihn zu umarmen. Auch wenn es mir zu spät einfällt, mache ich es trotzdem, aber die Umarmung gerät genauso hölzern wie der Geruch seines Aftershaves. Außerdem spüre ich zwischen uns Nathalies Namensschild – shit. Ich tue so, als müsste ich was an meinem Schuh richten, nehme das Namensschild ab und lasse es in meiner Tasche verschwinden.

»Du bist ungefähr so unauffällig wie Inga, wenn sie versucht, etwas aus der Süßigkeitenschublade zu mopsen«, sagt er und schaut spöttisch auf mich herunter. »Verrätst du mir, warum du bis eben das Namensschild einer gewissen Nathalie Schreiner getragen hast?«

»Das ist eine sehr lange und sehr langweilige Geschichte«, sage ich.

»Mich interessiert sie aber«, sagt er, bietet mir seinen Arm an und führt mich in das Restaurant.

»Flambierter Hummer!«, rufe ich, um ihn abzulenken. »Nein, wie toll, schau mal!« Ich deute auf einen Tisch, an dem gerade flambiert wird. Auf dem Hummer tanzen hohe Flammen.

»Das sieht ja fantastisch aus, wollen wir das nicht auch probieren?«

»Klar«, sagt er. »Ich finde es schön, wenn du immer sagst, was du willst. Dann muss ich nicht so viel überlegen. Du kannst mir alles sagen, was du dir wünschst!« Und er wirft mir einen vielsagenden Blick zu, bei dem ich direkt eine Gänsehaut bekomme.

Tatsächlich bin ich gar nicht so ein großer Hummer-Fan, es ist eher so, dass ich Meerestiere generell meide, wenn ich es mir aussuchen kann. Aber was soll's, Vergangenheits-Berenice hat sich schon festgelegt, also habe ich keine Wahl mehr.

Jetzt heißt es improvisieren. Lügen ist im Grunde nichts anderes als gutes Impro-Theater, man muss akzeptieren, was bereits da ist, und auf der Grundlage weitermachen.

»Kann ich Ihnen schon etwas zu trinken bringen?«

»Einen doppelten Gin Tonic«, sage ich. Kai zieht die Augenbrauen hoch, aber irgendwie muss ich den Hummer ja runterspülen.

»Oh, da kann ich Ihnen etwas ganz Besonderes empfehlen«, sagt der Kellner. »Wir haben nämlich einen sogenannten Lobster Gin, das ist ein handwerklich hergestellter Gin, in den man Hummerscheren eingelegt hat, um ihn zu aromatisieren. Möchten Sie den ausprobieren?«

»Um Gottes willen, bloß nicht«, entfährt es mir. »Äh, nein, lieben Dank.«

Kai gibt ein schnorchelndes Geräusch von sich, fängt sich aber schnell wieder und bestellt ein Bier.

Normalerweise denke ich nicht lange nach, was ich bei einem Date sagen könnte, sondern rede einfach drauflos, aber heute bin ich so darauf bedacht, einen guten Eindruck zu machen, dass mir die Worte fehlen.

»Meine Wange ist schon besser geworden«, sage ich schließlich.

»Ja, Irma hat mir erzählt, dass sie dir netterweise eine Salbe gegeben hat. Und dass ihr eine Diskussion hattet. Hast du sie wirklich ›hohle Frucht‹ genannt?« Er runzelt die Stirn, und ich merke, wie ich rot werde. Was fällt Irma ein, dass sie erst mal zu ihm petzen geht?! Was haben die beiden überhaupt miteinander über mich zu reden?

Die Getränke kommen, und ich greife erleichtert zu. Wir stoßen an, und ich habe gerade erst einen großen Schluck genommen, als ich am anderen Ende des Restaurants die Gräfin und den Moderator sehe. Schnell stelle ich mein Glas ab und ducke mich unter den Tisch, damit sie mich nicht sehen.

»Alles in Ordnung?«

»Jaja, ich wollte nur kurz gucken, ob es unter dem Tisch auch ordentlich sauber ist … mein Vater hat immer gesagt, in einem Lokal, wo sie unter den Tischen nicht putzen, darfst du niemals Hummer essen, mein Mädchen. Aber alles bestens in Ordnung! Oder ›*shrimply the best*‹, wie man so schön sagt, haha!«

Er schaut mich unverwandt an. Bis jetzt scheint dieses

Date nicht sonderlich gut für mich zu laufen, aber ich gebe die Hoffnung nicht auf.

»Das Sakko steht dir gut«, sage ich.

»Das hat meine Ex-Frau ausgesucht. Wird nur zu hohen Feiertagen ausgepackt!«

»Aber es ist doch mitten im Sommer …«

Er zwinkert mir zu. »Ist unser Date kein besonderer Anlass für dich?!«

»Oh. Doch!« So langsam muss er echt denken, ich wäre schwer von Begriff. Aber es ist verdammt stressig, dem Gespräch folgen zu wollen und gleichzeitig die Frau Gräfin und ihren Zeremonienmeister im Auge zu behalten, die gerade noch mit dem Rücken zu uns an der Theke stehen und irgendwas diskutieren, aber jeden Moment wieder zu uns schauen könnten.

Die beiden drehen sich um, und ich tauche in einer geschmeidigen Bewegung wieder unter den Tisch.

»Alles in Ordnung?«, fragt der Kellner, der sich mit einem Servierwagen mit dem Hummer nähert.

»Klar«, sagt Kai. »Meine Begleiterin hat ihre ganz eigenen Rituale, wenn es um den Verzehr von Schalentieren geht. Sie muss kurz den Boden berühren und um Vergebung bitten, aber ich bin sicher, sie ist gleich so weit. *Sie ist sehr streng gläubig«*, flüstert er.

»Oh«, der Kellner klingt verwirrt. »Den Boden berühren?! Ich kenne Angehörige von den unterschiedlichsten Religionen, aber so etwas habe ich noch nie gehört.«

Kai räuspert sich. »Ehrlich gesagt ist es eher so was wie

eine Sekte«, wispert er und scheint allmählich Gefallen daran zu finden.

»Sie ernährt sich normalerweise nur von Früchten, Wurzeln und Samen. Und alles muss in einer vollautomatischen Küchenmaschine zubereitet werden!«

»Wieso das denn?«, fragt der Kellner.

»Nun ja, es ist nicht nur eine Sekte, sondern gleichzeitig auch ein Pyramidensystem. Möchten Sie eine Küchenmaschine mit zehn Prozent Rabatt kaufen? Sie hat das ganze Auto voll mit den Dingern.«

»Nein danke. Also, dieser Hummer …« – der Kellner windet sich und möchte das Thema wechseln, aber Kai kommt jetzt erst richtig in Fahrt. »Haben Sie ihre schönen Haare gesehen? Eine Perücke! Die Frauen rasieren sich die Haare ab – alle Haare, möchte ich betonen – und beten und fasten. Dafür dürfen sie ein Mal im Monat eine kleine Sünde begehen, zum Beispiel Hummer essen und einen Ungläubigen verführen. Und heute … *heute ist ihr Tag!*«

Hochrot tauche ich wieder auf. Ich kann nur hoffen, dass die Gräfin und ihr Begleiter inzwischen wieder in den Sitzungssaal zurückgekehrt sind, aber selbst wenn nicht, ist es mir allmählich fast egal, ich kann mir das nicht länger anhören.

Der Kellner hat ebenfalls leicht gerötete Wangen und mustert mich mit scheuen Blicken. Stotternd erklärt er uns die einzelnen Arbeitsschritte zum Flambieren des Hummers, übergießt ihn und zündet ihn an. Die Flammen züngeln fast bis zur niedrigen Decke des Restaurants, und etliche Gäste wenden uns ihre neugierigen Blicke zu. Leider ist auch die

Gräfin aufmerksam geworden und kommt auf unseren Tisch zu.

Ich will noch mal unter den Tisch tauchen, aber Kai hält mich fest. »Na, jetzt bleib mal hier, sonst verpasst du noch das ganze Spektakel!«

»Eine ganz fantastische Rede haben Sie gehalten«, sagt die Gräfin. Ich nicke scheu, murmele ein »Danke« und starre konzentriert auf die Flammen.

»Und wie stark und mutig Sie über Ihre Grenzen gehen! Das hier«, sie deutet auf den brennenden Hummer, »das ist doch nach allem, was Sie durchgemacht haben, sicher nicht leicht zu ertragen!«

»Oh, ich hab ja Unterstützung«, sage ich und deute vage in Kais Richtung, während ich der Gräfin telepathisch zu sagen versuche: SIEHST DU NICHT, ICH BIN HIER NICHT ALLEINE! LASS MICH IN RUHE, ICH HABE JETZT EIN DATE MIT DIESEM LECKERCHEN!

Aber sie scheint den Wink mit dem Zaunpfahl nicht zu verstehen. »Ach, das ist ja spannend, ist das Ihr Therapeut?«, fragt sie mit glänzenden Augen.

»So was Ähnliches«, sagt Kai, der seinen eigenen Anspruch an Faktizität für heute Abend offensichtlich aufgegeben hat.

»Was für eine fantastische Aufgabe Sie haben – das muss doch ein erhebendes Gefühl sein, solche Menschen auf ihrem Weg zurück ins normale Leben zu begleiten!«

»Ich finde ja nicht, dass man den Leuten das wegtherapieren sollte«, sagt der Kellner. »Das ist doch keine Krankheit!«

Die Gräfin sieht den Kellner fragend und pikiert an, und

er gibt ihr einen ebensolchen Blick zurück. Kai schaut halb amüsiert, halb verwirrt von einem zum anderen. Und dann passiert alles wie in Zeitlupe.

Der Moderator löst sich ebenfalls von der Bar und kommt auf unseren Tisch zu. Weil er zu weit am Rand des Ganges läuft, liegt der Präsentkorb genau in seinem Weg. Er stolpert über den Korb, taumelt mit schreckgeweiteten Augen auf uns zu und stößt gegen den Flambierwagen. Die Platte mit dem Hummer rutscht vom Wagen und fällt auf den Teppich, der umgehend anfängt zu brennen. Ohne nachzudenken, schütte ich meinen Gin auf das Feuer, das daraufhin noch stärker auflodert.

Kai steht mit einer fließenden Bewegung auf, zieht sein Sakko aus und fängt an, damit die Flammen auszuschlagen. »Bravo, bravo – fantastisch!«, ruft die Gräfin. Sie scheint heute alles fantastisch zu finden.

»Tut mir leid wegen deines Sakkos«, sage ich zu Kai.

»Nicht so schlimm. Tut mir leid wegen deines Saumagens«, sagt er und fängt an zu lachen. »Warum hattest du überhaupt Saumagen dabei? Der Kellner war ganz schön verwirrt darüber, dass eine strikt vegan lebende Sektenangehörige mit einem Korb voller Saumagen durch die Gegend läuft.«

»Das ist aber nicht meine Schuld«, verteidige ich mich.

Wir sitzen auf meiner Terrasse, essen Hamburger und genießen die sternenklare Sommernacht. Nachdem wir fast das Restaurant abgefackelt hätten, haben wir uns für einen Locationwechsel entschieden. Der Kellner, die Gräfin und der

Moderator haben uns unter tausend Entschuldigungen zum Ausgang geleitet.

»Scheiße«, hat Kai gesagt, sobald die Tür hinter uns zugefallen ist. »*McDonald's*?«

Ich habe genickt und bin ihm in meinem Auto hinterhergefahren. *McDonald's* war ganz sicher nicht auf der Liste der Dinge gewesen, die ich mir für dieses Date vorgestellt hatte, aber alles war besser als Hummer und noch mehr Lügen.

»Vielleicht verstehe ich dich jetzt ein bisschen besser«, sagt Kai friedlich und saugt an seinem Milchshake. »Es hat sich schon irgendwie cool angefühlt. Wie ein Spiel, das nur wir beide durchschauen. Als wäre man schlauer als alle anderen.«

Ich nicke.

»Und ab einem bestimmten Punkt hatte ich das Gefühl, ich will es gar nicht mehr auflösen. Es war auch irgendwie spannend, zu beobachten, wie sich die Geschichte weiterentwickelt.«

»War das etwa das allererste Mal, dass du gelogen hast? Oder warum beschäftigt dich das so?«, frage ich und dippe mit meinem Pommes in das Softeis.

Er schüttelt den Kopf. »Ich hab schon mal gelogen … als Kind, ich muss so ungefähr fünf oder sechs Jahre alt gewesen sein. Wir hatten einen kleinen Rauhaardackel, Rudolf. Meine Eltern haben mir unzählige Male eingeschärft, dass ich Rudolf in Ruhe lassen und mich nicht zu ihm ins Körbchen legen darf, weil das sein Revier ist. Daran habe ich mich auch immer gehalten. Aber eines Tages habe ich mit meiner kleinen Schwester in dem Raum, in dem Rudolfs Körbchen stand, Fangen gespielt, und sie ist gestolpert und in das Körbchen gestürzt, wo Rudolf gerade schlief. Der Hund hat sich erschreckt und hat sie ins Gesicht gebissen. Ich kam mir so dumm vor, weil ich nicht besser aufgepasst hatte, ich konnte das meinen Eltern nicht sagen.«

»Eigentlich hätten aber deine Eltern auf euch alle drei aufpassen müssen. In dem Alter kannst du doch noch nicht auf ein kleineres Kind und einen Hund aufpassen.«

»Mag sein, aber das wusste ich damals nicht. Ich habe mich schuldig gefühlt, und dann habe ich gelogen und gesagt, wir hätten ganz ruhig auf dem Fußboden gesessen und ein Bilderbuch angeguckt und Rudi wäre einfach gekommen und hätte Klara ins Gesicht gebissen. Der Hund wurde daraufhin eingeschläfert. Armer Rudolf. Das hatte er nicht verdient …«

»Wie furchtbar. Und du konntest mit niemandem darüber reden?«

»Meine Schwester war noch klein und beeinflussbar, sie hat meine Geschichte geglaubt. Leider hat sie bis heute Angst vor Hunden. Vielleicht sollte ich ihr beichten, was wirklich passiert ist …«

Ich schüttele den Kopf. »Es ist manchmal besser, wenn man die Wahrheit nie herausfindet«, sage ich.

»Denkst du das wirklich?«

Ich nicke.

»Aber eine Beziehung, die auf einer Lüge aufbaut, ist doch nichts Echtes«, sagt er. »Ich finde, wenn man sich die Wahrheit sagt, kann man ganz anders miteinander in Verbindung treten.«

»Das ist leider nicht meine Erfahrung«, sage ich. Ich denke an die Beerdigung, die eisige Stimmung, die fremde Frau, die mit kurzen, eckigen Bewegungen nach vorne gegangen ist und ihren Kranz abgelegt hat, und an meine Mutter, die mit maskenhaft erstarrten Gesichtszügen den Tag durchgestanden hat, nur um dann später im Auto zusammenzubrechen und ihren Kopf immer wieder auf das Lenkrad zu schlagen. »Dieses Arschloch«, schluchzte sie, »ich weiß gar nicht, wen wir da überhaupt begraben haben«, und das war der Moment, in dem ich mir wünschte, wir hätten die Wahrheit zusammen mit meinem Vater begraben können. Ich schüttele mich. Kai, der anscheinend denkt, ich würde frieren, legt mir sein halb verkohltes Sakko um die Schultern. Der eine Ärmel fällt ab, und wir müssen beide lachen. Was soll's, denke ich, beuge mich vor und küsse ihn heftig. Er schmeckt nach Chicken McNuggets.

Alvin räuspert sich. »Nicht böse gemeint, aber wenn du's neulich gemacht hättest, wie ich vorgeschlagen habe – das wär schon bisschen romantischer gewesen als jetzt!«

Da hat er recht. Es wäre aber auch weniger spontan gewesen. Und weniger nahrhaft.

»Kannst du mir bitte was versprechen?« Kai nimmt meine Hand, die klebrig von Pommesfett und Salz ist. »Kannst du mir versprechen, dass du mir immer die Wahrheit sagst? Das ist ganz wichtig für mich.«

Ich habe plötzlich einen Kloß im Hals. »Aber was ist, wenn die Wahrheit dir nicht gefällt?«

Er lacht. »Hör mal, ich stecke ungefähr dreimal täglich bis

zur Schulter in irgendeinem Pferd, ich muss wahrscheinlich bald ein Fohlen großziehen, das von deinem unmöglichen Shetty gezeugt wurde, und mein schönstes Sakko ist heute in Flammen aufgegangen. Denkst du wirklich, dass es irgendetwas gibt, was mich noch erschüttern könnte?«

»Ich bin wirklich erschüttert!«, schimpft Kai. Mir fällt fast das Handy aus der Hand, so erschrocken bin ich über seinen Ausbruch. Ich düse mit hundertdreißig km/h über die Landstraße und muss aufpassen, dass ich nicht ins Schlingern komme.

»Du hast mir gestern Nacht versprochen, dass du mich nie wieder belügen wirst. Du weißt, wie wichtig mir das ist. Und gleich als Nächstes lügst du mich an? Was stimmt denn nicht mit dir?!«

Verwirrt blinzele ich in die Morgensonne. Meine Gedanken rasen, und ich gehe vorsichtshalber noch mal alle Sätze durch, die ich seitdem gesagt habe, und überlege, ob irgendwas davon eine Lüge gewesen sein könnte, aber mir fällt nichts ein. Letzte Nacht habe ich ziemlich häufig gesagt »du bist so toll«, »ja, oh ja, das gefällt mir«, und das war vielleicht irgendwann redundant, aber sicher keine Lüge. Und heute Morgen habe ich ihm noch einen Kaffee gemacht und mich dann eilig verabschiedet, weil ich zu einem Termin muss – auch das stimmt.

»Du kannst mir auch einfach sagen, dass du so schnell

wie möglich von mir wegwillst«, sagt er beleidigt. »Stattdessen sehe ich dich in trauter Zweisamkeit in einem Café beim Frühstück sitzen. Mit einem anderen Mann! Versteh mich nicht falsch, wir haben nie gesagt, dass wir keine anderen Leute treffen wollen, und ich halte da auch gar nicht so wahnsinnig viel von. Du kannst machen, was du willst. Aber das Lügen, das ärgert mich!«

»Ich war nicht frühstücken …« sage ich hilflos, aber er hat schon aufgelegt.

Die Frau, die mir entgegenkommt, drückt mir energisch die Hand und fängt an, in einem langatmigen Redeschwall ihre Geschichte und die ihres Pferdes zu erzählen. Es dauert ein bisschen, bis ich verstehe, dass sie und ihre Stute heute überhaupt nicht meine Patienten sind. Sie hat mich gerufen, um das Pony ihrer Einstellerin zu behandeln, einer blassen jungen Frau, die mit dem Pony am Strick unter einem Baum steht. »So, wen haben wir denn da?«, frage ich und wende mich der jungen Frau und ihrem Pony zu. Sofort fängt die Stallbesitzerin an zu erzählen. Das Pony habe Schmerzen, ist sie sich sicher; das sei aber auch kein Wunder, weil die Besitzerin – an dieser Stelle wirft sie der jungen Frau einen strafenden Blick zu – so ungefähr alles falsch machen würde, was man falsch machen kann. »Auf mich hört sie ja nicht, vielleicht muss sie es dann mal von dem Pony selber hören«, sagt sie überzeugt.

Ich schaue das Pony an. Tatsächlich hat es die Augen schmerzerfüllt verzogen und zieht die Flanken ein. Vielleicht hat es Magenschmerzen. Die junge Frau sieht ebenfalls aus, als hätte sie Magenschmerzen. Und ich selber bin zwar noch keine Viertelstunde hier, aber so richtig gut fühle ich mich auch nicht … Die Stallbesitzerin textet uns fast ohne Unterlass zu, unterbrochen nur von ab und zu eingestreuten Aufschreien, wenn sie eines ihrer eigenen Pferde maßregelt, meist wegen völlig normalen, pferdetypischen Verhaltensweisen. Sie hat sich einen Klappstuhl geholt und sitzt gefühlt zwanzig Zentimeter vom Kopf meines kleinen Patienten entfernt. Ich habe keine Chance, mit der Besitzerin ein ungestörtes Wort zu wechseln.

»Ja, also ich denke, wir bräuchten erst mal eine ruhige Umgebung«, sage ich und will das Pony zu der geräumigen Liegehalle führen.

Da habe ich aber die Rechnung ohne den Wirt gemacht! In die Liegehalle dürfen wir nicht gehen, denn dann würden die Haare des Ponys bis in die Heuraufe fliegen. Zweifelnd schaue ich das Pony an, das komplett im Sommerfell steht, sage aber nichts. Die Besitzerin beißt sich auf die Lippe und sagt ebenfalls nichts.

»Dann vielleicht da ins Weidezelt?«, versuche ich es. Doch nein! Auch das ist nicht möglich. Denn wenn wir ins Weidezelt gehen, können die anderen Pferde nicht ins Weidezelt, und das wäre rücksichtslos.

Die anderen Pferde stehen zufrieden im Schatten und dösen, aber darum geht es hier gar nicht, das merke ich. Es geht darum, dass das Pony und seine Besitzerin überall im Weg sind und alles falsch machen, egal, was sie tun.

Pferde sind Herdentiere, sie brauchen Artgenossen – aber nicht jeder Mensch kann oder will mehrere Pferde halten.

Das führt zu der kuriosen Situation, dass Menschen sich in Gruppen zusammenfinden müssen, um ihre Pferde zusammen zu halten. Auch Menschen, die ganz und gar keine Herdentiere sind …

Manchmal nehmen Leute jemanden als Einsteller auf, um ihre Finanzen aufzubessern. Alles wird teurer, die letzte Heuernte ist sehr schlecht ausgefallen, und die Spritpreise steigen, da ist es kein Wunder, dass ein paar Hundert Euro mehr im Monat auf einmal verlockend genug erscheinen, um den eigenen Stall für Fremde zu öffnen. Das böse Erwachen folgt, wenn diese Fremden plötzlich nicht nur Geld, sondern auch Arbeit und Probleme mitbringen – und die Frechheit besitzen, den Stall und seine Annehmlichkeiten wirklich nutzen zu wollen.

Ich schicke die Stallbesitzerin ein Glas Wasser holen, anders weiß ich sie gerade nicht loszuwerden. Als sich ihre Schritte entfernen, scheint eine Last von der jungen Frau abzufallen. Auch ihr Pony wirkt jetzt entspannter.

Ich schaue sie nicht direkt an. »Auf Gut Erlengrund gibt es gerade freie Plätze in zwei Paddockgruppen«, sage ich leise, während ich das Pony abtaste. »Vierhundert Euro für Vollpension, mit Reithalle und allem Schnickschnack.« Aus dem Augenwinkel sehe ich, wie die junge Frau erstarrt. Sie sagt nichts, aber ich bin sicher, sie hat mich gehört. Wahrscheinlich weiß sie nicht, wie sie reagieren soll.

»Kennen Sie das Buch von Bent Branderup?«, frage ich. »Da sagt er: ›Sie können nicht erwarten, dass Sie Ihrem Pferd Lebensqualität bieten können, wenn Sie selbst keine haben.‹

Und Ihr Pferd würde das wahrscheinlich auch sagen. Wenn es reden könnte.« Ich zwinkere ihr zu.

Die Stallbesitzerin kommt mit dem Wasser wieder zurück und setzt sich auf ihren Platz dicht neben dem Kopf des Ponys. »Was habe ich verpasst?«, fragt sie gierig. »Was sagt er so?«

»Puh, also das fällt mir jetzt schwer, das zu sagen«, sage ich. In Wahrheit fällt es mir überhaupt nicht schwer, im Gegenteil. Es gibt wenig, was mir mehr Freude bereitet, als solchen Leuten mal so richtig deftig die Wahrheit aufs Brot zu schmieren. »Er sagt, dass es mit Ihnen leider sehr anstrengend ist. Ihre Stimme macht ihm Bauchschmerzen, und Sie kommen ihm ständig zu nah. Er wünscht sich mehr ungestörte Zeit mit seiner Besitzerin. Ja, und besseres Heu wäre toll.«

Das mit dem Heu ist geraten, ich kann die Heuqualität genau genommen nicht beurteilen; aber ich habe gesehen, dass es hier keine gute Möglichkeit gibt, Heu zu lagern – und außerdem weiß ich, dass es kaum etwas Verletzenderes gibt, als jemandes Heu zu kritisieren.

Die Stallbesitzerin verwendet verschiedene wenig schmeichelhafte Synonyme für »Pferd« und lässt sich darüber aus, wie undankbar das Tier sei und was sie ihm schon alles Gutes getan habe; dann zieht sie beleidigt von dannen. Die junge Frau steht mit eingezogenen Schultern da, aber ich merke, dass sie sich ein Lachen verkneifen muss.

»Sorry, das musste mal sein«, sage ich.

»Was bekommen Sie für die … Beratung?!«

»Geht aufs Haus«, winke ich ab. »Wenn ich ehrlich bin, hat

er überhaupt nichts gesagt. Schauen Sie sich den Hof doch mal an, es ist wirklich schön da.«

Im Auto will ich Kai anrufen und ihm von meinem Termin erzählen. Vielleicht kennt er den Hof ja, und dann wird er mir hoffentlich glauben, dass ich wirklich beruflich unterwegs bin und nicht mit einem mysteriösen Mann frühstücken war. Doch mein Handy klingelt schon wieder, und der nächste Auftrag ist eilig, deswegen mache ich mich direkt auf den Weg.

Als ich zu meinem nächsten Patienten komme – einem Pferd, das sich weigert, in den Hänger zu steigen, wie die Besitzerin mir atemlos verkündet hat, in einem Tonfall, als sei das das unerwartetste Problem der Welt –, ist weit und breit kein Pferd zu sehen.

»Wo ist denn der Patient?«, frage ich. Die Besitzerin deutet auf einen hellbraunen Punkt in Horizontnähe. Ein kleines Männchen mit hängenden Schultern zieht ab und zu kraftlos am Strick, ohne damit irgendetwas zu bewirken. »Sie weigert sich, näher ranzukommen«, sagt die Besitzerin. »Ich hab sie meinem Mann in die Hand gedrückt, um Sie anzurufen, und sie hat ihn immer weiter von mir weggezogen. Zuerst dachte ich noch, das ist ganz gut, wenn sie mal ein bisschen Abstand von der Situation hat und dahinten grasen und sich etwas beruhigen kann, aber jetzt bekommen wir sie nicht mal mehr in die Nähe des Hängers!«

Ich runzele die Stirn. Manchmal rufen die Leute mich an, obwohl sie eigentlich mit regelmäßigen Stunden bei einem guten Trainer besser beraten wären. Und manchmal kann ich ihnen nach ein paar Sitzungen, wenn ich ihr Vertrauen gewonnen habe, tatsächlich den Floh ins Ohr setzen, sich professionelle Unterstützung zu holen.

»Haben Sie mal überlegt, das Verladen langsam aufzubauen, mit positiver Verstärkung? Ich kann Ihnen einige gute Trainer empfehlen!«, frage ich vorsichtig.

Die Frau schüttelt den Kopf. »Wir müssen Läid Matschatto heute noch verladen. Sie muss einen speziellen Hufbeschlag bekommen, und der Schmied kommt nicht hierher auf den Hof. Ich hab so lange gebraucht, um bei dem überhaupt einen Termin zu bekommen, jetzt will ich die Gelegenheit nicht verstreichen lassen!«

»Okay, dann kriegen wir das irgendwie hin, dass sie einsteigt. Ich muss aber einen ... einen Assistenten anrufen, und es kostet noch mal hundertfünfzig Euro extra, weil wir es zu zweit machen.«

Die Besitzerin schluckt, aber dann nickt sie. »In Ordnung.«

»Und es wäre besser, wenn Sie und Ihr Mann sich komplett außer Sichtweite begeben. Das Pferd ... wird sonst Ihnen gegenüber ein schlechtes Gewissen haben, wenn es für mich in den Hänger einsteigt, nachdem es Ihnen diesen Gefallen verweigert hat!«

»Oh, okay ...?!«

Wenig später lehne ich am Heulager und rauche eine Zigarette, während Karl Ferdinand Lackmann das Pferd verlädt. Man kann über Lackmann sagen, was man will, aber er kriegt am Ende jedes Pferd auf den Hänger. Es dauert vielleicht manchmal etwas länger, aber bei ihm steigen sie alle ein. Er hat eine Engelsgeduld, er nimmt es nicht persönlich, wenn ein Pferd nicht sofort mitmacht, und er strahlt eine unglaubliche Ruhe aus.

Gerade krault er der Stute, die schon mit den Vorderhufen auf der Rampe steht, die Ohren, und sie senkt den Kopf und schnaubt ab.

»Wenn es in der nächsten halben Stunde klappt, wäre das super, weil sie wohl in einer Stunde einen Termin beim Schmied hat«, sage ich mit Blick auf die Uhr.

»Immer mit der Ruhe«, knurrt Lackmann. »Pass du mal lieber auf, dass du nicht das Heu in Brand setzt mit deinem Gequalme!«

Lackmann und ich haben einen Deal: Bei jedem Neukunden, den ich ihm ranschaffe, machen wir halbe-halbe. Dass ich zusätzlich noch die Preise für die Besitzer je nach geschätzter finanzieller Lage um hundertfünfzig bis dreihundert Euro erhöhe, muss er ja nicht wissen. Immerhin profitiert er auch langfristig, denn bei unserer Verabschiedung wird er der Frau seinen Flyer in die Hand drücken, und ich werde ihr sagen, dass kommunikativ jetzt alles mit dem Pferd geklärt ist und sie bei künftigen Problemen doch bitte einfach Lackmann anrufen soll.

Ich selbst habe nämlich überhaupt keinen Bock auf solche Termine. Früher dachte ich, ich wäre gut im Verladen – aber wie sich inzwischen herausgestellt hat, habe ich einfach nur zwei lammfromme Pferde, die sich selbst von meiner Ungeschicklichkeit nicht davon abhalten lassen, in den Anhänger zu steigen.

Auch dieses Mal schafft Lackmann es, und die Stute steht ruhig auf dem Hänger. Ich gehe die Besitzer holen.

»Woran lag es denn?«, fragt die Frau neugierig.

Mist, ich habe mir gar nichts ausgedacht. »Ich musste eine Blockade lösen …«, hm, das klingt irgendwie zu unspektakulär, » … in der mütterlichen Ahnenreihe«, füge ich schnell hinzu, für die Extraportion Schwurbel.

Die Frau wird ganz blass. »Könnte es was damit zu tun haben, dass sie … per Embryotransfer gezogen wurde?«

»Na, das ist es doch schon«, sage ich. »Das spüren die, ganz sicher!«

Ich kenne mich überhaupt nicht mit Embryotransfer aus und müsste wirklich noch mal googeln, wie das überhaupt funktioniert, aber lieber mal ein paar markige Thesen in den Raum gesetzt als gar nichts gesagt.

Lackmann läuft mir bis zum Auto nach. »Das hat ja mal wieder super geklappt, danke dir«, sage ich und gebe ihm ein High Five. Er schließt seine Finger um meine Hand und zieht mich spielerisch zu sich heran. »Irgendwas ist heute anders an dir«, sagt er. »Warte …«, er mustert mich eindringlich. »Du hattest Sex, oder? Ist es das?«

Gegen meinen Willen muss ich kichern. »Das hat damit überhaupt nichts zu tun«, sage ich. »Es ist einfach ein schöner Tag, die Sonne scheint …«

»Oh nein«, sagt er. »Du hast eine ganz andere Ausstrahlung als sonst, ich habe es schon von Weitem gesehen.«

Oh Mann, wie peinlich. Wie unzufrieden und bedürftig muss ich denn sonst rüberkommen, wenn man es mir auf zehn Meter ansieht, dass ich mal eine heiße Nacht gehabt habe …

Lackmann lacht. »Es steht dir, glücklich zu sein. Freut mich für dich, auch wenn ich natürlich auf einer persönlichen Ebene enttäuscht bin. Martha hat auch einen neuen Freund, hab ich letztens gesehen. Allmählich muss ich wohl meine Hoffnungen begraben, wenigstens eine von euch abzuschleppen …«

Ich bin unangenehm berührt, dass er meine Halbschwester erwähnt, lasse mir aber nichts anmerken und lache. »Weißt du, ich hätte dir vielleicht sogar eine Chance gegeben, wenn es nicht so offensichtlich gewesen wäre, dass es gar nicht wirklich um mich geht. Du stehst einfach nur auf Rothaarige, mehr nicht!«

Dann trifft es mich plötzlich wie der Blitz. Kai ist sich deswegen so sicher, weil er mich gesehen hat. Aus seiner Sicht zumindest. Für ihn kann es ja gar keine andere Erklärung geben, als dass ich ihn angelogen habe und mich mit einem anderen Mann getroffen habe. Aber ich weiß, dass es auch noch eine andere Erklärung gibt.

Ich war nichts Besonderes. Jahrelang hatte ich gedacht, dass ich seine Einzige war. Papas kleine Nies. Seine einzige Tochter. Seine Prinzessin. Aber er hatte die ganze Zeit zwei andere Kinder, eins davon ein Mädchen. Auf Fotos lächelt sie mich an, mit dem gleichen Lächeln, das ich auch von ihm geerbt habe. Sie hat die gleiche Statur, ihre Haare haben den gleichen Farbton wie meine, und es würde mich überhaupt nicht wundern, wenn sie auch ein ganz besonderes Korktäschchen zu Hause hätte, das man so nicht im Laden kaufen kann. Ich habe nie gefragt.

Wir haben uns seit der Beerdigung nur noch ein Mal kurz gesehen, auf einem Weinfest saßen die Gruppen, mit denen wir unterwegs waren, zusammen am Tisch. Weil es komisch gewesen wäre, gar nichts zu sagen, haben wir miteinander gesprochen. Aber es war leeres Gerede, und es diente nur dazu, zu demonstrieren, dass man nicht böse aufeinander war. Dass ich wusste, dass sie nichts dafürkonnte. Dass ich ihr ihre Existenz nicht übel nahm. Was natürlich der Gipfel der Heuchelei war, denn in mir brodelte es. Ich wünschte, sie wäre nie geboren worden. Und ich bin sicher, dass sie es spürte, in jeder meiner genau abgezirkelten, mühsam beherrschten Gesten.

»Lass uns doch in Kontakt bleiben«, sagte sie und gab mir ihre Nummer.

Als wir auseinandergingen, berührte sie mich leicht am Arm. »Dann mach's mal gut«, sagte sie, und es gibt mir bis heute ein unbehagliches Gefühl, wie viel Wärme und Mitgefühl in ihrer Stimme lag.

Ich rief sie nie an. Natürlich nicht.

Mit zitternden Fingern wähle ich Kais Nummer. »Du hast nicht mich gesehen, sondern eine andere Frau, die mir sehr ähnlich sieht«, sage ich sofort, als er drangeht.

»Berenice, so langsam wird es lächerlich«, sagt er. »Gib es doch einfach zu. Die Frau sah genauso aus wie du, sie hat sich genauso bewegt wie du, und sie hatte sogar genau dieselbe rotbraune Korktasche, die du auch ständig mit dir herumschleppst. Oder hat deine Tasche auch eine Doppelgängerin?«

Er legt wieder auf.

Entmutigt werfe ich das Handy auf den Beifahrersitz. Das ist wirklich blöd, dass Martha auch noch mit derselben Tasche durch die Gegend läuft. Natürlich scheint es ihre Identität zu bestätigen und sorgt für Verwirrung, wenn ein Merkmal, das eigentlich einzigartig ist, von jemand anderem getragen wird. Und da trifft mich zum zweiten Mal an diesem Tag eine Erkenntnis.

So schnell es auf den kurvigen Straßen möglich ist, fahre ich heim. Zu Hause angekommen, stürme ich aufgeregt in die Liegehalle. »Sie hat gelogen! Rennbrandts Besitzerin hat gelogen! Sie hängt in der ganzen Sache mit drin! Ich weiß nicht, warum, aber sie müssen den Mikrochip ausgetauscht haben!«

»Das war doch die ganze Zeit klar?«, sagt Alvin.

»Mir nicht!«

Alvin seufzt. »Es ist vollkommen logisch, dass sie gelogen haben muss. Welchem Pferdebesitzer würde es denn nicht auffallen, wenn sein Tier durch einen Doppelgänger ersetzt wird. Aber davon mal abgesehen, sieht man es doch an der Art, wie sie ihre Gesichtsmuskulatur anspannt. Und wie ihr

Atem stockt. Sogar ihr Herzschlag verändert sich, wenn sie von Rennbrandt redet!«

»Ist mir nicht aufgefallen. Sorry, aber ich hab keine Antennen für so was wie die Herzfrequenz anderer Menschen. Und ihre Argumente erschienen mir erst mal plausibler als die eines Ponys!«

Alvin seufzt noch einmal. »Manchmal seid ihr Menschen solche Trottel!«

»Und nun?« Ich schiele zu Alvin hinüber. »Im Grunde bin ich jetzt auch nicht weiter, als ich gewesen wäre, wenn ich dir von Anfang an geglaubt hätte.«

»Schön, dass du es selber merkst«, sagt er säuerlich.

Ich seufze. »Ich verstehe das alles nicht, warum macht man so was? Wieso hat sie mich beauftragt, wenn sie mir ohnehin nicht die Wahrheit sagt? Und wo ist Rennbrandt?«

Mir fällt etwas ein. Ich laufe zur Terrasse, hole meine Handtasche und krame nach der Visitenkarte, die Nathalie mir gegeben hat.

»Es geht um ein Rennpferd. Es heißt Rennbrandt.«

Nathalie atmet hörbar aus, und ich kann ihr Augenrollen sogar durch das Telefon spüren.

»Okay. Was soll ich denn für dich nachgucken?«

»Ehrlich gesagt weiß ich das gar nicht so genau«, sage ich. »Das Pferd wurde gegen einen Doppelgänger ausgetauscht, und die Besitzerin hängt vermutlich in der Sache mit drin. Sie hat einem anderen Pferd Rennbrandts Mikrochip einpflanzen lassen und es unter seinem Namen bei Galopprennen starten lassen. Ich muss wissen, wann und warum das passiert ist und wo der echte Rennbrandt jetzt ist. Er … er wird hier vermisst«, sage ich mit Blick auf Alvin, und meine Stimme ist plötzlich kratzig.

»Aber das wär dann alles, ja?! Ich wusste immer, dass ihr Pferdeleute alle ein bisschen verrückt seid«, sagt Nathalie. »Na, meinetwegen, ich gucke. Wenn sich etwas in der Welt verändert, gibt es meistens irgendwelche Hinweise dafür in den Zahlen. Wir schauen nur meistens nicht genau genug hin.«

Ich nehme Nathalie das Versprechen ab, sich so bald wie möglich bei mir zu melden, und schicke ihr noch die E-Mail-Adresse von Rennbrandts Besitzerin Frau Papenberg.

»Jetzt heißt es abwarten«, sage ich zu Alvin.

»Zum Glück kannst du das so gut«, sagt er finster.

»Jetzt hör aber mal auf! Es tut mir leid, dass ich so viel Zeit verplempert habe. Ich hatte aber auch … private Dinge … zu klären.« Ich denke an die letzte Nacht und bekomme sofort eine Gänsehaut.

»Ich wünschte wirklich, ich könnte mit Pferden reden. Dann würde ich den falschen Rennbrandt einfach mal ausquetschen, wo er herkommt und seit wann er da ist und ob er irgendwas beobachtet hat.«

Alvin schüttelt den Kopf. »Das kann man vergessen. Ich hab versucht, mit ihm zu reden, aber der Typ ist total hohl. Das Einzige, was er erzählt, ist, dass er mit ein paar Ponys im Wald war und dass es puff gemacht hat.«

»Puff?!«

»Kennst du diese Pilze, die aufplatzen, wenn man drauftritt? Vielleicht meint er so was.«

»Ah, Stäublinge … ja, das kann sein.«

»Wie dem auch sei, man kann mit dem kein vernünftiges Gespräch führen.«

»Hm, schade. Trotzdem würde ich mir manchmal wünschen, dass ich mit Pferden sprechen könnte.«

Alvin legt den Kopf schief. »Reiche ich dir etwa nicht?«

»Oh doch«, ich muss lachen. »Aber manchmal denke ich, es wäre schön, das wirklich zu können. Nicht mehr lügen zu müssen …«

»Na ja, wenn's dich soooo sehr belastet, könntest du halt auch einfach zu der Frau gehen, die das in echt kann«, sagt Alvin und wendet sich wieder seinem Heu zu.

»Die WAS in echt kann?!«

»Pferdisch!« Als er meinen erstaunten Blick sieht, sagt er: »Die Frau, die manchmal was mit Bootycall macht, spricht unsere Sprache. Ich war auch überrascht. Aber als ich einmal mit Booty auf der Koppel stand, kam sie zu uns und hat auf Pferdisch gesagt, dass sie versteht, dass wir gerne auf der Wiese sind, aber dass wir jetzt in den Stall gehen müssen. Und dann sind wir mit ihr zusammen reingegangen. Das war ganz schön …« Seine Stimme klingt ein bisschen belegt. »Ich weiß nicht, woher sie das kann, aber vielleicht kann sie es dir beibringen?«

Ich bin skeptisch. Tatsächlich habe ich mal einen Kurs in telepathischer Tierkommunikation belegt und auch mit Auszeichnung abgeschlossen, weil ich das Gefühl hatte, ich bräuchte irgendeine Legitimation. Am Ende war ich ein paar

Tausend Euro ärmer und hatte ein hübsches Zertifikat zum An-die-Wand-Hängen, nur die Eingebungen, von denen die Kursleiterin und die anderen Teilnehmerinnen erzählten, wollten sich nie einstellen. Aber vielleicht ist das hier ja etwas anderes.

Ein paar Nachrichten später habe ich die Nummer der Pflegebeteiligung von Bootycall herausbekommen und erkundige mich bei ihr, wo und wie sie Pferdisch gelernt hat.

Das ist mal wieder so eine typische Hauruckaktion von mir, aber gefühlt kann ich gerade sowieso nichts anderes machen, als auf die Rückmeldung von Nathalie zu warten, und wer weiß, wann es überhaupt mal wieder einen Kurs gibt, der in einer halbwegs vertretbaren Entfernung stattfindet.

Ich will gerade anfangen, mich innerlich über die anderen Kursteilnehmer lustig zu machen – nicht, weil es da irgendwas besonders Auffälliges gäbe, eher, weil es für mich wohl schon zu einem Ritual geworden ist, das mir Sicherheit gibt –, als mir auffällt, dass ich ja auch eine von ihnen bin. Alles, was man über diese Frauen sagen kann, könnte man genauso gut über mich sagen. Wer steht denn ernsthaft morgens um *fuck o'clock* auf und fährt in irgendein gottloses Kaff, um dort einen Sprachkurs in Pferdisch zu belegen? Und warum sehen wir alle auch so aus? Die typische Turnierreiterin mit enger Hose und blank geputzten Stiefeln sucht man hier vergeblich, stattdessen tragen alle bequeme Kleidung und Barfußschuhe. Auch ich. Es nervt mich, dass ich selbst zum Klischee einer alternativen Freizeitreiterin geworden bin, aber Barfußschuhe sind verdammt bequem. Immerhin bin ich noch nicht der Versuchung erlegen, mir ein Shirt mit einem pfiffigen Spruch drauf zu kaufen so wie einige der anderen Kursteilnehmer. *Take it Isi* steht da drauf. *Bodenpersonal* hat Sven, der einzige männliche Teilnehmer, auf der Brust stehen, und auf dem T-Shirt von Annabel steht *Reden ist Silber, Schweigen ist Gold, Wiehern ist Platin!*. Spannend! Ich frage mich, was Annabel mit ihrem Shirt ausdrücken will und ob es ein direkter Affront gegen ihren Partner Sven ist, der auch zu dieser frühen Stunde schon allen den Tag versilbert. Vielleicht will sie mit ihrer Statement-Mode aber auch nur darauf aufmerksam machen, dass Pferde ziemlich selten wiehern. In Filmen wird ja dauernd gewiehert, selbst wenn es gar nichts zu wiehern gibt. Kaum ein Regisseur kriegt es hin, ein Pferd zu zeigen, ohne der Versuchung zu erliegen, ihm alle paar Sekunden ein Wiehern ins Maul zu legen. Was dazu führt, dass man ständig Pferde sieht, die gerade fressen, trinken oder sogar dösen und nicht mal ansatzweise aussehen, als würden sie die auf der Tonspur zu hörenden Geräusche von sich geben.

Als ich damals mein erstes eigenes Pferd Halastjarna bekam, dachte ich anfangs, sie wäre kaputt, weil sie keinen Ton von sich gab. Nach ungefähr einem Jahr begegneten wir auf einem Ausritt einem spät kastrierten Wallach, und Halastjarna gab plötzlich ein markerschütterndes Wiehern von sich. Ich wäre vor Schreck fast vom Pferd gefallen. »So klingt also deine Stimme!«, lachte ich, als der erste Schock überwunden war. »Dann ist es ehrlich gesagt vielleicht gar nicht so schlecht, dass du nie was gesagt hast!«

Christina, unsere Kursleiterin, räuspert sich und reißt mich aus meinen Gedanken.

»Ich schlage vor, dass wir erst mal auf die Koppel gehen und dort mit einer kleinen Meditation starten«, sagt sie. Ich seufze innerlich. Ich habe 2018 ein Mal meditiert, und es hat mir dicke gereicht, bis heute.

Wir laufen vom Stall aus den Treibgang entlang Richtung Koppel, in der Ferne sieht man die grasenden Pferde auftauchen. Christina erklärt gerade, dass Pferde eine Art Bubble um sich herum haben und dass wir mal darauf achten sollen, ab wann die Pferde spüren, dass wir ihre Bubble betreten haben, als schon mehrere Köpfe in die Höhe schnellen. Einen Moment verharren die Pferde in dieser Position und mustern uns, dann setzen sie sich in Bewegung.

Die Herde kommt uns entgegen, um uns zu grüßen. Die Pferde sind wachsam, und auch in unserer Gruppe macht sich eine gespannte Erwartung breit, während wir alles genau beobachten. Niemand sagt etwas, es fühlt sich an, als würden wir unseren Platz in einem alten Ritual finden, das schon unzählige Male stattgefunden hat. Zwei Gruppen von unterschiedlichen Spezies, die sich aufeinander zubewegen.

Als wir näher kommen, löst sich ein einziges Pferd von der Gruppe, während die anderen etwas zurückbleiben. Ohne uns abzusprechen, lassen auch wir uns ein bisschen zurückfallen und geben Christina einen Vorsprung. Ihre entspannte Art bei der Begrüßung ist einer natürlichen Autorität gewichen, und es besteht kein Zweifel daran, dass sie in diesem Moment unsere Anführerin ist. Sie und das Leittier kommunizieren miteinander, da bin ich mir ganz sicher.

Hoch konzentriert lässt das Pferd ein Ohr wackeln, Christina antwortet mit einer Geste ihrer Hand, beide wenden sich ab und wenden sich einander wieder zu. Ein uralter Tanz. Ich bekomme eine Gänsehaut.

Die Szene lässt mich ganz anders auf Christina blicken als vorher. Ich betrachte sie mit Rührung. Dabei weiß ich ja gar nicht, was sie mit dem Pferd redet. Vielleicht lästern die beiden gerade über uns? »Schau dir mal die Loser an, mit denen ich unterwegs bin!« – »Na, was soll ich denn sagen!«

Aber mein Gefühl sagt mir, dass Christina aufrichtig ist und für uns sorgt. So fühlt sich das also an, wenn man merkt, dass man vertrauen kann, weil einem jemand die ganze Verantwortung abgenommen hat. Fühlen sich so Pferde in der Herde?

Das Leitpferd lässt den Kopf fallen und schnaubt, und wie auf Kommando fangen alle anderen Pferde wieder an zu grasen. Wir haben den Test bestanden.

Wir gehen gemeinsam in eine schattige Ecke der Koppel und stellen uns in einem großen Kreis auf. Christina fordert uns auf, die Augen zu schließen. Dann fängt sie an, uns eine Geschichte zu erzählen, die uns wohl irgendwie entspannen soll. Sie beginnt mit einer »kleinen Fantasiereise«, wie sie sagt, und zwar befinden wir uns an einem Strand. Mir ist die kleine Fantasiereise jetzt schon zu groß, was ist das für ein Strand? Wie bin ich hier hingekommen? Wer kümmert sich in der Zwischenzeit um meine Pferde? Die Geschichte weist jede Menge Plotlöcher und Logikfehler auf, aber die anderen Teilnehmer scheint das nicht zu stören, ich höre ringsum entspannte Atemzüge und sogar ein wohliges Seufzen.

Jetzt geht Christina mit uns verschiedene Körperteile durch, in die wir »hineinspüren« sollen. Nee danke, Christina, ich weiß schon, wo alles ist. Mein Rücken tut meistens weh, mein Nacken ist verspannt – zwing mich nicht, nachzugucken und herauszufinden, wie es mir geht! An einem bestimmten Punkt klinke ich mich aus und hänge meinen eigenen Gedanken nach.

»Öffnet eure Augen!«

Leicht benommen blinzeln wir ins Licht, und ich traue meinen Augen kaum: Mehrere Pferde haben sich zu uns gesellt, vier von ihnen bilden eine Traube um Christina, Annabel hat immerhin drei Pferde um sich geschart, und selbst der nervige Sven hat es zumindest geschafft, ein klappriges Pony herbeizumeditieren. Bei mir hat sich kein Pferd eingefunden, und obwohl ich mich eigentlich gar nicht richtig auf die Meditation eingelassen habe, bin ich ein bisschen enttäuscht und eifersüchtig auf Annabel, die mit roten Wangen und glänzenden Augen inmitten ihrer drei Pferde steht. Allerdings kann ich es den Pferden auch nicht verübeln; Christina erklärt gerade, dass die Pferde sich bei den Meditierenden das sogenannte Zero, den Zustand der Ruhe, abholen. Bei mir hätten sie sich gerade höchstens ein paar Überlegungen zu meiner nächsten Steuererklärung und meine To-do-Liste für die kommende Woche abholen können.

In einer kleinen Theorieeinheit zeigt Christina uns die verschiedenen »Buttons«, auf die Pferde gegenseitig deuten, um untereinander zu kommunizieren, und ein paar Handgesten, die wir machen können, um die Bewegungen von Ohren und

Schweif zu imitieren. Und dann ist es so weit: Wir alle dürfen uns ein Pferd aussuchen, mit dem wir Gesten austauschen; Christina »dolmetscht« für uns und gibt Stichwörter, wenn wir nicht weiterwissen.

Ich weiß natürlich alles besser, bis ich irgendwann selbst an der Reihe bin. Ratlos stehe ich neben der großen Fuchsstute. Die Begrüßung hat schon mal super geklappt, aber jetzt weiß ich nicht weiter. Die Stute steht reglos da, aber an ihrem Rücken zuckt ein Muskel, als ob sie eine Fliege verscheuchen möchte. Nur ist da gar keine Fliege.

»Sie bietet dir ein Thema an«, sagt Christina. »In den Rücken fallen. Schutzlos sein. Vielleicht ist das gerade ein Thema für sie, vielleicht macht sie sich Sorgen, dass ihr jemand in den Rücken fallen könnte.« Sie macht mit ihrer Hand eine Bewegung vor. »Zeig ihr mal, dass du sie beschützt und ihr niemand in den Rücken fallen wird.« Ich mache Christinas Geste nach. Das Pferd zuckt trotzdem immer weiter. In den Rücken fallen. In den Rücken fallen. »Oder ist das ein Thema, das du mitbringst?«, fragt Christina. »Ist dir in letzter Zeit jemand in den Rücken gefallen? Hast du Angst, dass dir jemand in den Rücken fallen könnte?«

Tränen schießen mir in die Augen. Die große Stute schaut mich aus ihren weisen Augen an und gibt mir einen vorsichtigen Stupser mit der Nase.

Ich habe es ja selbst oft genug erlebt, wie mein Vater log. Er schaffte es, nur mit seinem Charme und einem abgelaufenen Presseausweis bewaffnet, die ganze Familie gratis in Zoos und Vergnügungsparks einzuschmuggeln. Meiner Mutter flunkerte er vor, dass ich zeitig im Bett gewesen wäre, und meinen Großeltern, dass die geschenkte Krawatte ihm gefalle und oft in Benutzung sei. Er fuhr oft zu schnell und wurde geblitzt, aber wenn der Strafzettel bei uns zu Hause ankam, bestritt er einfach, dass er gefahren sei, obwohl er deutlich auf den Fotos zu erkennen war. Als die Polizisten dann eines Tages bei uns zu Hause an der Tür klingelten, um ihn in Augenschein zu nehmen, rasierte er sich im Badezimmer den Bart ab, während meine Mutter an der Tür mit den Polizisten sprach.

»Das sehen Sie doch, dass ich das nicht sein kann auf dem Foto, ich trage schließlich keinen Bart«, sagte er ruhig. Ich sah zu ihm hoch, und aus meinem kindlichen Blickwinkel bemerkte ich, dass er unter dem Kinn eine winzige Schnittwunde hatte.

»Und wenn ich jetzt Ihre Nachbarn fragen würde, könnten die mir dann bestätigen, dass Sie nie einen Bart getragen haben?«, fragte der eine Polizist skeptisch.

»Wenn sie Augen im Kopf haben, sicher!« Betont gelassen verabschiedete er sich, schloss die Tür und ging ins Arbeitszimmer. Durch die neben der Tür eingelassenen Glasscheiben beobachtete ich mit klopfendem Herzen, wie die Polizisten bei unseren Nachbarn gegenüber klingelten, ein paar Minuten abwarteten und dann, als die Tür nicht geöffnet wurde, wieder verschwanden.

Ich rannte sofort zum Arbeitszimmer. »Papa, Glück gehabt, die Nachbarn waren nicht da!«, rief ich. Er sah vom Schreibtisch auf und wirkte verwirrt.

»Welche Nachbarn?«, fragte er.

»Die Polizei hat bei den Nachbarn geklingelt! Die wollten doch fragen, ob du einen Bart hast! Aber die Nachbarn waren nicht da!«

»Ah! Gut!« Er nickte abwesend. Er hatte den Vorfall schon wieder vergessen.

Das Lügen schien ihm immer leicht von der Hand zu gehen, und obwohl ich das sah, hätte ich es nie für möglich gehalten, dass er auch mich belügen könnte.

Ich schaue die alte Stute an, und sie schaut voller Mitgefühl zurück. Das ganze Verständnis der Welt liegt in ihren Augen. Das tut mir leid, scheint sie zu sagen. Ich sehe dich in deinem Kummer und deiner Enttäuschung. Und für einen kurzen Moment fühlt es sich wirklich an, als ob wir miteinander reden könnten.

»Wie war es?«, fragt Alvin.

»Krass«, sage ich. »Es … es war auf jeden Fall eine Menge, wo ich noch mal in Ruhe drüber nachdenken muss. Aber Nathalie kommt gleich vorbei, sie will mir erzählen, was sie herausgefunden hat!«

Ich stelle eine Kanne Kaffee auf den Terrassentisch und hole eine Mandeltorte aus dem Gefrierfach. Als ich gerade noch dabei bin, Erdbeeren zu putzen, fährt Nathalie mit ihrem Cabrio in meine Einfahrt. Ich flitze kurz zur Tür und rufe ihr zu, dass sie sich bitte schon mal auf die Terrasse setzen soll. Mir fällt auf, dass sie leicht hinkt, als sie über den Kies geht – das habe ich bei unserer letzten Begegnung nicht bemerkt. »Geht's?«, rufe ich. »Du kannst auch durchs Haus gehen.«

Sie schüttelt den Kopf und läuft tapfer Richtung Terrasse.

Ich schütte eine großzügige Portion Zucker über die Erdbeeren und hole eine Dose Sprühsahne aus meinem Vorratsschrank – wenn schon, denn schon.

Dann stapele ich noch Teller und Besteck aufeinander und gehe zur Terrassentür.

Nathalie steht mit dem Rücken an die Wand gepresst und ist schneeweiß im Gesicht. Vor Schreck lasse ich fast die Teller fallen. »Was ist los?«

»Das weiße Pony hat mit mir geredet!« Sie zittert am ganzen Körper.

»Ich war mir gar nicht sicher, ob es klappt, aber ich dachte, ich versuche es mal«, sagt Alvin fröhlich. »Am Ende bin ich ein Menschenkommunikator?! Vielleicht sollte ich Geld dafür nehmen …«

»Es tut mir leid, ich hätte dich vielleicht vorwarnen sollen, aber bisher hat er das nur bei mir gemacht. Darf ich vorstellen, das ist Alvin, mein sprechendes Shetlandpony.«

Alvin sieht Nathalie mit einem durchdringenden Blick an.

»Du darfst die Vergangenheit loslassen«, sagt er. »Du hast es verdient, ein gutes Leben zu führen. Bitte, hör auf, dich zu Hause zu verkriechen!«

»Ich würde vielleicht weniger Notwendigkeit sehen, mich zu Hause zu verkriechen, wenn nicht jedes Mal, wenn ich vor die Tür gehe, irgendwas Verrücktes passieren würde«, murmelt Nathalie, aber die Farbe kehrt allmählich in ihre Wangen zurück.

Nathalie holt tief Luft. »Also, ich habe mir sowohl die Aktivitäten von Frau Papenberg angeschaut als auch die von Benno, dem Stallbesitzer. Ihren Mann konnte ich leider nicht unter die Lupe nehmen, der nutzt ein anderes Gerät als sie und ist etwas vorsichtiger. Auf den ersten Blick habe ich keine Auffälligkeiten finden können, die Boxenmiete für Rennbrandt wurde immer pünktlich bezahlt, er wurde regelmäßig trainiert – das weiß ich, weil ein Account für ihn in einer Reit-App existiert, wo die Besitzerin und der Trainer festgehalten haben, was er wann gemacht hat –, und der Hufschmied war auch alle vier Wochen da und hat ihm immer den gleichen Beschlag gemacht. Die Besitzerin hat übrigens eine Affäre mit dem Hufschmied, von der ihr Mann nichts weiß, aber das nur am Rande.«

Ich seufze. »Das kannst du nicht wissen, aber das ist ganz normal.«

»Das habe ich mir fast gedacht, ich habe den nämlich gegoogelt und viele Fotos gefunden. Wusstest du, dass er einen eigenen Aktkalender für einen guten Zweck produziert hat? *Heiße Hufe* – die Erlöse aus dem Verkauf gehen an die Pferdeklappe. Finde ich toll …« Nathalie blickt verträumt in die Ferne, und ich weiß, dass sie die Bilder gerade vor ihrem inneren Auge sieht.

»Ist das alles?«

»Nein. Vor ein paar Monaten wurde es plötzlich interessant. Rennbrandt hat mehrere Rennen in Folge gewonnen, und bei dem letzten Rennen dieser Siegreihe haben die Besitzer doppelt abkassiert, sie haben nämlich auf ihr eigenes Pferd gewettet. Danach ist er nie wieder siegreich gelaufen. Aber was noch viel auffälliger ist, sie haben vor drei Monaten die Lebensversicherung für Rennbrandt erhöht. Die Versicherungssumme, die sie ausgezahlt bekommen, wenn das Pferd stirbt oder ›dauerhaft unbrauchbar‹ wird, beträgt hunderttausend Euro. ›Dauerhaft unbrauchbar‹ finde ich übrigens eine geile Beschreibung, als ginge es um einen Toaster …«

»Na ja, das finde ich jetzt gar nicht sooo ungewöhnlich. Wenn das Pferd mehrere Rennen gewonnen hat, ist es doch tatsächlich mehr wert. Da würde ich vielleicht auch darüber nachdenken, die Versicherungssumme zu erhöhen … Und warum sollten sie das Pferd dann anschließend gegen ein anderes austauschen? Falls dem ursprünglichen Rennbrandt etwas zugestoßen wäre, würde man das doch nicht vertuschen, sondern es offiziell melden, vielleicht eine Obduktion veranlassen und dann versuchen, die Versicherungssumme zu kassieren?«

Nathalie zuckt mit den Schultern. »Du, ich hab keine Ahnung – da müsstest du vielleicht noch mal mit jemandem reden, der sich mit Pferden auskennt. Ich kann dir nur sagen, was ich gefunden habe. Die Wette auf das eigene Pferd finde ich übrigens auch seeeeehr auffällig …«

»Na ja, wenn mein Pferd fünfmal gewonnen hätte und gerade in einem optimalen Zustand ist, würde ich mir auch denken, beim sechsten Mal setze ich doch ein bisschen Geld auf den Sieg.«

»Sie haben nicht nur ein bisschen Geld gesetzt, sondern fünfzigtausend Euro. Und ich habe lange recherchiert, aber konnte kein anderes Beispiel finden, wo ein Besitzer auf das eigene Pferd gewettet hat. Das scheint irgendwie ein Tabu zu sein.«

»Hm, davon habe ich noch nichts gehört, aber ich weiß jemanden, den ich das fragen kann.« Zum Glück habe ich die Telefonnummer von Klaus, der Rennbahnmaus.

»Und noch etwas. Vor genau zweieinhalb Monaten wurden plötzlich alle Dienstleister ausgetauscht, die das Pferd betreuen. Der Trainer und die Tierphysio sind andere Leute als vorher, und die Tierärztin haben sie durch deinen neuen Lover ersetzt. Einer Heilpraktikerin, die sie sonst manchmal gerufen haben, haben sie den Laufpass gegeben und stattdessen dich engagiert. Der Einzige, der die ganze Zeit über gleich geblieben ist, ist der Hufschmied. Findest du das nicht merkwürdig?«

»Das ist echt auffällig. Wenn sie nicht alles auf einen Schlag verändert hätte, würde ich sagen, man probiert halt rum, wenn das Pferd schlecht läuft. Aber so macht es den Eindruck, dass die Besitzerin verhindern wollte, dass einer von den Dienstleistern erkennt, dass es nicht dasselbe Pferd ist. Ich glaube, wir haben unseren Zeitpunkt X, an dem Rennbrandt gegen eine Kopie ausgetauscht wurde!«

Nathalie nickt zustimmend.

»Was mich nur wundert, hat dieser Stallbesitzer gar nichts gemerkt?«

Ich muss lachen. »Ganz ehrlich, solange der Pensionspreis pünktlich auf dem Konto ist, könnte man Benno wahrscheinlich auch einen Esel hinstellen, und er würde nichts sagen … Ich hab ihm Alvin abgekauft, und sagen wir es mal so, im Nachhinein ärgere ich mich, dass ich überhaupt was gesagt habe. Das hätte der sonst im Leben nicht gemerkt, dass das Pony fehlt!«

»Hm, okay. Irgendwie spannend, dass keiner was bemerkt hat, es muss da ja sehr anonym zugehen. Aber mir ist aufgefallen, die Besitzerin hat jemanden auf Whatsapp geblockt. Irgendeine andere Pferdebesitzerin, dem Profilbild nach zu urteilen. Die letzte Nachricht von der anderen Frau war, ob man nicht mal wieder zusammen ausreiten könne. Vielleicht hat sie das vermieden, weil sie befürchtet hat, dass jemand den Tausch bemerken könnte?«

»Ja, das kann sein. Aber was mich immer noch am meisten beschäftigt, ist die Frage, warum man so etwas machen sollte? Wenn sie ein neues Pferd haben wollte, hätte sie sich doch einfach eines kaufen können. Wozu den ganzen Aufwand betreiben? Und dass sie dem falschen Rennbrandt den Chip hat einpflanzen lassen, um ihn starten zu lassen, ergibt doch gar keinen Sinn. Er hat ja nicht mal gut abgeschnitten. Das hatte überhaupt keine Vorteile, und niemand sieht gut aus bei der ganzen Geschichte!«

Nathalie schüttelt den Kopf. »Mich musst du das nicht fragen. Das einzige Pferd, mit dem ich mich ein bisschen auskenne, ist der Trojaner …«

Alvin lacht. »Falls es dich interessiert, diese Pointe hatte sie schon seit etwa einer halben Stunde im Kopf und hat auf eine Gelegenheit gewartet, sie loszuwerden!«

Nachdem Nathalie gegangen ist, rufe ich direkt Klaus, die Rennbahnmaus, an. »Hör mal«, sage ich, »ich habe dir doch erzählt, dass ich die Geschichte eines ganz bestimmten Rennpferds recherchiere. Eine Bekannte von mir hat jetzt herausgefunden, dass die Besitzer bei einem der Rennen auf ihr eigenes Pferd gesetzt haben. Sie meinte, das wäre sehr ungewöhnlich. Stimmt das?«

Klaus kriegt sich fast nicht wieder ein. Er könne sich fast nicht vorstellen, dass das stimmt, aber wenn es stimmt, sei es natürlich ein mittelschwerer Skandal, sagt er. »Jeder weiß, dass man nicht auf das eigene Pferd wettet. Das bringt nicht nur schweres Unglück, sondern es gehört sich auch überhaupt nicht! Wer macht denn so was?!«

»Na, die Papenberg und ihr Mann anscheinend. Die Besitzer von Rennbrandt.«

»Oh, die kenne ich! Nein, das kann ich mir nicht vorstellen. Das wird ein Missverständnis sein. So nette und anständige Leute – gerade in diesem Sommer haben wir ihnen noch ein Pferd vermittelt über den Verein! Für die Nichte von der Frau Papenberg, die möchte sowieso nur ein paar gemütliche

Ausritte im Schritt machen und bietet ihm dafür einen Platz auf Lebenszeit …«

»Lass mich raten, das Pferd ist ein Rappe? Nicht der Intelligenteste, aber sehr lieb? Hat etwas untergeschobene Trachten und neigt zu Strahlfäule?«

»Ja, woher weißt du das?«

»Weil ich weiß, wo er jetzt ist. Und es tut mir leid, aber ein ruhiges Rentnerleben hat er dort nicht …«

Ich hole Klaus an der Adresse ab, die er mir am Telefon genannt hat, und wir fahren in den Rennstall. Die Stallgasse ist zum Glück leer, denn es wird eine ziemliche Szene.

»Nero!«, ruft Klaus, sobald er den schwarzen Kopf über die Boxentür ragen sieht. »Das gibt's doch nicht!«

Das Pferd brummelt ihn an, und in seinen dummen Augen ist zum ersten Mal etwas Leben zu erkennen.

Klaus tätschelt ihn zärtlich. »Wir hatten Nero ungefähr ein halbes Jahr lang bei uns, zum Abtrainieren und um ihm die Basics des Freizeitpferdedaseins beizubringen«, sagt Klaus. »Dann haben wir ihn mit Schutzvertrag verkauft, in dem Glauben, dass er seine wohlverdiente Frührente als Freizeitkumpel verbringen würde!«

Ich schüttele den Kopf. »Sie haben ihm den Mikrochip von Rennbrandt eingepflanzt und haben ihn noch mehrere Rennen laufen lassen!«

Klaus ist empört. »Was sind denn das für Verbrechermethoden? Der arme Nero hat genug geleistet in seinem Leben. Diese Menschen sind eine Schande für den Rennsport! Warum hat das denn keiner gemerkt?«

»Sie haben ihn extra nach Köln, Düsseldorf und Dortmund gekarrt, um dort zu laufen. Ich denke, bei den näher gelegenen Rennbahnen war ihnen das Risiko zu groß, dass ihn jemand erkennt. Die haben das schon ganz schlau eingefädelt. Nur warum sie das gemacht haben, verstehe ich nicht. Und wo der echte Rennbrandt jetzt ist.«

»Als Nero damals abgeholt wurde, hieß es, er kommt zu einer Nichte von der Papenberg in einem Selbstversorgerstall. Etwas abgelegen, aber ich habe es mir auf Fotos angeschaut, und es sah wirklich gut aus. Er hätte zwar einzeln stehen müssen, aber mit anderen Pferden auf dem benachbarten Koppelstück, und weil Nero sowieso nie der Sozialste war, habe ich zugesagt.« Er schüttelt den Kopf. »Ich hätte hinfahren und es mir anschauen sollen, dann wüssten wir jetzt mehr!«

»Wer hat Nero denn damals abgeholt? War es der Lackmann?«

Ich kann mir nicht vorstellen, dass die feine Frau Papenberg sich selbst dazu herablässt, ein fremdes Pferd zu verladen.

»Nein, nicht der Lackmann.«

»Wir könnten alle Transportunternehmer in der Gegend abklappern und versuchen, die Adresse herauszufinden! Ich wette, Rennbrandt steht nun in dem Stall, der angeblich für Nero vorgesehen war!«

Klaus schüttelt den Kopf. »Sei mir nicht böse, aber das muss alles den offiziellen Weg gehen. Eigentlich hätte ich dir gar nicht sagen dürfen, dass wir das Pferd vermittelt haben. Datenschutz. Ich werde gleich einen Termin mit meinem Anwalt vereinbaren, und dann schauen wir, was wir tun können. Aber ich muss bei solchen Dingen auch an den Verein denken, der darf nicht in einem schlechten Licht erscheinen!«

Ich lasse mir nichts anmerken und fahre Klaus nach Hause. Er ist um den guten Ruf seines Vereins besorgt, das verstehe ich und will ihn natürlich auch nicht beunruhigen. Er wollte mir nicht sagen, wer Nero damals transportiert hat, aber was er nicht weiß, ist, dass ich sehr gut darin bin, Menschen zu beobachten. Und mir ist nicht entgangen, dass sein Blick bei meiner Frage einen kleinen Moment zu lange an dem Boxenschild hängen geblieben ist, und zwar an der Stelle, wo steht: *Hufschmied: Alex Löwe*. Es wird also Zeit, meinem ehemaligen Liebhaber mal einen Besuch abzustatten.

Löwe ist nicht nur Hufschmied, nebenberufliches Aktmodell und hat bei mehreren Scripted-Reality-Formaten mitgespielt, sondern er betreibt auch aus der gammeligen Autowerkstatt seines Vaters heraus einen Anhängerverleih und ein Transportunternehmen. Das weiß ich von Lackmann, der kein gutes Haar an seinem Konkurrenten lässt.

Ich dachte früher immer, wir Pferdemädchen wären die schlimmsten Dramaqueens – wir sind ständig sauer aufeinander, weil die andere die Reithalle nicht ordentlich geharkt oder beim Misten zu viel von der »guten« Einstreu entsorgt hat oder weil man sich uneins ist, wer welches Heunetz ursprünglich mal gekauft hatte.

Aber bei Pferdetransporteuren hat das Ganze völlig andere Dimensionen. Man ist sich ebenfalls uneinig über Details der gemeinsamen Geschichte, aber hier geht es zum Beispiel darum, wer wem zwanzigtausend Euro schuldet, wem ein bestimmtes Fahrzeug und wem welche Frau gehört.

Noch mal eine andere Eskalationsstufe lässt sich bei den landwirtschaftlichen Dienstleistern beobachten, die bei der

Bodenbearbeitung und bei der Ernte helfen. Sämtliche Lohnunternehmer, die ich kenne, sind miteinander zerstritten, und man droht sich gegenseitig mit tätlichen Angriffen oder lädt Gülle im Vorgarten des anderen ab.

Heumachen gerät unter diesen Umständen zum Strategiespiel, denn es ist klar, wenn man den einen mähen lässt, wird der andere, mit dem er zerstritten ist, nicht zum Heuwenden kommen. Wer gerade welche Maschine besitzt und ob dieser Besitz unangefochten ist, muss ebenfalls in die Überlegungen mit einfließen.

Hier muss es sein. Das ganze Anwesen macht einen verlotterten Eindruck, Hühner laufen frei herum, und zahlreiche Fahrzeuge in unterschiedlichen Stadien des Verfalls modern vor sich hin, darunter auch ein alter Wohnwagen mit einer eingeschlagenen Scheibe und grünlich vergilbten Wänden.

Aus der üppig bewachsenen Einfahrt schlussfolgere ich, dass es selten ist, dass sich mal ein Kunde hierherverirrt. Ich runzele die Stirn. Wenn das eine der Säulen seines Einkommens ist, kann man Löwe nur raten, dass er entweder die Modelkarriere weiter ausbaut oder künftig goldene Hufeisen anbietet.

Ich schließe mein E-Bike ab, nehme mein Handy aus der Halterung und beende Google Maps. Nach kurzem Überlegen schicke ich meinen Standort an Inga. Mein Gefühl sagt mir, dass irgendjemand wissen sollte, wo ich gerade bin. Aber nachdem Kai wohl gerade nicht so gut auf mich zu sprechen ist, käme es irgendwie peinlich, wenn ich ihm jetzt schreiben würde. Falls mir etwas zustößt, kann er ja auf dem

Handy seiner Tochter gucken, wo ich zuletzt gewesen bin – das ist cooles Understatement.

»Hallo?!« Ich rufe mehrmals demonstrativ in den offenen Schuppen hinein, bevor ich ihn betrete. In der Mitte des Raumes steht ein *Böckmann*-Pferdeanhänger, bei dem die Bodenplatte angefault ist. Überall liegen Werkzeuge und Autoteile verstreut.

Niemand scheint hier zu sein. Rechts von mir ist eine Tür. Ich klopfe, und mein Herz pocht in meinen Ohren. »Hallo?«

Keine Antwort.

Vorsichtig drücke ich die Türklinke herunter. Zu meiner Überraschung und Enttäuschung schwingt die Tür sofort auf. Ehrlich gesagt hatte ein Teil von mir gehofft, dass die Tür verschlossen wäre und ich unverrichteter Dinge wieder abziehen könnte, ohne mich noch weiter in Gefahr zu bringen. Aber wenn es eines gibt, auf das Verlass ist – oder eben kein Verlass ist –, dann auf die Schlampigkeit von Alex Löwe.

Hinter der Tür ist ein fensterloses kleines Büro. In windschiefe Regale, die auch schon mal bessere Zeiten gesehen haben, sind sowohl Ordner als auch lose Zettelstapel achtlos hineingepfeffert worden.

Seufzend schalte ich das Licht an – eine einzelne, verstaubte Glühbirne an der Decke leuchtet auf – und mache mich auf die Suche.

Einige Ordner sind beschriftet, andere nicht, und insgesamt macht die Buchführung einen stark optimierungsbedürftigen Eindruck. Nicht nur fehlen einige Rechnungsnummern, es scheint auch so, als würde Löwe manche Fahrten einfach schwarz anbieten, denn die Pausen zwischen einigen Aufträgen sind sehr lang, aber die Tankquittungen zeigen, dass er sein Zugfahrzeug ständig benutzt.

Ich befürchte schon, dass Neros Transport und wahrscheinlich auch der Austausch mit Rennbrandt ohne Belege abgelaufen sind und ich die Adresse deswegen nie herausfinden werde, als mir ein zerknitterter Post-it auffällt.

Darauf steht die Adresse von Klausis Verein *Frühren(n)te für Galopper* und darunter eine weitere Adresse.

Ich fotografiere mir den Zettel mit dem Handy ab und will gerade verschwinden, als ich draußen Stimmen höre.

»Wer ist dadrin?«, fragt eine Männerstimme.

»Niemand«, antwortet eine Frauenstimme. Irma. Was macht die denn jetzt hier? Seit ich sie »hohle Frucht« genannt habe und sie mir die Salbe für meine Wange geschenkt hat, habe ich sie nicht mehr gesehen. Was hat sie mit Alex Löwe zu tun?

Ich höre meinen eigenen Herzschlag in meinen Ohren pochen. Durch einen Spalt in den Brettern versuche ich, vorsichtig einen Blick auf die Szene zu erhaschen.

Der Mann macht einen Schritt auf Irma zu und rempelt sie an. »Aber da brennt Licht! Und die Tür ist nur angelehnt!«

»Dann wird der junge Herr Löwe wohl vergessen haben, das Licht auszuschalten und abzusperren. Aber das macht nichts, ich werde mich gleich darum kümmern.«

»Da ist jemand drin!«

Irmas Stimme wird eisig. »Es ist niemand hier. Niemand! Und Sie verschwinden jetzt besser.«

Sie berührt eins ihrer zahlreichen Amulette und fängt an, vor sich hin zu murmeln. In der Ferne ertönt unheilvoller Donner.

»Puh, das ist ja gerade noch mal gut gegangen«, sage ich. »Danke! Was für ein glücklicher Zufall, dass du gerade jetzt hier warst!«

Irma lächelt dünn. »Es gibt keine Zufälle«, sagt sie. »Es steht alles im Himmel geschrieben, wir müssen nur hinschauen. Dieses Jahr ist ein Jahr großer Veränderungen. Nur wie es ausgeht, das steht nicht dabei. Denn dafür kommt es auf jeden Einzelnen von uns an. Beim letzten Mal kam ich zu spät. Dieses Mal war ich genau zum richtigen Zeitpunkt da. Und ein anderes Mal werde ich zu früh kommen.«

Ich spüre, wie sich die Härchen an meinen Armen aufrichten.

Wie hat sie das schon wieder gemacht? Und was für Partytricks hat sie noch auf Lager? Allmählich würde es mich nicht wundern, wenn sie Gedanken lesen könnte, und das wäre wirklich ganz blöd für mich.

»Ah jo, danke auf jeden Fall«, sage ich.

Sie sieht mich durchdringend an. »Auch dein Schicksal steht in den Gestirnen geschrieben«, sagt sie. »Berenike, die Siegbringerin, die mit den Tieren redet – du wirst bald in deine Kraft kommen.«

»Allez hopp«, murmele ich und laufe an Irma vorbei. Ich kann mir ihr Geschwurbel nicht weiter anhören, es macht mir ein ganz seltsames Gefühl. Lieber kaufe ich ihr bei nächster Gelegenheit mal eine Schachtel *Merci*.

Als ich zu Hause angekommen bin, sehe ich, dass ich meinen Standort versehentlich nicht an Inga, sondern an Irma geschickt hatte, weil sie in meinen Kontakten direkt untereinanderstehen. Okay, das macht es direkt ein bisschen weniger mysteriös. Vielleicht verrät sie mir ja irgendwann auch noch, wie sie das mit dem Donner gemacht hat.

Alvin tänzelt vor Freude auf der Stelle herum, als ich ihm erzähle, was ich herausgefunden habe.

»Und da fährst du heute noch hin, ja? MEGA!«

Eigentlich ist das nicht unbedingt mein Plan gewesen. Eigentlich habe ich vorgehabt, zu Kai zu fahren und das Gespräch mit ihm zu suchen, aber jetzt, wo ich in Alvins erwartungsvolle Augen schaue, bringe ich es nicht mehr übers Herz, Nein zu sagen.

»Na klar«, sage ich. »Ist doch Ehrensache!«

»Du bist die Beste und die Liebste und die Klügste und die Schönste«, sagt Alvin. »Die ganze Welt liegt dir zu Füßen, alle verzehren sich nach dir, und jeder, der dich einmal getroffen hat, findet, dass du das begehrenswerteste Geschöpf aller Zeiten bist!«

»Wirklich?« Ich lächle geschmeichelt.

»Nein. Frau Papenberg denkt, dass dir etwas Botox guttun würde, Benno findet, dass du total hohl bist, und Nathalie hat bei ihrem Besuch die ganze Zeit überlegt, ob das ein extrem schlecht sitzender Push-up ist oder ob deine Brüste wirklich so aussehen. Nur dieser Kai, der steht wirklich auf dich, glaube ich … allerdings weiß ich nicht, ob das noch aktuell ist, plus: Er hat wahrscheinlich ein gestörtes Bindungsverhalten …«

Eigentlich sollte ich es ja inzwischen besser wissen und gar nicht erst nachfragen.

Egal, mein Ego und die Beziehung zu Kai muss ich wohl später kitten, jetzt schauen wir erst mal nach Rennbrandt.

»Ich schlage vor, du nimmst mich mit! Vielleicht haben sie Rennbrandt dort irgendwo in einem Schuppen oder so versteckt, dann kannst du ihn nicht sehen, aber ich kann ihn fragen, wo er ist, wenn wir erst mal nahe genug an ihm dran sind.«

»Ich weiß nicht …«

Alvin fängt an, zur Melodie von *Kalle Blomquist* zu singen: »Kleines PONY, der Meisterdetektiv … kleines PONY, der Meisterdetektiv …«

»Na gut, ich nehme dich mit. Aber nur, wenn du aufhörst, Ponylieder zu singen. Und du fährst im Anhänger mit.«

»Och nöööö.«

»Aber überleg mal. Wenn wir Rennbrandt finden, und wir haben den Anhänger dabei … wer hindert uns dann daran, ihn direkt aufzuladen und mitzunehmen?!«

»Wirklich, das würdest du machen?« Alvins Augen glänzen.

»Klar, wieso nicht?« Nachdem ich schon in ein Büro eingebrochen bin und gegen den Datenschutz verstoßen habe, fühle ich mich ziemlich *badass*. Ich bin das kriminelle Mastermind der Pferdewelt. Vielleicht sollte ich mich in Zukunft Al Capony nennen lassen. Oder Pony & Clyde. Oder Robin Huf.

Außerdem steht Rennbrandt ja offiziell in seiner Box im Rennstall, also wer sollte mich in diesem Fall des Diebstahls bezichtigen?

Es ist drückend heiß, und der Schweiß läuft in einem Rinnsal an meiner Wirbelsäule hinab. Ich düse mit geöffneten Fenstern über die Landstraße, der Fahrtwind in meinem Gesicht ist eine angenehme Abkühlung.

Ein Scheppern und Rumpeln erinnert mich daran, dass ich den Pferdeanhänger hinten dranhabe und dass dieser Anhänger, wohl auch durch Alvins geringes Gewicht, nicht so ruhig auf der Straße liegt wie sonst.

»Alles fit dahinten?«, frage ich Alvin gedanklich. So ein sprechendes Pony ist schon praktisch, da spart man sich die Überwachungskamera für den Pferdeanhänger.

»Ich verfluche gerade jede einzelne Entscheidung in meinem Leben, die mich an diesen Punkt geführt hat«, sagt Alvin.

»Aber du lebst. Das ist doch schön!«

Wenn ich meinen Teil der Vereinbarung erfüllt und Rennbrandt gefunden habe, kann ich dieses Kapitel endlich abhaken. Wie geht es dann weiter? Ich komme ins Träumen. Auch wenn ich Alvin damals gebeten habe, mich in Ruhe zu lassen und nicht mehr mit mir zu reden, sobald ich meine

Pflicht getan habe, würde ich das inzwischen nicht mehr so eng sehen. Nein, das Sprechen dürfte er ruhig beibehalten, es erleichtert doch vieles – und anstatt Forderungen zu stellen, könnte er sich ja auch mal nützlich machen und mir als Dolmetscher helfen. Ich könnte mein Geschäftsfeld erweitern – Pferde-Paarberatung, Pferde-Assessment-Center, vielleicht ein paar teambildende Maßnahmen für die ganze Herde …

Alvin lacht herzlich. »Weißt du, was deine Gedanken und das Diätmüsli aus dem Raiffeisen-Markt gemeinsam haben?«

»Nein, aber du wirst es mir sicherlich gleich verraten!«

»Beides tut im ersten Moment so, als wäre es die Lösung, aber wenn man sich die einzelnen Bestandteile anschaut, ist echt viel Schrott dabei!«

»Danke für deine Meinung«, sage ich und fahre absichtlich durch ein Schlagloch. Mit grimmiger Zufriedenheit sehe ich im Rückspiegel, wie der Anhänger hüpft. Den Rest der Fahrt bleibt Alvin still.

Schön ist es hier, wenn auch wirklich sehr einsam. Ich parke so weit wie möglich am Rand des Feldwegs. Ein schmales Auto passt hier mit etwas Vorsicht noch hindurch, sollte ein größeres Auto oder ein Traktor kommen, muss der Fahrer wohl hupen und warten, bis ich weggefahren bin – noch weiter an die Seite kann ich nicht fahren, ohne den Zaun zu beschädigen.

Der Zaun fasst eine wirklich schöne, große Koppel ein. Natürlich hat die sengende Sonne der letzten Tage auf der baumlosen Fläche dafür gesorgt, dass hier kein einziger grüner Halm mehr zu sehen ist. Heu am Stiel, so weit das Auge reicht. Aber die hin und her wogenden gelben Halme haben etwas Beruhigendes, und ich sehe dazwischen hier und da ein paar Wildblumen aufblitzen, und sogar einen Schmetterling. Die Grillen zirpen, und ein Summen liegt in der Luft.

Ich höre ein Schnauben und wirbele herum, aber es sind nur ein Schecke und ein Fuchs auf der Nachbarkoppel, die sich neugierig nähern. Ich begrüße sie und lasse meinen Blick dann weiter suchend über die Koppel vor mir wandern.

»Alvin, willst du mal rauskommen?«

»Nein danke«, sagt Alvin gepresst. »Hier gefällt es mir nicht. Wir können wieder nach Hause fahren.«

Ich öffne die Klappe des Anhängers. »Na komm, dadrinnen ist es doch total heiß und stickig. Außerdem wolltest du mir doch helfen, Rennbrandt zu suchen!«

»Er ist nicht hier«, sagt Alvin. »Ganz sicher. Ich kann ihn nicht hören.«

Ich schaue noch einmal nach, ob es wirklich die richtige Adresse ist, aber es besteht kein Zweifel.

»Ich bin nicht den ganzen Weg hierhergefahren, um direkt wieder umzukehren. Ich werde mich jetzt wenigstens einmal umschauen!«

»Mach doch«, sagt Alvin störrisch, ohne den Kopf von der Wand des Hängers abzuwenden.

Vorsichtig schlüpfe ich durch den Zaun und mache mich auf den Weg zu dem Unterstand und dem Heulager im hinteren Bereich des Grundstücks. Die trockenen Halme peitschen gegen meine nackten Schienbeine, ich hätte wohl besser eine lange Hose anziehen sollen. Eine Wadenbeißer-Fliege beißt in meine Kniekehle, und obwohl ich diesen scharfen Schmerz schon oft gespürt habe, stoße ich einen kleinen Schrei aus und fahre zusammen. »Alles okay bei dir?«, erkundigt sich Alvin besorgt.

»Jaja.«

»Komm lieber wieder zurück, ich habe ein schlechtes Gefühl!«

Ich ignoriere Alvin und sein Gefühl und gehe weiter auf das Gebäude zu. Die Sonne flirrt über der leeren Koppel, und das Summen und Brummen wird stärker.

Jemand hat angefangen, den Unterstand auszumisten, hat die halb volle Karre mit den Pferdeäpfeln dann aber stehen gelassen. Es riecht unangenehm, und Fliegen schwirren um die Mistkarre.

Allmählich gefällt mir dieser Ort auch nicht mehr so gut. Ich beschließe, einmal um das Gebäude herumzugehen und dann abzuhauen.

Hinter dem Unterstand ist der Gestank kaum auszuhalten. Und jetzt verstehe ich auch, wo das Summen und Brummen herkommt, das die ganze Koppel zu erfüllen scheint: Eine Armee von Fliegen schwirrt auf, neben und wahrscheinlich auch unter einer Plastikplane.

Es ist eigentlich vollkommen logisch, was sich unter der Plane befindet, aber ich muss die Plane trotzdem zurückziehen und es mit eigenen Augen sehen.

Erst, als ich zitternd neben dem Pferdeanhänger stehe, merke ich, dass ich den ganzen Weg über die Koppel zurückgerannt sein muss. »Was ist los? Du hast geschrien, als würde dich jemand abstechen!«

Mir ist übel, und ich habe einen sauren Geschmack im Mund. Tränen laufen mir die Wangen hinunter.

»Es tut mir leid … Rennbrandt … ich habe ihn gefunden. Er … er lebt nicht mehr.«

Es vergeht einige Zeit, ohne dass einer von uns das Wort an den anderen richtet. Alles, was man hört, ist das Brummen der Fliegen und mein Atem, der immer noch stoßweise geht.

»Danke, dass du nachgeschaut hast«, sagt Alvin schließlich. »Tut mir leid, dass du das sehen musstest.«

»Nein, mir tut es leid, dass ich nicht schon früher hierhergekommen bin! Vielleicht hätte ich ihm noch helfen können!«

Alvin schüttelt den Kopf. »Ich habe die beiden Pferde auf der Nachbarkoppel gefragt, die sagen, er war nur ganz kurz hier. Erst wurde das eine Pferd gebracht, Nero. Dann sind sie noch mal hergekommen und haben Rennbrandt gebracht und Nero wieder mitgenommen. Rennbrandt ging es hier aber nicht gut. Sie sagen, er hatte Schmerzen im Maul, und dann ist ihm heiß und schwindelig geworden.«

»Was heißt das, nur ganz kurz?«

»Das kann man nicht so genau sagen. Weißt du, wir Pferde sind ziemlich schlau, aber wir können nicht in dem Sinne ›zählen‹. Wir kennen eins, und wir kennen drei, aber von allen anderen Zahlen haben wir keine Vorstellung. Die könnten jetzt sagen ›der war soundso viele Tage hier‹, aber das wär halt gelogen, weil sie keine Ahnung haben.«

»Aber hat er noch gelebt, als ... als du mich beauftragt hast, ihn zu suchen?«

»Ziemlich sicher, ja. Ein bisschen hab ich es befürchtet, aber ich wollte es nicht wahrhaben. Die Papenberg hat einmal einen Anruf bekommen, als sie am Stall war. Sie war ganz aufgewühlt und hat immer wieder gesagt: ›Wie kann man so ein Pech haben!‹ Im Nachhinein denke ich, vielleicht war das der Tag, an dem sie erfahren hat, dass Rennbrandt nicht mehr lebt.«

»Hättest du dann nicht einfach in ihrem Kopf nachgucken können, worüber sie so aufgebracht war? Das hätte uns einiges erspart ...«

Er guckt mich traurig an. »Aber das habe ich. Das Ding ist, sie hat nicht an Rennbrandt gedacht. Überhaupt nicht. Sondern nur an Geld.«

Wut steigt in mir auf. »Ich werde dafür sorgen, dass diese Leute zur Rechenschaft gezogen werden! Das bin ich Rennbrandt schuldig.«

»Das finde ich gut«, sagt Alvin. »Aber können wir vielleicht jetzt erst mal nach Hause fahren und bei Wasser und Mash einen Plan machen? Sonst kannst du mich auch gleich hinter der Hütte verscharren.«

Kai sitzt auf der Stufe vor meiner Eingangstür und telefoniert. Als ich aus dem Auto steige, beendet er das Gespräch und nickt mir zu.

»Na endlich. Bring das Pony weg, und dann reden wir. Ach, warte – schließt du mir bitte kurz die Tür auf? Ich mache uns eben einen Kaffee.«

Ich öffne ihm die Haustür, und er verschwindet ohne ein weiteres Wort Richtung Küche. Mein verheultes Gesicht und meine nackten Beine scheinen ihm nicht aufzufallen, oder er ignoriert meinen Zustand gekonnt.

Mein Herz pocht laut, während ich Alvin aus dem Hänger lasse und noch kurz die Tränke säubere. Das liegt bestimmt an der Hitze!

Gedanklich bin ich schon bei der Diskussion mit Kai. Wenn ich so drüber nachdenke, mag ich ihn eigentlich gar nicht besonders gerne. Er hält viel zu lange Vorträge über langweilige Dinge, die er mal irgendwo gelesen hat; außerdem hat er behaarte mittlere Fingerglieder und einen relativ dummen Mund. Für mich wäre es okay, wenn es jetzt vorbei wäre. Kein Problem. Ich brauche ihn nicht!

»Ich habe dich vermisst«, sagt er.

»Ich dich auch«, sage ich und schmelze in seine Umarmung hinein. Wir knutschen heftig.

Als wir wieder reden können, erzähle ich.

»Als mein Vater gestorben ist, haben wir die Wahrheit über seine ganzen mysteriösen Geschäftsreisen erfahren. Da hätte ich aber gerne drauf verzichtet. Er hatte die ganze Zeit noch eine andere Frau, und zwei weitere Kinder!«

»Im Ausland?«

»Nein«, sage ich. »So was wie dreißig Minuten entfernt. Gerade weit genug, dass wir nicht auf dieselbe Schule gegangen sind.«

Ich merke, wie sein Blick etwas zu lange auf mir ruht. »Das tut mir leid, Berenice. Ich kann mir wahrscheinlich nicht mal ansatzweise vorstellen, wie schwierig das für euch gewesen sein muss.«

Und da hat er recht; niemand kann sich vorstellen, wie es war. Meine Mutter, völlig außer sich vor Kummer und gleichzeitig fassungslos und wütend, wie sie zu Hause die Bilder von der Wand riss. Das Wissen, dass es all die schönen Erlebnisse in geheimnisvollen Ländern nie gegeben hatte. Die fremde Frau auf der Beerdigung, die sich aufführte wie eine Witwe. Was sie ja streng genommen auch war.

»Die Frau, die du gesehen hast, war vermutlich Martha. Meine Halbschwester. Wir sehen uns sehr ähnlich.«

Ich erzähle ihm von meiner letzten Begegnung mit Martha, der Funkstille zwischen uns, und dass ich schon lange nicht mehr daran gedacht hatte, dass es sie gibt, bis Lackmann sie erwähnt hat. »Und jetzt kommt's: Dadurch hab ich erst gecheckt, was mit Alvins Freund Rennbrandt passiert ist! Im Grunde war es also für was gut, dass du mich mit Martha verwechselt hast. Auch wenn ich ein bisschen traurig war, dass sie auch so ein Korktäschchen hat wie ich.«

Und dann packe ich auch noch den ganzen Rest der Geschichte aus: von der Handtasche und dem Ladendiebstahl über Rennbrandts Mikrochip und Löwes Büro bis hin zu der abgelegenen Koppel mit dem toten Pferd unter der Plane.

»Was denkst du, was soll ich jetzt tun?«, frage ich ihn.

»Ich finde, du solltest dich bei deiner Halbschwester melden. Sie ist die Einzige, die deine Situation genau nachvollziehen kann. Es ist doch schade, dass ihr nicht miteinander reden könnt!«

»Nein, wegen des toten Pferds!«

»Ach so. Schwierig! Ich glaube nicht, dass man da im Augenblick viel machen kann, außer die Tierkörperbeseitigung zu rufen.«

»Aber die Besitzer müssen doch belangt werden!«

»Für was denn? Sowohl Rennbrandt als auch Nero gehören ihnen. Selbst wenn man ihnen nachweisen könnte, dass sie den Chip des einen Pferdes bei dem anderen eingepflanzt haben, kann ich mir nicht vorstellen, dass das mehr als eine Ordnungswidrigkeit ist. Und wir wissen nicht, woran das Pferd gestorben ist.«

»Na ja, mit Absicht werden sie ein so wertvolles Tier wohl kaum um die Ecke gebracht haben. Aber vielleicht Vernachlässigung? Ein Verstoß gegen das Tierschutzgesetz? Kann man nicht eine Obduktion veranlassen?«

Er schüttelt den Kopf. »Wenn man nicht gerade deutliche Anhaltspunkte dafür hat, dass die Haltung nicht in Ordnung war, kann das meines Wissens nur der Besitzer veranlassen. Aber so wie du es beschrieben hast, befürchte ich, dass die Verwesung sowieso schon zu weit fortgeschritten ist, um noch Aussagen zur Todesursache treffen zu können.«

Wie ich es auch drehe und wende, es ergibt alles keinen Sinn.

Ich laufe mit Drusla am Strick durch das nahe gelegene Waldstück und versuche, meine Gedanken zu ordnen. Reiten möchte ich lieber nicht, wenn ich dermaßen in Grübeleien versunken bin, und nachdem Alvin mir versichert hat, dass Drusla Abwechslung braucht, habe ich mir vorgenommen, häufiger Ausflüge nur mit ihr in meinen Alltag einzubauen.

Drusla läuft weiter und weiter; auf die Idee, die ganze Unternehmung infrage zu stellen, kommt sie nicht. Das muss schön sein. Einen Schritt nach dem anderen gehen, keine Zweifel haben, keine Entscheidung bedauern.

Ab und zu schnaubt sie zufrieden. An einer sandigen Stelle scharrt sie prüfend mit dem Vorderhuf, knickt mit den Beinen ein, wälzt sich und lässt ein tiefes, wohliges Brummeln hören. Es klingt, als wäre ein sehr alter Mann in diesem Körper gefangen.

Ich lasse den Strick los, trete einen Schritt zurück und betrachte das herumkullernde Pferd.

Was die Besitzer von Rennbrandt gemacht haben, ergibt überhaupt keinen Sinn. Es wirkt von außen betrachtet dumm.

Allerdings, wenn ich eines inzwischen aus Erfahrung weiß, dann das: Wenn mir in der Vergangenheit Dinge dumm vorgekommen sind, hat sich häufig herausgestellt, dass eigentlich ich dumm war.

In der Ferne ertönt ein Knall. Drusla springt auf und schaut sich unsicher um. Ich trete auf den herunterhängenden Strick, um sie am Weglaufen zu hindern, und rede beruhigend auf sie ein.

»Das ist nichts Schlimmes, vielleicht eine Fehlzündung, oder vielleicht ist mal wieder Jagd«, ich angle mir den Strick und umfasse ihn fest mit beiden Händen, »dann kann es sein, dass es gleich noch mal puff macht«, sage ich und versuche gleichzeitig, durch meine Körpersprache zu signalisieren, dass alles in Ordnung ist.

Ich lausche meinen eigenen Worten nach und bekomme eine Gänsehaut. Erstens, wann habe ich denn bitte angefangen, in Babysprache zu reden? »Dass es gleich noch mal puff macht?« Was zur Hölle.

Und zweitens, diese Formulierung habe ich in letzter Zeit schon mal gehört. Nur wo?

Natürlich, von Alvin. Als er erzählt hat, wie er versucht hat, sich mit Nero, dem Rennbrandt-Doppelgänger, zu unterhalten. Das Einzige, was er aus ihm herausbekommen konnte, war, dass er mit ein paar Ponys im Wald war, und dann hat es puff gemacht.

Alvins Schlussfolgerung daraus war es, Nero für dumm

zu halten, aber was, wenn er gar nicht dumm war, sondern traumatisiert?

Ich hole mein Handy aus der Tasche und rufe Jana an – meine treueste Kundin und Möchtegern-Tierkommunikatorin. Normalerweise versuche ich, den Kontakt außerhalb der Behandlungstermine auf das Nötigste zu beschränken, aber jetzt habe ich ein Anliegen.

»Super, dass du dich meldest«, sagt sie. »Hör mal, wegen Puck, ich glaube, er träumt im Moment sehr schlecht. Wir machen jetzt Atemübungen, und ich reibe ihm vor dem Einschlafen die Brust mit Lavendelöl ein, aber ich glaube …«

»Du machst das super, Jana, vertrau auf dein Bauchgefühl«, unterbreche ich sie. »Du, noch mal wegen des Ausritts, wo Penthesilea erschossen wurde, eine Frage …«

»PSCHSCHSCHT!«, macht Jana energisch. »Warte! Ich muss kurz Pucki anbinden und ein Stück weggehen. Ich habe mir angewöhnt, über dieses Thema nicht mehr in seiner Gegenwart zu reden.«

Ich verdrehe die Augen und warte, während ich Jana durch das Telefon rascheln und schnaufen höre.

»So – sorry, aber ich will nicht die ganze Trauerarbeit der letzten Zeit wieder zunichtemachen. Was gibt's denn?«

»War bei diesem Ausritt auch ein Galopper dabei? Ein Rappe?«

»Ja! Rennbrandt. Der steht eigentlich im Rennstall, aber weil da wohl kaum jemand Lust hat, gemeinsam auszureiten, haben sie sich uns angeschlossen.«

»Hattet ihr vorher darüber gesprochen, wo ihr langreiten würdet?«

»Ja, sie hatte sogar eine genaue Route rausgesucht, damit es in seinen Trainingsplan passt. Mir ist das ja egal … Allerdings muss ich sagen, so besonders fit fand ich ihn jetzt nicht. Penthesilea hat irgendwann vorgedrängelt, weil er immer langsamer wurde.«

»Heißt das, wenn … Rennbrandt weiter vorne gelaufen wäre, hätte der Schuss ihn getroffen?«

»Kann schon sein. Vielleicht war sie deswegen so komisch. Ich habe der Besitzerin danach noch mal geschrieben, ob wir nicht noch mal zusammen an die Stelle zurückkehren wollen, weil es ja vielleicht wichtig wäre für die Tiere, um die Erfahrung zu verarbeiten. Nachdem du bei uns warst, wollte ich ihr schreiben, was du gesagt hast wegen Trauma, aber sie hat mich wohl blockiert. Ganz seltsam. Aber es war halt auch wirklich großes Pech, dass sie ausgerechnet diesen Ausritt mitgemacht hat.«

»Das ist die Frage, ob das Pech war …«

Ich erzähle Alvin, was ich herausgefunden habe. »Ich schätze, es war kein Unfall, sondern ein versuchter Versicherungsbetrug. Es wurde nur das falsche Pferd getroffen. Penthesilea war auch ein Rappe. Eigentlich sollte Nero erschossen werden. Weil er den Mikrochip von Rennbrandt trug, hätten sie dann die Summe von Rennbrandts Lebensversicherung kassieren können!«

»Wow, gar nicht schlecht!« Alvin nickt beeindruckt. »Manchmal seid ihr Daumenmonster doch echt nützlich!«

»Daumenmonster?«

»Das ist mein neues Wort für Menschen. Weil ihr Daumen habt.«

»Super. Man merkt wirklich kaum, dass du neidisch bist.«

»Dann stellt sich nur noch die Frage, was hatten sie mit dem echten Rennbrandt vor?«

Ich merke so richtig, dass ich es leid bin, mich mit der ganzen Sache zu beschäftigen. In Filmen sind die Detektive immer total motiviert und arbeitswütig, sitzen bis spät in der Nacht vor ihren Pinnwänden und Notizbüchern und grübeln sich einen ab. Ich dagegen nehme mir schon seit Tagen vor, alles, was ich bisher weiß, einmal aufzuschreiben, um einen besseren Überblick zu haben, aber ich komme beim besten Willen nicht dazu. Und es gibt gerade kaum etwas, was ich mir so sehr wünsche wie eine ordentliche Portion Schlaf. Ich will mich einfach nur einmummeln und lang und fest schlafen, ohne Störungen und verrückte Albträume.

Ich bin so müde, dass ich ständig fröstele, obwohl es warm ist, ich kann kaum einen klaren Gedanken fassen, und in meinen Ohren rauscht es. Man kann es nicht weiter beschönigen: Ich bin total erschöpft, und ich habe keinen Bock mehr auf den Fall.

»Lass uns doch alles noch mal durchgehen«, sagt Alvin.

»Hey, nichts für ungut, aber sicher nicht«, sage ich. »Ich gehe total auf dem Zahnfleisch, und mir hängt diese Sache dermaßen zum Hals raus, das kannst du dir nicht vorstellen. Wir werden schon noch rausfinden, was mit Rennbrandt passiert ist. Es hat ja nun leider keine Eile mehr. Ich gehe mich jetzt hinlegen, und ich möchte nicht gestört werden!«

Ich stapfe zurück ins Haus, und ich putze mir nicht mal die Zähne, sondern ziehe nur meine Shorts aus und schmeiße mich ins Bett. Der Schlaf schlägt über mir zusammen wie eine Meereswoge.

Ich erwache, weil ich wahnsinnig durstig bin. Es fühlt sich an, als wäre mir im Schlaf der Treibstoff ausgegangen. Ein Blick auf die Uhr zeigt mir, dass ich über zwölf Stunden am Stück geschlafen habe. Mein Top klebt an meinem Oberkörper, und eine eigenartige Schwere lastet auf mir. Als ich in die Küche schlurfe und mir ein Glas Leitungswasser einlasse, fällt es mir wieder ein. Die Überreste des toten Pferdes draußen auf der Koppel. Die Besitzerin, die nur an das Geld gedacht hat, als sie erfahren hat, dass es ihren Rennbrandt nicht mehr gibt.

Hastig stürze ich mein Wasser herunter und laufe nach draußen. Alvin scheuert sich missgelaunt den Po an einem der Pfosten.

»Sieht man dich auch mal wieder«, sagt er säuerlich.

»Hast du Würmer?«

»Ja. Willst du welche?«

»NEIN?!«

»Nathalie war in der Zwischenzeit hier, und dein komischer Freund. Er ist schon wieder sauer auf dich. Eure Beziehung macht mir nicht den gesündesten Eindruck, um ehrlich zu sein.«

»Warum hast du mich denn nicht geweckt? Normalerweise vergeht doch kaum eine Nacht, ohne dass du irgendwelche Karotten- oder Ponylieder singst, aber ausgerechnet, wenn jemand was von mir will, bist du ruhig.«

Alvin zieht ein beleidigtes Schnütchen. »Du hast gesagt, du willst nicht gestört werden! Da lässt man dich mal in Ruhe, und dann ist es auch wieder falsch …«

»Warum ist er denn sauer auf mich? *Schon wieder?*«

»Er hat wohl ein Video gesehen, in dem du dich als jemand anderes ausgibst. In dem Video tust du so, als wärst du in einem brennenden Haus eingeschlossen gewesen, du rufst dazu auf, für dich und andere Betroffene zu spenden. War das auch wieder deine Halbschwester? Weil so was Blödes würdest doch selbst du nicht machen … auweia«, sagt Alvin, als er mein Gesicht sieht.

Das doofe Video hatte ich ja total vergessen. Ich lasse Alvin stehen und laufe zurück ins Haus, wo ich sofort meinen Laptop starte.

Na super, ich bin in den YouTube-Trends. Die Kommentarspalte ist bereits gefüllt mit guten Wünschen und Ermutigungen. Fast fünfhunderttausend Menschen haben das Video gesehen. Ich muss mich unbedingt an den Verein wenden und darum bitten, das Video zu löschen.

Ich klicke auf die Website des Vereins *Phönix aus der Asche* und scrolle runter bis zum Impressum, auf der Suche nach einer E-Mail-Adresse, als mich zwei bekannte Namen stutzen lassen:

1. Vorstand und Ehrenmitglied: Gräfin Veronika von Lilienthal
Schatzmeister: Anita Papenberg
Stellvertreter: Ulrich Papenberg-Scherf.

Rennbrandts zwielichtige Besitzer engagieren sich in einem gemeinnützigen Verein?

Ich tippe *Ulrich Papenberg-Scherf* in mein Google-Suchfeld ein und sehe direkt ein vertrautes Gesicht: Der aalglatte Moderator, der mich damals ermutigt hat, große Reden zu schwingen, und letztendlich über meinen Saumagenkorb gestürzt ist, ist der Mann von Rennbrandts Besitzerin!

Zahlreiche Fotos zeigen ihn, wie er Wohltätigkeitsveranstaltungen moderiert und große Schecks entgegennimmt. Auf einem der Bilder ist er gemeinsam mit mehreren verschleierten Männern auf der Pferderennbahn zu sehen. Ich rufe das Foto auf – es gehört zu einem Zeitungsartikel, in dem erwähnt wird, dass Papenberg-Scherf einem saudischen Scheich die Rennbahn und die Gegend zeigt. Der Scheich sei in Europa, um sich gute Rennpferde anzuschauen und zu kaufen.

Ich rufe sofort Nathalie an.

»Die Besitzer von Rennbrandt sind beide in dem Verein *Phönix aus der Asche* aktiv! Sie ist sogar die Schatzmeisterin!«

»Ey, genau das wollte ich dir auch sagen. Und ich hab noch mehr herausgefunden. Ich wollte es dir gestern Abend schon erzählen, aber da hast du nicht aufgemacht. Soll ich eben vorbeikommen? Ich bringe Brötchen mit!«

»Au ja, gerne!«

Nathalie sieht schön aus, sie trägt ein Kleid mit Pusteblumen drauf und scheint ein kleines Stückchen über dem Boden zu schweben. Ihre Haut ist leicht gebräunt.

»Du wirkst irgendwie anders«, sage ich. Ob sie Sex gehabt hat, frage ich sie nicht. Ich bin ja nicht Lackmann.

Sie lächelt verlegen. »Weißt du noch, als das Pony zu mir gesagt hat, ich soll mich nicht mehr zu Hause verkriechen? Irgendwie hat das was bei mir ausgelöst. Das haben zwar schon alle möglichen Leute zu mir gesagt, und ich war ja auch in Therapie, aber manchmal muss man es wohl einfach zum richtigen Zeitpunkt noch mal gesagt bekommen!«

» … oder von einem Pferd. Ich kann mir schon vorstellen, dass der Überraschungseffekt dafür gesorgt hat, dass es sich mehr eingeprägt hat.«

»Kann schon sein. Auf jeden Fall war ich seitdem öfter unterwegs, und gestern hab ich den ganzen Tag am Badesee verbracht. Ich war dort mit meinem neuen Freund Stefan«, sagt sie. Sie beugt sich zu mir vor und flüstert verschwörerisch: »Er ist erst vierundzwanzig!«

»Ist es für die Geschichte relevant, dass er vierundzwanzig ist?«

Sie kichert. »Nein, absolut nicht! Ehrlich gesagt wollte ich es einfach nur gesagt haben … Na ja, jedenfalls liege ich so am See – neben mir Stefan, der seinen vierundzwanzigjährigen Körper nur mit einer knappen Badehose im Leopardenmuster bedeckt hatte …«

»Bitte komm zum Punkt!«

» … da habe ich plötzlich eine E-Mail bekommen, ob ich nicht noch mal eine kleine Videobotschaft aufnehmen könnte, weil die erste so gut ankommt. Und wer war der Absender? Bingo, Mr Papenberg-Scherf *himself*. Ich denk mir: Hä, den Namen kenne ich doch irgendwoher?«

»Hattet ihr keinen Kontakt, als er dich damals für den Vortrag angefragt hat?«

»Nein, gar nicht, es lief alles über eine Assistentin.«

»Arroganter Sack. Mir hat er sich gar nicht namentlich vorgestellt, als ich da eingelaufen bin. Geht wahrscheinlich davon aus, dass jeder wissen müsste, wer er ist.«

»Aber jetzt kommt's: Nachdem ich erst mal gecheckt hatte, woher ich den kenne, habe ich ihn genauer unter die Lupe genommen. Stellt sich raus, er lagert seine schmutzige Wäsche nicht zu Hause, sondern auf dem Server des Vereins … Und er hat ewig lang mit einem Scheich gemailt, der Rennbrandt kaufen wollte!«

»Das habe ich mir fast schon gedacht … Die Idee war wohl, doppelt abzukassieren. Ein billiges Pferd erschießen lassen, um die Versicherungssumme zu kassieren, und ein hochwertiges Rennpferd ins Ausland verkaufen, wo es unter einem neuen Namen als Überraschungssieger brillieren kann.«

»Die Frage ist nur, was machen wir jetzt?«

»Dass er das Pferd verscherbeln wollte, das ist ja erst mal kein Verbrechen. Davon mal abgesehen, kann man die Mails wahrscheinlich eh nicht als Beweismittel benutzen, oder? Immerhin hast du sie dir illegal verschafft.«

»Das stimmt.« Nathalie kichert. »Ich könnte diesen Hufschmied verführen, den Löwe … der hängt da doch hundertprozentig mit drin.«

Ich verdrehe die Augen. »Nathalie, nur weil du neuerdings gerne Leute verführst, heißt das nicht, dass das in jeder Situation hilfreich sein muss!«

Sie zuckt mit den Schultern. »Ich wollte nur helfen!«

»Tu, was du nicht lassen kannst, aber bilde dir nicht ein, das wäre Detektivarbeit! Wie stellst du dir das vor? Ihr habt leidenschaftlichen Sex, auf einmal sagt er: ›Oh, ich bin in ein Verbrechen verwickelt, bitte, bestrafe mich, Herrin!‹?«

Nathalie lacht. »Es wäre doch einen Versuch wert!«

Ich gehe nicht weiter auf ihren Vorschlag ein. »Was mir nicht in den Kopf will, ist, warum haben sie mich überhaupt zur Beratung hinzugezogen? Sie wussten doch, dass das Pferd schlechter läuft, weil es nicht dasselbe Pferd war.«

»Nachdem es nicht geklappt hat, den falschen Rennbrandt erschießen zu lassen, wollten sie die Schuld für den Wertverlust des Tieres einem der Behandler in die Schuhe schieben. Er hatte deswegen sogar schon Kontakt mit einem Anwalt. Die Hoffnung war, dass du freiwillig eine gewisse Summe zahlst, um zu verhindern, dass es einen Rechtsstreit und viel Aufsehen gibt.«

Was zum Henker! Da arbeitet man jahrelang an seinem guten Ruf, und dann so was! Das ist wirklich eine Frechheit. Man kann über mich sagen, was man will, aber meine Behandlungen haben noch nie irgendeinen Einfluss auf die Leistung oder das Wohlbefinden eines Pferdes gehabt!

»Aber warum denn ich?«

»Wer wäre dafür besser geeignet als du? Der Tierarzt steht wohl finanziell nicht so gut da, der hat bei der Scheidung ziemlich bluten müssen. Dir quillt der Reichtum geradezu aus den Knopflöchern, plus dein Geschäftsmodell ist, sagen wir mal, sehr nischig, und man kann vermuten, dass es einer kritischen Überprüfung eher nicht standhalten würde!«

»Na, die hätten sich schön gewundert. Die haben nämlich keine Ahnung, wie schlecht ich mit Geld umgehen kann!«

Als Nathalie gegangen ist, beschließe ich zwei Dinge. Erstens, ich fahre noch mal raus zu dem Koppelstück, wo ich Rennbrandt gefunden habe. Beim letzten Mal war der Schock so groß, dass ich mich gar nicht richtig umgesehen habe. Diesmal werde ich auch das Gebäude genau unter die Lupe nehmen. Natürlich erwarte ich nicht, dass ich dort wie im Film eine Truhe mit Papieren finde, die alles beweisen – wobei das schon praktisch wäre. Aber ich kann mir nicht vorstellen, dass die Täter so umsichtig waren, auf einem Gelände, das sie gepachtet haben, hinter sich aufzuräumen und alle Spuren zu beseitigen.

Und zweitens, ich werde Kai die Sicherheitssteigbügel zurückgeben. Vielleicht kann er sie noch in den Laden zurückbringen und sich das Geld erstatten lassen. Das ist nur fair ihm gegenüber, und außerdem ein guter Anlass, um das Gespräch zu suchen.

Ich steige die Leiter nach oben zu dem einfachen Heulager. Hier liegt allerhand Zeug herum – zerrissene Papiere, ein Verbandskasten, blutige Kompressen ... Ich frage mich nur, wo das Jagdgewehr ist, mit dem irgendjemand – ich vermute, der Schmied – während des Ausritts auf das Pferd geschossen hat. Hinter einem Haufen Pressengarn hat jemand eine Sporttasche hingepfeffert. Ich will gerade rübersteigen und in die Tasche schauen, als ich unten ein knarzendes Geräusch höre.

Ich laufe sofort zur Leiter, um sie hochzuziehen oder umzuwerfen, aber es ist schon zu spät. Papenberg-Scherf erklimmt soeben die letzten Stufen und springt erstaunlich behände auf den Heuboden.

Hektisch schaue ich mich um und suche nach einem Fluchtweg, aber der einzige Weg nach draußen führt über die Leiter. Ich bin wie gelähmt vor Angst. Ehe ich aus der Schockstarre rauskomme, greift er nach mir, hält mich an meinem Zopf fest und presst ein Messer an meinen Hals. Wieder einmal verfluche ich mich selbst dafür, dass ich nie einen Selbstverteidigungskurs gemacht habe, denn ich habe das Gefühl, dass er es weder routiniert noch gut macht und dass es ein Kinderspiel wäre, mich zu befreien, wenn ich nur ein paar ganz einfache Handgriffe kennen würde. Aber das wäre etwas, was man wahrscheinlich besser vorher mal üben sollte, und ein scharfes Messer an der Kehle macht mich nicht unbedingt experimentierfreudiger.

Er zwingt mich dazu, mich auf den Bauch zu legen und die Hände hinter dem Rücken zu verschränken. Dann setzt er sich auf mich und fesselt mir erst die Hände und den Oberkörper und anschließend die Füße mit Strohbändern zusammen. Danach steckt er das Messer weg, verstellt mir aber weiterhin den Ausgang. Als wäre ich nicht ohnehin verschnürt wie ein Weihnachtspaket.

Ich rolle mich mühsam auf den Rücken und setze mich halb auf. Bauchmuskeltraining wäre auch mal wieder nötig. Ohne den Kopf zu drehen oder meine Augen auffällig zu bewegen, versuche ich, möglichst viel von meiner Umgebung wahrzunehmen. Ich glaube, links vor mir liegt eine Mistgabel auf dem Boden – schön mit den Zinken nach oben, normalerweise würde ich durchdrehen bei dem Anblick, aber für mich könnte diese Unachtsamkeit die Rettung bedeuten.

Ich versuche, so zu tun, als hätte ich die Mistgabel nicht bemerkt und würde einfach nur ins Leere starren, obwohl es sich anfühlt, als würde sie einen Abdruck in meine Netzhaut brennen.

Die Strohbänder schneiden unangenehm in meinen Bauch ein.

Um den Mann abzulenken, fange ich an zu reden.

»Dass man Leute übers Ohr haut, kann wohl niemand

besser nachvollziehen als ich. Ich verstehe nur nicht, wie man dermaßen geldgeil sein kann? Reicht es nicht irgendwann mal?«

Er lacht höhnisch. »Oh, jetzt kommt also die Szene, in der ich dir erkläre, warum ich vom rechten Weg abgekommen bin, ja? Während du dich von den Fesseln befreist und dir eine Waffe suchst. Das kannst du vergessen.«

Er greift beiläufig nach der Mistgabel und wirft sie ein paar Meter weiter weg.

»*Ich* bin überhaupt nicht geldgeil«, sagt er.

Aha, denke ich. Jetzt kommt die Szene, in der er mir erklärt, warum er das alles gemacht hat, obwohl er gerade behauptet hat, er würde mir nichts erklären.

»Meine Frau ist geldgeil. Die Definition von ›geldgeil‹. Ein absolutes Luxusgeschöpf, reiches Elternhaus, aber ihr Vater hat ihr den Geldhahn zugedreht und sie enterbt. Danach hat sie bei mir die Hand aufgehalten. Klamotten, Kosmetik, Botox, Wellnessaufenthalte, Schmuck – immer das Teuerste vom Teuersten, und nie war es gut genug. Ich habe so viel gearbeitet, und sie war trotzdem nur am Nörgeln. Ich wollte mich trennen, aber dann hat sie sich plötzlich verändert.«

Er geht vor mir in die Hocke. »Sie hat aufgehört, mich nach Geld zu fragen, und kaum noch davon geredet, was sie sich alles kaufen wollte. Sie hat gefragt, ob wir öfter mal was zusammen machen können, und hat angefangen, sich für den Verein zu interessieren. ICH habe sie dahin mitgenommen und der Gräfin vorgestellt. Ich habe mich gefreut, dass sie sich auch mal für andere engagieren will.«

Seine Stimme ist nur noch ein Flüstern. »Als ich gemerkt

habe, dass sie das Geld des Vereins veruntreut hat, war es schon zu spät. Mehrere Hunderttausend Euro, einfach verpulvert … Und ich würde lieber sterben, als das der Gräfin zu beichten. Also habe ich getan, was nötig war, um den Verlust auszugleichen. Ich hatte keine andere Wahl.«

»Na ja, ganz ehrlich – es gibt härtere Schicksale«, sage ich.

Er verschwindet kurz und kommt mit einem Kanister wieder. Fast schon beiläufig übergießt er mich und das herumliegende Heu mit Benzin.

»Das ist jetzt nicht Ihr Ernst? Sie engagieren sich in einem Verein für Verbrennungsopfer, und mich wollen Sie flambieren? Was stimmt denn mit Ihnen nicht?!«

Er zuckt mit den Schultern. »Jeder weiß, dass du an allen möglichen passenden und unpassenden Orten rauchst. Es wird niemanden besonders überraschen, wenn du in einem abgefackelten Heulager gefunden wirst.«

»Bis hierhin ist Ihr toller Plan aber noch nicht so richtig aufgegangen, oder? Das Pferd, das sterben sollte, lebt. Und das Pferd, das Sie gewinnbringend verkaufen wollten, ist tot. Woran ist Rennbrandt gestorben?«

»An der Dummheit meiner Frau! Sie hat gesagt, ich muss ihm jeden Tag die Zähne putzen. Aber so, wie sie es rübergebracht hat, klang es wie ein Witz! Woher sollte ich denn wissen, dass das ihr Ernst war!«

Dann ist er wohl an einer Sepsis gestorben, verursacht durch eine Entzündung im Mund. Armer Rennbrandt.

»Wow, das ist wirklich das nächste Level. Ihre Frau hat es Ihnen extra *gesagt*, Sie haben es nicht gemacht, und jetzt finden Sie trotzdem, dass es die Schuld der Frau ist? So was kann nur von einem Mann wie Ihnen kommen …«

Ich atme aus, soweit ich kann, und natürlich reicht es nicht, damit die Fesseln an mir herunterrutschen, das passiert nur im Comic. Aber das Seil hat nun genug Spielraum, dass der Knoten etwas mehr in Richtung meiner Hände rutscht, und ich fange fieberhaft an, an ihm herumzupulen. Mühsam verberge ich meine Aufregung, als der Knoten sich löst.

»Sie hat mir einen blöden Zettel geschrieben, da war sogar ein Smiley drauf …« Er scharrt wütend zwischen den Papieren auf dem Boden herum.

Sobald er den Blick abwendet, taste ich vorsichtig nach meiner Tasche. Sie ist zu Boden gefallen, als er mich gefesselt hat, aber er hat sie mir zum Glück nicht weggenommen. Ich schiebe eine Hand in die Tasche, fühle etwas Hartes und schließe meine Finger darum.

»Was machst du da?«, fragt er und macht zwei schnelle Schritte auf mich zu. Mit aller Kraft hole ich aus und schlage gegen seine Schläfe, den roségoldenen Steigbügel halte ich wie einen überdimensionalen Schlagring in der Hand. Der Mann geht zu Boden.

»Dir wünsche ich, dass du aufwachst und mit Pferden reden kannst«, sage ich laut und trete ihm noch mal kräftig in die Rippen. Dann rufe ich die Polizei.

Die nächsten Tage vergehen wie in einem verrückten Fiebertraum. In dem Heulager werden das Gewehr – versehen mit Fingerabdrücken von Papenberg-Scherf und Alex Löwe – und ein zerrissener Kaufvertrag gefunden. Ich muss Zeugenaussagen machen und ohne Ende Telefonate führen. Leute, von denen ich seit Ewigkeiten nichts mehr gehört habe, melden sich plötzlich bei mir, um mich zu beglückwünschen und zu fragen, wie es mir geht. Nero zieht wieder zurück zu Klaus, der Rennbahnmaus, und der schickt mir ein Foto und eine lange und rührselige Sprachnachricht, in der er erklärt, »seinen Kaiser«, wie er ihn nennt, nun für immer behalten zu wollen. Die Gräfin schickt mir eine nette Dankeskarte, auf der ein Hummer abgebildet ist. Humor hat die Frau, das muss man ihr lassen.

Seit Tagen ist es heiß, und der Sand ist inzwischen staubtrocken, deswegen stelle ich mich im Bikini mit dem Gartenschlauch in der Hand auf meinen kleinen Reitplatz und wässere ihn mit extra zu diesem Zweck gesammeltem Regenwasser aus meinem Tank. Plötzlich schlüpft Drusla unter dem Zaun durch auf meine Seite. Sie weiß genau, dass sie das nicht soll; sie weiß allerdings auch, dass der Stromzaun immer ausgeschaltet ist, wenn ich auf der Anlage bin. Ich will gerade zu ihr hingehen, um sie am Schopf zu nehmen und ruhig wieder auf die andere Seite zu begleiten, da fällt mir ein, was Alvin über Drusla gesagt hat: dass sie sich mehr Action wünscht. Zurückbringen kann ich sie auch später noch, denke ich mir und fange stattdessen an, über den Platz zu joggen, den Wasserschlauch immer noch in der Hand. Drusla schüttelt übermütig den Kopf und kommt sofort angedüst. Ich merke, dass sie Lust hat, zu spielen; als ich ein paar Galoppsprünge mache, fetzt sie auch direkt los, macht Bocksprünge und keilt aus, aber alles in respektvollem Abstand zu mir. Ich wende mich ab, und sie kommt sofort mit. Als ich eine Vollbremsung mache, bleibt sie ebenfalls stehen und schaut mich erwartungsvoll brummelnd an. Ich lobe sie und merke erst jetzt, dass wir beide völlig mit Sand paniert sind. Na ja, sieht ja keiner, denke ich noch, als Drusla abrupt den Kopf hebt und ich ihrem Blick folge und sehe, dass Kais Auto auf meine Einfahrt fährt.

Er kommt zu mir und drückt mich wortlos an sich, nass und schmutzig, wie ich bin. Wir stehen da und halten uns fest, bis Drusla das Ganze suspekt wird und sie mich mit dem Kopf anstößt.

»Mann, Mann, Mann, du machst Sachen«, sagt Kai. »Stimmt es, dass du den Typen mit einem Steigbügel k. o. geschlagen hast?«

»Ja! Im Nachhinein waren die Dinger also doch extrem nützlich.«

Er spritzt mich mit dem Gartenschlauch ab, und wir gehen zusammen ins Haus. Eigentlich gäbe es viel zu besprechen, aber ich fühle mich nach den ganzen Zeugenaussagen eigenartig leer geredet, und so wird es ein Abend, den wir eng aneinandergeschmiegt auf dem Sofa verbringen und dummes Zeug im Fernsehen gucken. Ab und zu schaut er mich von der Seite an, als müsste er sich vergewissern, dass ich auch wirklich da bin.

In den letzten Tagen habe ich einige Termine ausfallen lassen, aber heute nützt es nichts, ich muss arbeiten. Der Termin steht schon seit langer Zeit fest, und die Kundin hat vorher ein riesiges Theater darum gemacht. Ich musste einen Aufsatz über meine Methodik abgeben (hierfür habe ich einfach ein Mash-up aus Eckhart Tolles Buch *Jetzt!*, einem Lise-Gast-Sammelband und Sigmund Freuds *Totem und Tabu* abgegeben und darauf gehofft, dass das Leseverständnis der Empfängerin nicht allzu ausgeprägt wäre, was dann auch der Fall war), eine Schweigepflichtserklärung unterschreiben und einwilligen, dass wir uns an einem neutralen Ort treffen.

Nun, als ich an dem besagten neutralen Ort eintreffe – einem Parkplatz im Wald neben einer Gaststätte, die heute Ruhetag hat, versteckt zwischen den Bäumen und perfekt, um vorwärts rein- und vorwärts wieder rauszufahren –, verstehe ich auch, warum ihr das mit der Schweigepflicht so wichtig war.

Auch die Pferdeszene hat ihre Stars, und sie ist einer davon. Auf ihrem Pferdeanhänger prangt in riesigen Buchstaben ihr Name und der Hinweis, welche Hängermarke sie fährt. Daneben ein Foto ihres lachenden Gesichts.

Ihr echtes Gesicht wirkt allerdings nicht so fröhlich.

Sie führt das Pferd, einen unscheinbaren, etwas knochigen dunkelbraunen Wallach, die Rampe hinunter und auf mich zu. Der Braune schlägt mit dem Kopf, außerdem fällt mir auf, dass er den Schweif schief hält.

Ich lasse ihn an meiner Hand riechen und streichle das samtweiche Fell an seiner Nase.

»Wie heißt er?«

»Murphy.« Sie macht eine erwartungsvolle Pause, aber ich tue ihr nicht den Gefallen, nachzufragen. »Wegen Murphys Gesetz, verstehen Sie. Alles, was schiefgehen kann, wird auch schiefgehen. Wir hatten nämlich etwas Verletzungspech.« Ich starre sie unverwandt an, bis sie den Blick abwendet. Unter meinem linken Auge zuckt ein Muskel. Manchmal bin ich es echt dermaßen leid.

»Was haben Sie denn für Probleme mit ihm?«

»Oh, er lässt mich nicht aufsitzen! Ich habe mir wirklich Zeit mit ihm gelassen und es immer wieder in aller Ruhe versucht. Jeder weiß, dass ich sehr kleinschrittig mit den Pferden arbeite. Aber bei ihm frage ich mich so langsam, woran es liegt.«

Ich taste das Pferd ab, murmele vor mich hin, das volle Programm. »Er sagt, er ist nicht bereit … er wünscht sich mehr Zeit!«

Sie schnaubt. »Wir haben aber nicht endlos Zeit! Beim *Mustang Makeover* hat man nur hundert Tage. Am Anfang konnte ich ewig nicht mit ihm üben, weil er verletzt war, und jetzt läuft uns allmählich die Zeit davon!«

Ah, ich verstehe – es ist ein importierter Mustang, mit dem sie beim *Mustang Makeover* teilnimmt. Das erklärt auch das etwas fragwürdige Exterieur des Pferdes, die steil abfallende Kruppe und die fehlende Reitpferdemuskulatur.

Das *Mustang Makeover* ist so ähnlich wie *Pimp my Ride*, nur ohne Xzibit und dass niemandem ein Aquarium eingebaut wird. Jeder Teilnehmer bekommt einen wilden Mustang und hat hundert Tage Zeit, ein braves Reitpferd daraus zu machen. Am Ende werden die Pferde dann auf einer der großen Pferdemessen in einer Arena präsentiert.

»Er würde lieber Bodenarbeit machen. Das ist doch auch erlaubt, oder nicht? Soweit ich weiß, muss man nicht zwingend reiten, die Pferde dürfen auch an der Hand gezeigt werden …«

»Es ist aber beeindruckender, wenn man reitet. Außerdem, müsste er nicht eigentlich englisch sprechen?«

»Was?«

»Sie haben jetzt auf Deutsch gesagt, was er gesagt haben soll. Aber er ist doch ein Mustang. Aus den USA importiert! Müsste er dann nicht englisch mit uns reden?«

»Oh, ja, ja … *yes, yes,* ich habe nur übersetzt.«

»Ich würde gerne im Original hören, was er zu sagen hat. Bei einer Übersetzung geht ja doch immer viel verloren.«

Ich fange an zu schwitzen.

»I feel not … I feel not a hundred percent comfortable in my body. My back. Ouchy-ouch. My …« Verdammt, was heißt Wirbelsäule? Iliosakralgelenk? *»Please don't sit on my backside!«*

Sie starrt mich an. Mir fällt auf, dass ich gerade einen britischen Akzent verwendet habe, dabei müsste der Mustang doch amerikanisch gefärbtes Englisch sprechen. Oh Gott, wie peinlich. Hat sie es bemerkt? Ich merke, wie mir die Röte in die Wangen schießt.

»Also, ich würde mal die Wirbelsäule röntgen lassen«, füge ich hinzu, um die Stille zu füllen.

»Das hat der Tierarzt auch gesagt!«, sagt sie vorwurfsvoll.

»Ja, warum fragen Sie mich dann noch?«, sage ich noch vorwurfsvoller.

»Weil ich was anderes hören will!!!«

Oh Mann, die Leute werden echt immer durchgeknallter. Ich schüttele den Kopf. »Tut mir leid, aber ich sehe keinen Sinn darin, Sie anzulügen. Es wird nicht funktionieren. Machen Sie bei der Abschlusspräsentation eine schöne Freiheitsdressur, oder ziehen Sie ihn vom Wettbewerb zurück, aber eine andere Lösung gibt es nicht.«

»Dafür bezahle ich Ihnen aber nicht zweihundertfünfzig Euro plus Fahrtkosten!«

»Behalten Sie Ihr Geld. Oder noch besser, geben Sie es für eine Röntgenuntersuchung aus! Der ist so empfindlich am Rücken, da muss was nicht in Ordnung sein. Alles Gute, Murphy!«

Ich streichle dem Pferd noch ein letztes Mal über die Nase und laufe zurück zum Auto. Mein Herz pocht. Auch wenn das heute ein ziemliches Verlustgeschäft war – besonders nach dem ganzen Aufwand, den ich im Vorfeld betrieben hatte –, habe ich das Gefühl, dass ich gerade das Richtige getan habe. Es ist ein eigenartiges, stolzes Gefühl. So *rechtschaffen.*

Schade nur, dass man mit Rechtschaffenheit nicht die nächste Heulieferung bezahlen kann.

Kai und ich spazieren den verschlungenen kleinen Weg am Bach entlang Richtung Ortsmitte. Ich höre ihm nur halb zu und schiele die ganze Zeit zu dem Bächlein rüber. Manchmal fahre ich hier mit dem Fahrrad lang, wenn ich auf dem Wochenmarkt einkaufen war, und ich habe schon einige Male kurz etwas Blaues aufblitzen sehen – einen Eisvogel. Vielleicht sehen wir ja heute wieder einen? Das wäre doch romantisch!

Da! Der Eisvogel kommt übers Wasser gedüst, und ich will gerade laut rufen und auf ihn zeigen, als sich plötzlich ein zweiter Eisvogel aus der Böschung löst. Sie wenden sich einander zu, fliegen eine schnelle, winzig kleine Pirouette umeinander herum, ihr Gefieder funkelt strahlend blau im Sonnenlicht, und es ist das Schönste, was ich jemals gesehen habe. Dann verschwinden sie. Ich bin ganz gerührt, dass ich so was Schönes erleben durfte. »Wow«, sage ich. Kai, der nicht auf den Bach geachtet hat, sieht mich irritiert an.

»Da war eben ein Eisvogelpärchen! Du hast es leider verpasst, aber das war sooo schön!«

»Klar«, sagt er. »Ich wohne seit über dreißig Jahren in der

Gegend, und ich hab noch nie einen Eisvogel gesehen. Aber du siehst natürlich gleich zwei!«

»Glaubst du mir etwa nicht? Warum sollte ich dich belügen?«

»Keine Ahnung, warum solltest du? Vielleicht aus demselben Grund, aus dem du alle anderen belügst? Um dein Ego zu pushen und im Mittelpunkt zu stehen?«

Ich bin fassungslos. »Ich habe *wirklich* ein Eisvogelpärchen gesehen. Wenn ich sage, dass ich nicht lüge, kannst du mir das ruhig glauben!«

»Weißt du, Berenice, das ist bei dir ein bisschen viel verlangt. Du kannst dir das nicht einfach aussuchen, ob Leute dir glauben oder nicht.«

»Inga hat dich doch auch mal angelogen. Wirst du ihr deswegen jetzt nie wieder glauben?«

»Wenn Kinder lügen, ist das okay und manchmal sogar niedlich«, sagt er. »Aber so langsam solltest du doch aus dem Alter raus sein. Stell dir mal vor, irgendwann bist du alt und verdienst deinen Lebensunterhalt immer noch mit Lügen und Hokuspokus. Bis dahin kann man wahrscheinlich wissenschaftlich beweisen, dass an deinen Behauptungen nichts dran ist. Ein paar Leute wirst du immer noch finden, die sich von dir verarschen lassen, aber die meisten werden dich anschauen und denken: Oh Gott, wie erbärmlich.«

Ich starre ihn an. Das Ding ist, ich hatte nie vor, meinen »Beruf« bis zur Rente auszuüben. Das ist etwas, was ich ein paar Jahre lang mache, um genug Geld zur Seite zu schaffen, und dann werde ich mich zur Ruhe setzen und bis ans Ende aller Tage in Saus und Braus leben. Habe ich mir vor ein paar Jahren gesagt.

Aber es ist gar nicht so leicht, aufzuhören. Irgendwie ist es immer einfacher, noch ein bisschen weiterzumachen, als sich was anderes zu überlegen.

»Als erwachsener Mensch sollte man nicht die ganze Zeit alle anlügen. Das ist unreif und respektlos.«

»Als erwachsener Mensch sollte man vielleicht langsam mal gelernt haben, andere Menschen so zu akzeptieren, wie sie nun mal sind! Was willst du denn überhaupt mit mir, wenn dir meine ganze Art nicht gefällt?«

Er hält mich fest. »Berenice, du bist doch nicht nur deine Lügen! Du bist schlau und witzig und gerissen! Du bist total liebenswert, und du hast es gar nicht nötig, zu lügen, um gemocht zu werden.«

Ich lache höhnisch. »Ich lüge doch nicht, um gemocht zu werden!«

»Sondern?«

»Weil es gefährlich ist, die Wahrheit zu sagen!«

Eine Lüge ist immer auch eine Sollbruchstelle. In jeder Beziehung, die ich bis jetzt hatte, gab es mindestens eine Lüge, von der ich wusste: Wenn das rauskommt, ist es vorbei. Einerseits hat mir das manchmal ein bisschen Angst gemacht, aber andererseits hat es mir ein Gefühl von Sicherheit und Überlegenheit gegeben, zu wissen, dass ich die Beziehung jederzeit ganz schnell hätte beenden können.

Ich bin fremdgegangen wie eine Blöde, und zwar nicht, weil es so viele verlockende Gelegenheiten gegeben hätte, sondern eher aus Prinzip. Die Wahrheit über den Seitensprung war wie ein roter Knopf, den ich hätte drücken können, um den Partner im Nu aus der Beziehung hinauszukatapultieren. Zack, und tschüss.

Ich habe mal gelesen, eine Studie hat herausgefunden, dass Männer mehr lügen als Frauen. Frauen sollen dafür »besser« lügen. Aber wenn Frauen so gut lügen können, woher will man dann wissen, dass sie nicht doch die sind, die mehr lügen, und einfach nur seltener dabei erwischt werden?

Seit Tagen versuche ich, Kai zu erreichen, ohne Erfolg. Ich habe ihm auf Whatsapp geschrieben und versucht, ihn anzurufen, aber er geht nicht ans Telefon. Auf der Praxis-Telefonnummer habe ich auch mehrmals angerufen, und Frau Dornbusch hat jedes Mal gesagt, sie gibt es weiter und er ruft zurück, aber er hat nicht zurückgerufen. Gestern habe ich bei ihm zu Hause geklingelt, und obwohl sein Auto in der Einfahrt stand, hat er mir nicht geöffnet. Für den Fall, dass er zu Fuß unterwegs war, habe ich ihm einen Zettel auf die Fußmatte gelegt. Der lag heute Morgen, als ich »zufällig« auf dem Weg zu meinem ersten Termin einen Abstecher an seinem Haus vorbei machte, immer noch da. Und inzwischen bin ich mir sicher: Er geht mir aus dem Weg.

»Was soll ich machen?«, frage ich Alvin.

»Oh, das ist eine gute Frage, und ich bin froh, dass du damit zu mir kommst, denn mit der dir eigenen, manchmal etwas verblendeten Art, würdest du sicher Wochen brauchen, um auf das Offensichtliche zu kommen!«

»Vielen Dank.«

»Gerne. Also, wenn wir uns mal alles anschauen, was bisher passiert ist, dann gab es bisher zwei Auslöser, die in den meisten Fällen dazu geführt haben, dass er hergekommen ist: Erstens, Marshmallow war hier, zweitens, du warst verletzt. Etwas seltsame Dynamik, wenn du mich fragst, aber ist ja auch egal, die Lösung liegt auf der Hand: Entweder du kidnappst das Pony, oder du lässt dich noch mal vom Dach fallen. Deine Wahl!«

Ich stöhne. »Das ist so ein Quatsch. Du willst doch einfach nur Marshmallow bei dir haben. Was auch okay ist! Ich wollte Kai und Inga sowieso fragen, ob sie Marshmallow nicht bei mir einstallen wollen. Hier hätte sie mehr Platz als im Pensionsstall. Aber dafür müsste er mir mal antworten …« Ich seufze tief.

»Wirklich? Du würdest Marshmallow hier aufnehmen? Das ist ja super. Okay, mir fällt gerade ein, dass Kai hier war. Er hat dir was in den Briefkasten geworfen!«

»Dein Ernst? Wann hattest du vor, mir das zu sagen?«

»Oh, so bald wie möglich«, flötet Alvin unschuldig. »Ich wollte dich nur nicht unterbrechen, du hast mir ja gerade dein Herz ausgeschüttet.«

Ich gehe direkt los und schaue nach. Meine Selbstachtung gebietet es, dass ich nicht renne, aber es ist hart an der Grenze. Wenn alle Stricke reißen, kann ich immer noch bei der Walking-Meisterschaft antreten.

Hinter der Gratis-Zeitung und einigen Prospekten an der Rückwand meines Briefkastens ist ein Umschlag eingeklemmt. Mein Herz hämmert. Ich reiße ihn sofort auf.

In dem Umschlag finde ich eine Adresse in Portugal und ein Flugticket. Außerdem einen handgeschriebenen Brief.

Liebe Berenice,
man kann nur gemeinsam nach vorne blicken, wenn man seinen Frieden mit der Vergangenheit gemacht hat. Bitte nimm dir ein paar Tage frei, die Pferde werden es überleben, wenn ihnen mal keine großen Weisheiten in den Mund gelegt werden. Inga und ich kümmern uns um deine Ponys. Unter der Adresse wirst du die Antworten finden, die du brauchst. Wenn du zurückkommst, erwarte ich deine Antwort, ob du bereit bist, das Hochstaplerdasein an den Nagel zu hängen.
Dein Kai

PS: Ein Hotel musst du dir selbst buchen, ich bin nicht Krösus.

Ich bin lange nicht geflogen und finde dementsprechend alles total aufregend. Als ich drei Stunden vor Abflug am Frankfurter Flughafen eintreffe, hat der Check-in-Schalter noch nicht einmal geöffnet. Erst tigere ich nervös hin und her, dann beobachte ich eine ganze Weile die Singvögel, die sich in der großen Halle offenbar sehr wohlfühlen, und dann nicke ich noch kurz ein.

Als ich wieder aufschrecke, hat der Check-in begonnen, Menschen wuseln umher, und es herrscht rege Betriebsamkeit. Veränderung liegt in der Luft. Ich fühle mich beschwingt.

Reisen verändert ja oft etwas, in Büchern ist das zumindest so. Mir fällt zwar nur *Tod in Venedig* ein, oder *Der Zauberberg* – ich bin jetzt literarisch gebildet! –, was vielleicht beides keine so schönen Beispiele sind, aber es gibt sicher auch Werke, in denen jemand verreist und hinterher niemand tot ist.

Wobei ich für einige meiner Mitreisenden in dieser Hinsicht nicht unbedingt meine Hand ins Feuer legen würde. Faro scheint ein beliebtes Reiseziel zu sein bei Rentnern, die auf den ersten Blick gar nicht so wirken, als wären sie überhaupt transportfähig, auf den zweiten Blick aber mit Outdoor-Ausrüstung und Ferngläsern behängt sind, als hätten sie vor, unmittelbar nach der Landung bis zur nächsten Sandbank zu waten und dort mit der Vogelbeobachtung zu beginnen.

Ein nettes älteres Ehepaar sitzt im Flieger neben mir und hält die ganze Zeit Händchen. Sie trinkt ihren Tomatensaft mit links und er mit rechts, um das Händchen des jeweils anderen nicht loslassen zu müssen.

»Reisen Sie ganz alleine?«, erkundigt sich die ältere Dame mit einer Mischung aus Mitgefühl und Bewunderung.

»Ja, es ist nur ein Kurztrip«, sage ich. »Mein Freund hat mir den Flug geschenkt.«

Die Sonne brennt auf die Pflastersteine herunter, die Farbe blättert von den Häuserfassaden, und auf den Dächern warten Storchennester auf ihre Bewohner. Ich laufe durch die kleinen Gassen zu der Adresse auf dem Zettel.

Und dann sehe ich den Laden. Etwas versteckt zwischen zwei größeren Geschäften. Ich öffne die Tür, und ein Windspiel gibt ein paar schiefe Klänge von sich. Der Laden ist so schmal, dass es nur einen einzigen Gang gibt und zwei Menschen gerade so aneinander vorbeigehen können. Eine junge Frau steht hinter der Kasse und lächelt mich freundlich an.

Es fühlt sich an, als würde ich die Verfilmung von einem Roman sehen, den ich schon tausendmal gelesen habe. Manches sieht anders aus, als ich es mir vorgestellt habe, aber vieles ist exakt so, wie ich es in meinem Kopf gesehen habe. Die Aufsteller mit den kleinen Magneten. Das Wassermelonengeschirr. Und weiter hinten das Regal mit den Korktäschchen. Alle sind bestickt, aber keines sieht so aus wie meins. Mir schießen die Tränen in die Augen.

»*Are you okay?* Ist alles in Ordnung?«

Die junge Frau mustert mich besorgt.

»Ja, alles gut.« Ich schniefe und muss lachen. »Nein, nicht wirklich. Mein Vater hat diesen Laden vor langer Zeit besucht und oft davon erzählt. Es fühlt sich ziemlich überwältigend an, das alles in echt zu sehen.«

Sie schaut mich abwartend, aber nicht unfreundlich an.

Ich zeige ihr mein Korktäschchen. »Er hat mir diese Tasche mitgebracht. Er meinte, die Ladenbesitzerin hätte darauf bestanden, sie ihm zu schenken. Als Dankeschön …« Ich breche ab und komme mir selbst albern vor. Dieser Teil der Geschichte wird nicht stimmen. Ich sollte mich damit zufriedengeben, dass die Beschreibung des Ladens gepasst hat.

Die junge Frau reißt die Augen auf. »Ihr Vater ist der Deutsche, der den Überfall verhindert hat! Oh Gott, ich habe diese Geschichte gefühlt tausendmal gehört!«

Sie fängt an, in einem Regal neben der Kasse zu kramen, und zieht schließlich einen schmalen Ordner hervor. Ich halte den Atem an, während sie blättert. Schließlich schlägt sie eine Seite auf und dreht den Ordner zu mir herum. »Hier, ist er das?«

Auf dickem Papier ist ein sorgfältig ausgeschnittener Zeitungsartikel aufgeklebt. Ich kann den Inhalt nicht verstehen, aber das Foto zeigt eindeutig meinen Vater, Arm in Arm mit einer älteren Frau, beide mit fröhlichen Gesichtern und einem Schnapsglas in der Hand.

Ich nicke.

»Wie aufregend – bitte richten Sie ihm meinen Dank aus!«

»Das geht leider nicht, er ist verstorben.«

Wir trinken einen Medronho zusammen, und ich erzähle ihr alles. Allmählich bin ich ja schon geübt darin. Sie erzählt Geschichten von ihrer Tante, und wie deren Version der Story über den fehlgeschlagenen Raub jedes Mal, wenn sie sie erzählte, noch spektakulärer wurde. Am Ende will ich noch eine Wassermelonentasse kaufen, aber sie besteht darauf, dass ich sie geschenkt nehme. »Ich möchte die Tradition pflegen«, sagt sie und zwinkert mir zu.

Ganz berauscht laufe ich zum Hafen und setze mich dort auf die Mauer mit Blick auf das Wasser. Ich weiß nicht, ob es am Medronho liegt oder an den neuen Erkenntnissen, aber die Welt schwankt ein bisschen und wirkt gleichzeitig klarer und schöner.

Selbst mein Vater hat nicht immer nur gelogen. Ich drehe die Wassermelonentasse in den Händen und spüre plötzlich, wie kostbar dieses kleine Stückchen Wahrheit für mich ist.

Am Himmel flirrt etwas Rosafarbenes. »*Oh, we are very, very lucky*«, sagt neben mir ein fremder Mann. Er meint nur die Flamingos, aber ich habe trotzdem das Gefühl, dass er insgesamt recht hat.

Meinen restlichen Aufenthalt verbringe ich damit, am Wasser entlangzuschlendern, ein paar Sehenswürdigkeiten abzuklappern und nachzudenken. In einer Bude am Hafen esse ich eine schlechte Pizza und in einem Café weiter im Inneren des Ortes einen köstlichen Kürbiskuchen. Dann lasse ich mich von Google Maps zur Capela dos Ossos führen.

Vor der Tür steht eine Dame und hält die Hand auf; in dem Glauben, dass ich bei ihr Eintritt bezahlen könnte, drücke ich ihr mein abgezähltes Geld in die Hand. Erst als sie einen Laut des Entzückens ausstößt und wegrennt, fällt mir auf, dass sie nicht besonders seriös ausgesehen hat. Seufzend gehe ich hinein und zahle dort noch mal das Eintrittsgeld, diesmal an die richtige Person.

Der Weg führt erst mal in eine Kirche, wo man Kerzen anzünden kann – aber keine richtigen Kerzen, sondern kleine LED-Teelichte. Es ist alles automatisiert: Man wirft eine Münze in den Schlitz, und prompt leuchtet eine der falschen LED-Flammen auf. Mich erinnert das an diese Gedenk-Websites, die es eine Zeit lang zu Ehren von Verstorbenen gab. Auf denen konnte man auch Kerzen anzünden, die ein bisschen panne aussahen, aber zumindest nicht getropft haben.

Entzückt werfe ich ein paar Münzen ein. Eine Kerze für Jörp. Eine für Drusla. Eine für Alvin. Eine für Kai. Ach, für Marshmallow und Inga sollte ich vielleicht auch Kerzen anzünden – ich krame noch mehr Geld hervor. Na ja, für Johanna sollte ich wahrscheinlich auch eine anzünden, immerhin hat sie mir letztens netterweise Rennbrandts Zahnprotokolle gezeigt …

Ich bin nicht abergläubisch oder so, ich will nur *ganz* sichergehen, dass niemand in die Hölle kommt, weil ich zu geizig war, einen Euro auszugeben.

Erst als sich hinter mir der nächste Tourist räuspert, höre ich auf, Münzen einzuwerfen, und gehe weiter.

Von dem kleinen, überwucherten Innenhof aus geht es in die Knochenkapelle. Hunderte, vielleicht sogar Tausende von Schädeln schauen auf mich herunter. Mir wird kurz schwindelig, als ich nach oben schaue.

»Wissen Sie, was die Inschrift bedeutet?«, frage ich einen offensichtlich deutschen Mann – er trägt trotz der warmen Temperaturen eine Jack-Wolfskin-Weste mit vielen Taschen und hat seine Socken bis fast zu den Knien hochgezogen.

»Halte inne, und bedenke, dass du diesen Zustand erreichen wirst«, murmelt er, und es klingt, als wolle er mich warnen.

»Danke«, flüstere ich.

Wenn man in Deutschland landet, muss es nieseln, das ist ein ehernes Gesetz. Ich fröstele in meinen dünnen Sachen; trotzdem ist es schön, wieder nach Hause zu kommen.

Vom Flughafen aus fahre ich mit dem Zug bis zu dem kleinen Bahnhof, an dem ich mein Auto geparkt habe. Ein junger Mann sitzt mir gegenüber und starrt mich die ganze Zeit an.

»Du bist doch die aus dem Video«, sagt er. »Können wir vielleicht ein Foto zusammen machen?«

»Nein, tut mir leid!«, sage ich. Hui, das fühlt sich tatsächlich gar nicht gut an. Mir liegt eine Geschichte auf der Zunge, in der ich kein Foto machen kann, weil ich im Zeugenschutzprogramm bin, aber ich schweige und halte seinem Blick stand. Es ist unangenehm, aber es ist nicht das Ende der Welt.

Schon von Weitem sehe ich meine Ponys, die friedlich an der Heuraufe stehen, und mir wird ganz warm ums Herz. Als ich auf die Einfahrt einbiege, kommen sie neugierig angelaufen. Jörp und Drusla schauen über die oberste Zaunlatte, Alvin über die untere.

Kai mistet gerade die Liegehalle aus.

Ich mache ihm einen Kaffee in der Wassermelonentasse und bringe ihm die Tasse nach draußen.

»Hier, für dich. Die Tasse ist ein Geschenk!«

»Aber ich trinke doch eigentlich gar keinen Kaffee …«

Ich haue ihn mit meinem zweiten Geschenk: einer *Der Zauberberg*-Fan-Fiction, die ich selbst erfunden und auf der Rückreise in ein Schreibheft gekritzelt habe. Es handelt sich um eine mit viel Liebe zum Detail beschriebene Szene, in der Hans Castorp sich von Madame Chauchat einen Bleistift ausborgen will, was aber in einer Orgie mündet, bei der Castorp schließlich von Hofrat Behrens und Joachim Ziemßen festgehalten und gefesselt wird, während Madame Chauchat ihm den Bleistift in den Po steckt. Es sind mehrere Zeichnungen dabei.

»Wow, das ist ja … sehr fantasievoll«, sagt er und lacht.

»So was hat noch nie jemand für mich gemacht!«

»War alles in Ordnung mit den Ponys?«, frage ich.

»Klar!«, sagt Kai.

»Stimmt nicht!«, sagt Alvin.

»Keine besonderen Vorkommnisse?«, hake ich nach.

»Nee, war alles gut!«

»Drusla ist durch den Zaun gegangen und hat sich am Bein wehgetan, Jörp hatte Kolik, und ich hab mich so gestresst, dass ich überhaupt nichts mehr fressen wollte! Dann habe ich Mash mit Apfelmus und Malzbier bekommen, das war schön«, sagt Alvin.

»Also dafür, dass dir die Wahrheit so wichtig ist, lügst du

in letzter Zeit ganz schön viel«, sage ich. »Alvin sagt, alle waren krank, und er will jetzt nur noch Malzbier trinken!«

Kai wirft Alvin einen eisigen Blick zu. »Ich dachte, er hätte verstanden, dass er dir das nicht sagen soll! Das Malzbier war als Bestechung gedacht! Das war das letzte Mal, dass du von mir irgendwas Besonderes bekommen hast! Ich bin echt enttäuscht, Alvin!«

»Und ich erst«, murrt Alvin.

Wenn ich mir vorstelle, überhaupt nicht mehr zu lügen, bekomme ich Angst. Wenn einen etwas so lange begleitet hat, ist es kaum vorstellbar, das loszulassen. Was bleibt denn von mir übrig ohne meine Lügen? Und was mache ich dann die ganze Zeit?

Außerdem fürchte ich mich davor, ganz alleine zu sein, wenn ich nicht lüge. Und dabei habe ich doch gar kein so düsteres, schweres Geheimnis, dass keiner mehr mit mir reden würde, wenn es rauskommt.

Der Einzige, der ein solches Geheimnis mit sich herumgetragen hat, war mein Vater. Es ist, als hätte ich seine Angst davor, ertappt zu werden, in mich aufgenommen und müsste sie nun bis an mein Lebensende mit mir herumtragen.

Vielleicht ist das Lügen die letzte Verbindung zu meinem Vater, die ich noch habe. Aber jetzt ist es Zeit, loszulassen.

Der Kies knirscht unter meinen Füßen, und die Luft ist kühl und feucht. Aber es liegt nicht an der Morgenluft, dass ich eine leichte Gänsehaut habe.

Ich stehe am Grab meines Vaters. »Ich möchte keine

Angst mehr haben«, sage ich. »Es ist deine Angst, nicht meine. Nimm sie zurück. Ich will nicht mehr lügen.«

Die Tränen laufen mir die Wangen hinunter. »Scheiße, ich will doch einfach nur geliebt werden!«, schreie ich über den menschenleeren Friedhof.

Eine Frau, die ich nicht gesehen habe, weil sie in der Reihe gegenüber hinter einem Grabstein gehockt hat, richtet sich auf und mustert mich interessiert.

»Entschuldigen Sie bitte, ich habe Tourette, FOTZE!«, sage ich erklärend.

Das fängt ja schon mal gut an mit dem Nicht-mehr-Lügen …

Als ich wieder zu Hause bin, wähle ich die Nummer von Martha.

»Hier ist Berenice«, sage ich. »Deine Halbschwester«, füge ich hinzu, als sie nicht antwortet.

»Hallo«, sagt sie und schweigt abwartend.

»Es tut mir leid, ich weiß gar nicht so richtig, was ich sagen soll …«

Aber dann bricht es aus mir heraus. »Ich bin so sauer«, schluchze ich. »Auf ihn. Aber auch auf dich.«

»Ich weiß«, sagt sie. Dann sagen wir lange Zeit nichts.

Es ist ein wundervoller, milder Sommerabend, wahrscheinlich einer der letzten warmen Abende in diesem Jahr, und ich habe mir die Bierzeltgarnituren vom Gut Erlengrund ausgeliehen und in meinem Garten aufgestellt.

Bald kommt wieder die Zeit, in der die Holunderbeeren reifen. Die Vögel werden sie fressen und überall lilafarbene Kackhaufen hinterlassen, und ich werde wie jedes Jahr kiloweise Gelierzucker kaufen und mir vornehmen, ganz viel Gelee zu kochen, nur um dann nach einer Portion keine Lust mehr zu haben.

Danach wird es nicht mehr lange dauern, bis der Frost mit seinen knochigen Fingern in die Pfützen greift und ich die weißen Gebilde mit meinen Schuhspitzen zerstoße, um es klirren zu hören.

Aber heute sind wir noch einmal zusammengekommen, um den Sommer und das Leben zu feiern. Auf jeder Tafel stehen Teelichter und kleine Blumensträuße, die ich gepflückt und in ausgewaschene Marmeladengläser gestellt habe. Es sieht festlich aus und erinnert mich ein bisschen an die Fohlentaufe damals – kaum zu glauben, dass das auch in diesem langen, heißen, verrückten Sommer war. Aber dieses Mal ist es keine Taufe, die wir feiern. Und dieses Mal sitze ich nicht alleine zwischen den ganzen verrückten Pferdemenschen. Kai sitzt neben mir, und Martha. Auch Nathalie ist gekommen und hat ihren neuen Freund Stefan (vierundzwanzig!) mitgebracht. Johanna strahlt über beide Wangen – der Schmied hat sich zwar vom Acker gemacht, aber sie hat nun einen Bereiter aus der Westernszene kennengelernt und ist mal wieder Feuer und Flamme – dieses Mal ist es wirklich die ganz große Liebe. Leider hatte er ausgerechnet heute Abend keine Zeit, aber er lässt liebe Grüße ausrichten. Inga läuft aufgeregt zwischen den Gästen herum und erzählt allen, dass Marshmallow trächtig ist und im nächsten Jahr ein Fohlen bekommen wird. Und Irma ist zu früh gekommen, genau, wie sie es damals prophezeit hat.

Seit ich Unterricht in Horsespeak nehme und eine Ausbildung im Bereich Pferdegestütztes Coaching mache, habe ich zwar weniger Zeit als vorher; trotzdem schaffen Kai und ich es einigermaßen regelmäßig, uns zu sehen. Inga hat uns gefragt, ob wir jetzt ein Paar sind, und wir wussten nicht, was wir sagen sollten. Wir mögen beide keine Label, was eine galante Beschreibung ist für den Umstand, dass wir schon gerne hin und wieder was mit anderen hätten. Aber ich habe immerhin mein Versprechen gehalten und ihn seit dem Abend mit dem brennenden Hummer nicht mehr belogen. Also gut, ich habe auf die Frage, wie ihm sein neues Jackett steht, gesagt: »Ganz große Klasse, sensationell!«, aber da er weiterhin behauptet, er würde keinen Kaffee trinken, sind wir ungefähr quitt, denke ich.

Mit Martha war ich einmal zum Abendessen verabredet, einmal waren wir zusammen im Kino, und dann habe ich sie auf einen Ausritt mitgenommen. Ich saß auf Drusla und hatte sie auf Jörp als Handpferd dabei. »Das war richtig schön«, sagte sie leise, nachdem wir die beiden Ponys auf den Paddock Trail zurückgebracht hatten. »Meinst du, wir können das öfter machen? Kann ich richtig reiten lernen?« Und ich habe genickt. Ich kann ihr nicht versprechen, dass wir Freundinnen werden. Ich weiß nicht mal, ob ich sie irgendwann ansehen kann, ohne diesen kleinen Stich in meinem Herzen zu fühlen. Aber reiten kann sie lernen, das zumindest kann ich ihr versprechen. Seitdem ist kein Dienstag vergangen, ohne dass wir zusammen die Ponys verladen haben und auf Gut Erlengrund gefahren sind, um dort Unterricht zu nehmen.

Und Alvin? Redet nicht mehr mit mir. Jedenfalls nicht mehr so wie früher. Ein Ausatmen, ein zu mir gedrehtes Ohr, ein Schweifzucken – hallo, ich sehe dich, danke. Es ist genug.

Ich werde immer besser darin, zuzuhören.

»Wir haben uns heute hier versammelt, um Abschied zu nehmen von unserem Freund Rennbrandt«, sage ich. »Viele haben ihn gekannt, und er hat jedem von uns etwas anderes bedeutet. Möge er in Frieden ruhen. Trinken wir auf ihn!« Ich hebe mein Glas, und dieses Mal ist meine Rührung nicht gespielt.

ENDE

Glossar

ausschachten – so nennt man es, wenn ein männliches Pferd seinen sogenannten *Schlauch* ausfährt. Man darf sich das als eine größere Aktion vorstellen.

gebisslos reiten – Pferde können entweder mit einer Metall- oder Gummistange im Maul, dem sogenannten Gebiss, geritten werden oder ohne.

halten – eine viel diskutierte Fragestellung unter Pferdebesitzern ist es, ob ein Pferd *»hält«*. Dabei geht es nicht etwa darum, ob das Pferd ein guter Torhüter wäre oder ob man es irgendwo anbringen könnte wie ein Wandregal, sondern, ob es der Belastung durchs Reiten und eventuell sogar Wettkämpfe in Zukunft gewachsen wäre. Wenn jemand ein teures Pferd gekauft hat oder ein Pferd nach einer Verletzung wieder antrainiert, kann man sich daher sehr unbeliebt machen mit dem vermeintlich wohlwollenden Satz: »Dann hoffen wir mal, dass er hält!«

Klopphengst – ein Klopphengst ist ein männliches Pferd, bei dem mindestens ein Hoden in der Bauchhöhle oder Leiste liegt und deswegen bei einer normalen Kastration nicht mit entfernt werden kann. Durch den »versteckten« Hoden ist das Tier weiterhin zeugungsfähig. Man kann auch Klopphengste wirksam kastrieren, es ist nur schwieriger und teurer.
Kolikwetter – bei windigem Wetter und bei starken Temperaturveränderungen geht man davon aus, dass Pferde besonders gefährdet sind, eine Kolik zu entwickeln. Dabei handelt es sich um starke Bauchschmerzen, häufig ausgelöst durch einen Darmverschluss. Je nachdem, wen man fragt, ist allerdings fast immer Kolikwetter.

Kotwasser – leider ist Kotwasser ungefähr das, wonach es klingt: eine wässrige, oft auch stinkende Flüssigkeit, die aus dem Hinterteil eines Pferdes geschossen kommt. Kotwasser kann zum Beispiel durch falsche Fütterung und plötzliche Temperaturschwankungen entstehen, bei manchen Pferden spielen aber auch psychische Faktoren eine Rolle.

Mash – breiiges, schleimiges Zusatzfutter, das traditionell aus Kleie und Leinsamen besteht. Es wird mit heißem Wasser zubereitet und häufig leicht warm serviert. Die meisten Pferdebesitzer sind sich einig, dass man Mash nicht jeden Tag füttern sollte, sondern nur in einigen wenigen Ausnahmesituationen – zum Beispiel vor, während oder nach anstrengenden Turnieren, an sehr heißen *oder* an sehr kalten Tagen, im Alter, im Wachstum, bei Zahnproblemen, bei Verdauungsproblemen, während des Fellwechsels, im Winter oder im Sommer, während und nach Krankheiten und bei sich anbahnenden psychischen Krisen (des Pferdes oder des Pferdebesitzers). Kleiner Tipp für alle Neu-Pferdebesitzer: Bei der Ankunft im Stall unauffällig schauen, was die anderen in ihren Schüsseln gerichtet haben. Ist es Brei, bekommt dein Pferd auch Brei!

Paddock – ein Auslauf für Pferde, auf dem in der Regel kein Gras wächst. Im Grunde ist ein Paddock also eine Koppel, die eine Glatze hat. Wahren Wohlstand erkennt man daran, dass die Paddocks mit Paddockplatten befestigt sind, denn die sind sündhaft teuer.

Pferdetierarzt – vom Aussterben bedrohte Spezies. Weil kaum jemand Lust hat, sich zu den unmöglichsten Uhrzeiten mit Pferdebesitzerinnen auseinanderzusetzen, gibt es in diesem Bereich zu wenig Nachwuchskräfte. Die wenigen verbliebenen Exemplare sind scheu und gucken auffallend oft auf die Uhr.

Schlauch – Geschlechtsteil eines männlichen Pferdes. Glücklicherweise ist es die meiste Zeit über in der sogenannten Schlauchtasche verstaut, denn so etwas will nun wirklich niemand sehen.

Danksagung

Ich weiß nicht, ob schon mal jemand ein Pferd in einer Danksagung erwähnt hat, und mir ist klar, dass es manchmal einen Grund hat, wenn Dinge unüblich sind, aber ich möchte meiner Islandstute Fina von der Hexenklamm danken. Fina hat mich nicht nur einmal gerettet, und ohne ihre Liebe und ihre feinsinnige Art wäre ich nicht der Mensch, der ich heute bin. In diesem Sommer ist sie siebzehn geworden, und ich hoffe, sie lebt lang genug, dass ich ihr mindestens in den nächsten zehn Büchern danken kann, bis es irgendwann ganz normal ist, dass Pferde in Danksagungen stehen.

Meiner Agentin Julia Jahn danke ich für ihre unerschütterliche Unterstützung, fürs Rückenfreihalten und für ihr Verständnis, wenn ich irgendwas nicht machen wollte, weil ich Reitstunde, Freiarbeitskurs oder ein Pferd mit einer Hornhautverletzung hatte.

Dem Ullstein Verlag kann ich gar nicht genug danken für das Vertrauen und die angenehme Zusammenarbeit. Danke an Wiebke Bolliger für die unkomplizierte Begleitung und an Nicola Kammer für das tolle und einfühlsame Lektorat.

Danke an Andi, der die Idee als Erster hörte, das Buch als Erster las – und dafür sorgte, dass ich nicht komplett verwahrloste oder verhungerte, während ich dieses Buch schrieb.

Professor Christian Schulte-Loh danke ich für hartnäckige Nachfragen, wie ich mit dem Buch vorankomme, für unzählige Titelvorschläge, für den kreativen Austausch und für absurd lange Wanderungen.

Meiner besten Freundin Lisa möchte ich Danke sagen für eine Freundschaft, in der wir immer ehrlich zueinander sein können. Wie wertvoll das ist, habe ich beim Schreiben dieses Buches gemerkt – in vielen Situationen hätte ich meiner Hauptfigur eine solche Freundin gewünscht!

Vielen Dank an die Band *Supergaul* – zum einen für die Erkenntnis, dass die Welt klein ist und viele gute Ideen schon mal da gewesen sind, und zum anderen dafür, dass ich den Buchtitel trotzdem verwenden darf.

Ich danke allen Menschen und Pferden auf dem Hof, wo Fina und ich ein Zuhause gefunden haben. Und danke an Sophie, die mir gezeigt hat, dass Pferde eben doch sprechen können. Wir müssen nur lernen, ihnen zuzuhören.